Mikito Chinen
知念実希人

サーペントの凱《がい》旋《せん》

となりのナースエイド

角川書店

サーペントの凱旋

となりのナースエイド

CONTENTS

装幀
長崎 綾
(next door design)

写真
adobe stock

プロローグ

モニターから響く規則正しい心電図の音が、手術室の空気を震わせる。

ロバート・マクドナルドはマスクの下で荒い息をつく。これまで数千例の手術を経験したが、いまだかつてここまでの緊張を味わったことはなかった。

手術が失敗しないか緊張しているわけではない。そもそもこのオペにおいて、ロバートは第一助手でしかなかった。執刀医は手術台を挟んで向こう側に立っている若いアジア系の男だ。

アメリカの超一流病院で、数え切れないほどの心臓冠動脈バイパス手術を執刀してきた自分に助手を務めろなど、馬鹿にされていると最初は思った。一度は、依頼を断ろうかと思った。

しかし「No.」と言うには、提示された金額があまりにも大きすぎた。

一昨年、ロバートの心臓冠動脈バイパス術を受けた大富豪の患者が、手術の半年後にバイパス血管の閉塞《へいそく》が原因で心筋梗塞《こうそく》を起こし、急死した。

バイパス血管の閉塞はどれほどの名医でも一定の確率でおこる合併症だ。しかもその患者は、ロバートの指示を無視して術後も喫煙を続け、飽和脂肪酸を大量に含んだチーズいっぱいのハンバーガーをたらふく食い、さらに絶対に飲み続けるよう口を酸っぱくして言っていた抗血小板薬の内服も怠りがちだった。バイパス血管が閉塞するのも自業自得だ。

だが、父親に絶大なる尊敬の念をいだいていた患者の長男はそうは思わなかったらしい。父親が死亡したのはロバートの医療ミスだとして、常識外れの金額の損害賠償請求訴訟を起こした。

当然そんな言いがかりのような訴訟、すぐに棄却されると思っていた。しかし相手方が金にものを言わせて雇った全米屈指の弁護団は、白も黒にするほどの力を秘めていた。

富豪の死によって家族たちがどれだけ悲しんだかを裁判官に切々と語りかけ、その上で全米から名の知れた心臓外科医たちを呼んで、「私が手術したら患者を救うことができた。患者が死んだのは執刀医の技量が低かったせいだ」と証言させた。

徹底的に資本主義が行き渡ったアメリカでは金こそが正義であり、その『正義』の前ではどんな正論も無力であることを、ロバートは目玉が飛び出るような賠償金の判決という形で思い知らされた。

医療ミスで患者を殺したというレッテルを貼られたロバートは、もはや以前のように高額の手術代を取って執刀をすることが出来なくなった。

表の世界では……。

去年からロバートは、裏の世界の外科医としてメスをふるいはじめた。

当局から指名手配されているマフィアや麻薬カルテルのメンバー、ついにはテロリストの手術まで引き受けるようになり、そのリスクに見合った手術代を受け取ることで、なんとか生活が破綻することを防いでいた。

だからこそ、自分を第一助手にするなど間違っていると不満を持ちつつも、この実入りのよい仕事を引き受けた。

しかし、間違っていたのは自分だということをいま、まざまざと見せつけられている。手術台を挟んで向こう側で、メガネ型の拡大鏡で術野を凝視して執刀を進める外科医、その技術は想像を絶するものだった。

まるでピアノを奏でるかのようにラテックス製の手袋をはめた手指が滑らかに動き、拍動している心臓の表面にある直径数ミリの冠動脈に、髪の毛のように細い縫合糸で内胸動脈をつなぎ合わせていく。しかも目の前の男はそれを肋骨《ろっこつ》の隙間に開けた、小さな穴を通して行っているのだ。

MIDCAB手術と呼ばれる術式。その最先端の手術法は患者への侵襲が小さいというメリットがあるが、その一方で開胸手術に比べて難度が跳ね上がる。だからこそ、世界中でもそれを行える心臓外科医はごくわずかしかいなかった。

ロバートは数年前に一度だけ『MIDCAB手術の第一人者』と呼ばれる外科医の手術を見学したことがあった。しかしその『第一人者』よりも目の前の男ははるかにスムーズにそして素早くMIDCAB手術を進めていた。

「What the fucking technique...... Serpent.（なんて技術なんだ……。サーペント……）」

ロバートの口から感嘆の吐息とともに、かすれ声が漏れる。裏の世界に入ってから、噂は聞いていた。『サーペント』と呼ばれている凄腕《すごうで》の外科医が、裏の世界にいると。

ずっとくだらないおとぎ話、もしくはブギーマンのような怪談のたぐいだと思っていた。本当にそれほどの技術があるなら裏の世界で仕事などする必要がない。表の世界で名声を得ながら、目もくらむような大金を得ることができるはずだ。

しかし、おとぎ話の中の存在がいま、目の前にいて、魔法のような技術を見せている。

こいつは何者なんだ？　どうやってここまでの技術を身に付け、そしてどうして裏の世界でメスを振るっている？

「ألم تنتهِ بعد؟ أيها الثعبان（まだ終わらないのか？　サーペント）」

手術室に響いた低い声が、物思いに耽《ふけ》っていたロバートを我に返す。ロバートはおそるおそる首を回して、手術台に目を閉じて横たわっている患者の顔を見る。

長いあごひげを蓄えた初老の男、その瞼《まぶた》がゆっくりと上がっていった。

男の眼球が動き、その瞳《ひとみ》がロバートをとらえる。底なし沼のような深淵《しんえん》を湛《たた》えた瞳、そこに吸い込まれていくような錯覚をおぼえたロバートは、慌てて目を伏せた。

どれだけ大金を積まれても、こんな手術引き受けるんじゃなかった。

強い後悔が胸を焼く。

手術台に横たわっているこの男こそ、現在アメリカが血眼で追っている最悪のイスラム原理主義テロリストにして、アフガニスタンに近いイランのこの地域を支配する独裁者、ジャミール・ラジャンだった。

三年前、米国大統領の決定により、アフガニスタンから撤退する米軍にジャミール・ラジャンが率いる組織は奇襲を仕掛けた。

撤退準備を始めていた百人以上の兵士が殺害され、さらにジャミール・ラジャンが自ら発射したＲＰＧにより輸送機が一機撃ち落とされるという、未曾有《みぞう》の損害を米軍は負うことになった。

米国に対して強い反感を持っていたイランの国民たちはジャミール・ラジャンを英雄として崇《あが》め奉った。組織は急速に勢力を増し、そして半年ほどこの地域を支配し、そこの莫大《ばくだい》な石油利権を我がものとしたうえで、厳格なイスラム法に基づいた国家の樹立を宣言した。

その地域ではありとあらゆる娯楽が厳しく制限され、そして人々の（特に女性の）人権が大きく損なわれ、国連も強い懸念を示している。

　いまや米国の、いや世界の敵となった組織のトップを治療したと知られたら、二度と祖国の土は踏めないかもしれない。いや、それどころかアフガニスタンで犠牲になった兵士の家族に殺害される可能性すら十分にあった。

　やはり、こんな仕事を引き受けるんじゃなかった……。けれど、この報酬を手に入れなければ、どっちにしろ俺の人生はじり貧だ。

「أثناء الجراحة، من المفترض أن يكون المرضى صامتين......（……手術中、患者は黙っているものだ）」

　奥歯を嚙《か》みしめているロバートの鼓膜を、ジャミール・ラジャンとは違う男の流暢《りゅうちょう》なアラビア語が揺らす。顔を上げると、サーペントが術野から視線を上げることなく、ジャミール・ラジャンに答えていた。

「نحن ندفع الكثير من المال. لماذا لا تكون أكثر اجتماعية مع عملائك؟（大金を払っているんだ。クライアントにはもっと愛想よくしたらどうだ）」

　ジャミール・ラジャンが唇の端を上げる。

「ثم استأجر طبيباً يجيد هز ذيله. ولكنني أريدك أن تجري لي عملية تحويل مسار الشريان التاجي تحت التخدير الموضعي. وربما أكون الوحيد الذي سيقبل مثل هذا الطلب السخيف الذي لا يسمح لي بارتكاب أي أخطاء（それなら、尻尾《しっぽ》を振るのが得意な医者を雇えばいい。もっとも、局所麻酔で冠動脈バイパス手術を行ってほしい。しかも、絶対に失敗は許さないなんていう、馬鹿げた依頼を受けるのは俺ぐらいのものだろうがな）」

「بلد أمريكا الملطخة بالسرور تحاول قتلي باستماتة. هناك الكثير من النجوم الذين يريدون قتلي. من المستحيل أن أخضع لعملية جراحية وأنا فاقد الوعي（享楽に穢《けが》れたアメリカという国が、必死に私を殺

そうとしているんだ。私の命を狙っている者は星の数ほどいる。意識の無い状態で手術を受けるなんてあり得ない）」

「ألا يحفظك الله؟!（アッラーはお前を守ってはくれないのか?）」

サーペントが放った強烈な皮肉にジャミール・ラジャンの頬が引き攣《つ》った。その隙をつくかのように、サーペントは言葉を続ける。

「فهو نادراً ما يغادر القصر ودائماً ما يرافقه عدد قليل من الحراس، ومع ذلك فهو قلق من الاغتيال.（ほとんど宮殿の外に出ることなく、常に数人の護衛を引き連れているにもかかわらず暗殺が不安なのか）」

「يمكن لقاتل من الدرجة الأولى أن يتربص بي في أي مكان ويخرج من أي مكان. فقط حراسي الموثوق بهم يمكنهم الاقتراب مني.（一流の暗殺者はどこに潜み、どこから現れるか分からない。信頼する護衛以外は私に近づけない）」

「قلبك في قبضة رأس إبرة غرزي.（俺はお前の心臓に、針の先端を突き付けているぞ）」

縫合針についている髪の毛ほどの細さの糸で、ジャミール・ラジャンの冠動脈にバイパス血管を流れるように縫い付けながらサーペントはつぶやく。

「أنت رجل مال. لذا لن تقتل عميلاً أبداً لأنه لا يستطيع الحصول على المال. الأشخاص أمثالك الذين يعبدون المال كإله يسهل التعامل معهم.（お前は金の亡者だ。そんな男がクライアントを殺すわけがない。金が手に入らないからな。お前みたいに、金を神のように崇め奉る人間は扱いやすい）」

嘲笑《ちょうしょう》するようなジャミール・ラジャンの言葉に答えることなく、サーペントは手を動かし続けた。

会話が途絶えモニター音だけが響く手術室で、天才外科医の芸術的な手術は淡々と進んでいき、ついにはジャミール・ラジャンの心臓冠動脈左前下行枝に、バイパス血管である内胸動脈が完全に吻合《ふんごう》される。

サーペントがクリップを外すと、力強く脈打つ内胸動脈から流れた血液が、勢いよくジャミール・ラジャンの心筋の約七割を栄養する血管へと流れ込んでいった。

これでジャミール・ラジャンが将来、心筋梗塞を起こすリスクは限りなく低くなった。この独裁者は今後も周辺地域を支配しそこに住む人々を虐げ、そして命を奪い続けるだろう。

手術を受ける患者がジャミール・ラジャンであると知ってから、ずっと胸の中で押し殺し続けてきた罪悪感が一気にロバートの胸にわき上がる。

俺は金のために、死神のような男の命を救う手伝いをしてしまった。こんなこと悪魔に魂を売ったのと同義ではないだろうか？

人を救うために医師を目指し、一流の外科医となるために血の滲《にじ》むような修練を重ね、技術を磨いてきた。なのにいま、その技術を間接的とはいえ無辜《むこ》の人々の命を奪うために使っている。果たして、こんなことが許されるのだろうか？　マスクの下で荒い息をつきながらロバートは上目づかいに、向かいに立っている天才外科医を見つめる。

術野を凝視しているその眼差《まなざ》しにも、一流の演奏家が楽器を奏でるかのごとく、官能的なまでに滑らかな指の動きにも、一切の迷いは見られなかった。

この男は自らのメスが間接的に多くの人々を苦しめ、その命を奪うことに何の疑問もおぼえていないのだろうか。ジャミール・ラジャンが言うようにこの男にとって金こそが全てなのだろうか。

脳内で思考がからまり、軽いめまいがする。額の汗腺《かんせん》から脂汗が滲んでくる。

「Doctor..... Sweat.（先生、汗が）」

ロバートの汗に気づいたのか、外回りをしていた男性看護師が近づいてきて、ガーゼで額を拭《ぬぐ》ってくれる。

「Oh.……Thanks.（ああ、ありがとう）」

そう答えながら青い目の看護師と目を合わせたロバートは、ふと正体不明の違和感をおぼえる。脳の表面を虫が這《は》うような不快な感覚とともに、胸郭内に不安が満ちていく。

なんだ？　どうしてこんなに胸がざわつくんだ？　自問するロバートの脳裏に、数時間前の記憶が蘇《よみがえ》る。

いま手術に当たっているサーペントをはじめ、麻酔科医、機械出しや外回りの看護師たちなどのメンバーとは、数時間前この手術室のそばにある控え室で初めて顔を合わせ、手術のシミュレーションを行った。

あのときいたのは、アジア系のサーペント、アフリカ系アメリカ人らしき麻酔科医、アングロサクソン系の機械出しの看護師、そして……。

そこまで考えたところでロバートの心臓が大きく跳ねた。打ち合わせのときに見た外回りの看護師は、東南アジア系の若い男だったはずだ。しかしいまロバートを見つめている瞳の虹彩《こうさい》は、サファイアのような鮮やかな青色をしている。明らかに、打ち合わせにいた東南アジア系の看護師ではない。

外回りの看護師は必要な備品を取ってくるために、何回か手術室の外に出た。そのとき、病院内まで侵入していた暗殺者に拘束され、入れ替わられたとしたら……。

氷のように冷たい汗が、ロバートの背中を伝っていく。手術室の入り口に控えている護衛に知らせなければ。マスクの下でロバートは口を開くが、喉《のど》を駆け上がってきた警告の言葉は、口の中で霧散した。

手術台にいる独裁者が命を落とせば、人々が解放される。多くの命が救われる。

手術のミスが原因で独裁者が死ねば、自分たち医療スタッフは処刑されるだろう。

しかし護衛たちに気づかれることなく侵入した暗殺者による犯行なら、自分たちに責任はない。金はもらえないかもしれないが、少なくとも処刑されるリスクは高くないはずだ。

黙っているべきではないだろうか。それこそが医者として、いや人間として正しい選択ではないか。

逡巡《しゅんじゅん》していると、男はロバートの額を拭《ふ》いたガーゼを持つ手を軽く振った。ガーゼがはらりと宙を舞い、そしてその下から手品のように小ぶりな拳銃《けんじゅう》が現れる。

胸元に銃口を突きつけられたロバートは、思わず甲高い悲鳴を上げる。それを聞いて異常に気づいた護衛たちが、アラビア語で叫び声を上げると同時に、男は滅菌ガウンの裾《すそ》をはためかせて身を翻した。

二発の銃声が手術室に反響した。護衛たちは小さな悲鳴を上げると、ＡＫ－47を落としてその場にうずくまる。

小口径の拳銃なので、致命傷には至っていないだろう。しかし、それでも無力化するには十分だ。

男はゆっくりと銃口を向けた。

手術台に横たわり、腫《は》れぼったい目を剝《む》いて、驚愕《きょうがく》と恐怖がブレンドされた表情を浮かべているジャミール・ラジャンへと。

たとえ銃の威力が小さくても、頭部を撃たれれば即死するだろう。

男が引き金をしぼるのを見て、ロバートは反射的に目を固く閉じた。

しかし、三発目の銃声が聞こえてくることはなかった。代わりに風切り音、続いてゴトッという重い音が鼓膜を揺らした。

おそるおそる瞼を上げたロバートは、網膜に映し出された光景に息を呑《の》む。

暗殺者が腕を押さえていた。その指の隙間からは血が滴り落ち、足元には独裁者の頭を撃ち抜くはずだった拳銃が落ちている。

いったい何が……？　混乱するロバートは気づいた。男の腕に細い銀色の棒のようなものが突き刺さっていることに。

「…… Never disturb my operation.（俺の手術を邪魔するな）」

響いてきた平板な声に、ロバートは正面に視線を戻す。そこには、サーペントが右手を前方に掲げた体勢で立っていた。

その姿を見て、何が起きたかを理解する。サーペントが器具台からメスを取り、それを暗殺者に投げつけたのだ。

放たれたメスは正確に暗殺者の腕に刺さり、独裁者の命を奪うはずの拳銃を落とさせた。

「Is this man's life worth saving?（その男の命に、助ける価値があるというのか？）」

メスが刺さった腕を押さえたまま、暗殺者は唸《うな》るように声を絞り出す。

「I am not so vain as to decide the value of other people's lives. A doctor's only job is to heal his patient.（他人の命の価値を決められるほど、うぬぼれてはいない。医者の仕事はただ患者を治すことだけだ）」

暗殺者に冷めた視線を注いだまま、サーペントは淡々と言った。

「Don't fool yourself. As long as that dictator is in power, the citizens of this region will be oppressed and killed. For you, the life of a murderer who pays a lot of money is more important than the lives of those people. You put a price on life. You just want the money.（ごまかすな。その独裁者がいる限り、この地域では市民が虐げられ、殺されていく。お前にとってその人々の命より、大金を払う人殺しの命のほうが重い。お前は命に値段をつけている。お前はただ金が欲しいだけだ）」

「So what?（それがどうした？）」

サーペントは悪びれることなく言い放つ。暗殺者の表情が歪《ゆが》んだ。

「I worked bloody hard for years to acquire the best surgical skills in the world. It is only natural that I should be paid accordingly. You kill people with the skills you have acquired. I am not to be blamed for it.（俺は何年間も血の滲むような努力をして、世界最高の外科技術を身につけた。それに見合った報酬を得るのは当然のことだ。身につけた技術で人を殺し報酬を得ているお前に糾弾されるおぼえはない）」

そこで言葉を切ったサーペントは、「Though（それに……）」と付け加える。

「If this man were to suddenly lose his life now, the Arab Liberation Front would thrash about like a snake with its head cut off. Order, which is just barely maintained in the areas controlled by the front, will collapse, and even more intense persecution will be inflicted on the civilian population.（もし、いまこの男が突然命を落とせば、アラブ解放戦線は首を切り落とされた蛇のようにのたうち、暴れ回る。戦線の支配地域でギリギリ保たれている秩序も崩壊し、更なる強烈な迫害が市民を襲うだろう）」

……そのとおりかもしれない。ロバートは胸の中でつぶやく。ジャミール・ラジャンの類《たぐい》まれなカリスマ性によりアラブ解放戦線は団結を保っている。もしこの男が突然死すれば、苛烈《かれつ》な権力争いが組織内部で起こるだろう。

組織の力は弱り、地域は解放されるかもしれないが、その一方で新しい指導者がさらなる残虐行為を行わないとも限らない。ジャミール・ラジャンの部下たちは、大部分が指導者に輪をかけて、粗野で底知れぬ残酷性を秘めたイスラム原理主義者たちだ。

サーペントはそこまで計算していたのか……。ロバートが唖然《あぜん》としていると、出入り口の重い鉄製の自動扉が開き、数人の声が手術室の中に流れ込んできた。護衛たちは小走りに暗殺者に近づくと、手にしていたＡＫ－47の銃口を暗殺者の頭部に向け、引き金に指をかける。

「Don't kill him!（殺すな！）」

サーペントがそれまでの淡々とした口調とは一転して、鋭く言う。男たちはかすかに体を震わせると、手術台に横たわっている指導者に、伺いを立てるような視線を向けた。

「هذا الرجل حاول قتلي. لقد استحق القتل.（この男は私を殺そうとした。殺されて当然だ）」

氷のように冷たい口調で、ジャミール・ラジャンが言う。

「أنا طبيب. لا أسمح بقتل الناس أمامي. بغض النظر عمن يكون.（俺は医者だ。俺の目の前で人を殺すのは許さない。それが誰であってもだ）」

「لماذا يجب أن أحترم هوسك؟（なぜ私がお前のこだわりを尊重する必要がある？）」

嘲笑するようにジャミール・ラジャンは訊《たず》ねた。

「لولاي لكنت قد قُتلت. لقد أنقذت حياتك هذا هو بالضبط سبب وقوفك في وجهي（俺がいなければお前は殺されていた。俺は命の恩人だ。それこそ、お前が俺の顔を立てる理由だ）」

そこでサーペントは目を細めた。

「.إلا يمكنك أن تكون لي أي عزيمة جبهة التحرير العربية في القوم لم تدرك أن القائد على الجميل لإنقاذ مثاليًا」（誉れ高いアラブ解放戦線の指導者ともあろうものが、命を救われた恩に報いるくらいの甲斐性《かいしょう》もないとは言わないだろ）」

十数秒、考えるようなそぶりを見せたあと、ジャミール・ラジャンは「.حسنًا」（わかった）」とつぶやく。

「.لا تعذبه أيضاً. عامله معاملة إنسانية」（拷問もするな。人道的な扱いをするんだ）」

「.نعم، بالطبع. نحن لسنا متوحشين مثل الكفار」（ああ、当然だ。私たちは異教徒のような野蛮人じゃないんだからな）」

ジャミール・ラジャンは唇の端を上げる。しかしその余裕の表情は次にサーペントが放った言葉でこわばった。

「.ثم أقسم بالله」（では、アッラーに誓え）」

「……ماذا」（なにを……）」

「أم أنك خائف؟ إذا كنت حقاً لا تنوي أن تقتل هذا الرجل، فسيكون من السهل」（どうした？　本当にこの男を殺さないつもりなら、お前たちの神に誓うことなど簡単だろう？）」

挑発的にサーペントに言われたジャミール・ラジャンは軋《きし》むほどに強く歯を食いしばると、「حسنًا. أنا أقسم لك」（分かった。誓おう）」と喉から絞り出すように言ってあごをしゃくった。

護衛たちはわずかに戸惑いの表情を浮かべたあと、暗殺者のわきに手を入れて強引に立たせ、手術室の外へと連れていく。

「……Serpent, I'm going to pay you back for this.（サーペント、この借りは絶対に返すぞ）」

うめくように言う暗殺者に、「I'll wait you.（待ってるよ）」と軽い口調で答えると、サーペントはロバートに視線を合わせる。

「Doctor, I need you to give first aid to the two guards who were shot. As soon as I finish this surgery, I will perform emergency surgery on those two.（ドクター、撃たれた二人の護衛の応急処置をしておいてくれ。この手術を終えたら、すぐにあの二人に緊急手術をするから）」

「Roger that. Serpent.（了解です。サーペント）」

ロバートが答えると、サーペントは小さく舌を鳴らした。

「ったく、サーペントって、そんなダサい名前、いったい誰が呼び出したんだよ。放っておいたら、いつの間にか定着してやがった。普通、ヘビじゃなくて、ドラゴンかタイガーだろ。俺は竜崎《りゅうざき》大河《たいが》なんだから」

サーペントがなぜ急に不機嫌になったのか、その言語が理解できないロバートには分からなかった。

第一章　三年目の再会

1

目を閉じて深呼吸を繰り返す。無音の世界。体の内側から響いてくる心臓の鼓動がかすかに鼓膜を揺らした。

桜庭澪《さくらばみお》は瞼《まぶた》を上げていく。しかし、視界に変化はなかった。どこまでも深い漆黒が網膜に映し出される。

『澪、準備はいい？』

闇で満たされた空間に、涼やかな女性の声が響く。信頼するパートナーの声にわずかに乱れていた呼吸が整っていく。

「はい、大丈夫です。はじめてください」

澪が答えると、ヴゥンという樹に止まっている蟬が飛び立つときの羽音のような音が響き、同時に砂のように細かい無数の光点が、闇に満たされた世界に一気に現れた。

上下左右、三百六十度、光の粒子で満たされた世界。星空に浮かんでいるかのような心地になる。

澪は再び瞼を閉じる。しかし周囲に生じた粒子の瞬きは見えなくなるどころか、さらに鮮やかに澪の視界に輝いた。

この光点は目で見ているわけではない。頭部に装着したヘッドギアから磁力と微細な電気刺激によって脳へと流れ込む情報が、視覚へとフィードバックしているのだ。

『はじめるわよ』

再び空間に女性の声が響く。同時に澪の周囲に漂っていた光の粒子が移動しはじめた。最初はゆっくりとナメクジが這《は》うような速度で、しかし次第に加速していき、やがて澪の周囲を高速で回転しはじめる。

上下左右が分からなくなり、巨大な洗濯機の中に投げ込まれたような感覚に襲われる。ヘッドギアから頭へと流れ込む膨大な情報量に、脳神経がオーバーヒートを起こしつつあるのか、額のあたりが熱くなっていく。澪は奥歯を食いしばり、脳髄を掻《か》き回されているかのような不快感に耐える。

高速に動く光の粒子が描く軌跡が、やがて細い線へと変化していき、ついには澪の周りを繭のように包んでいく。潮がひくように頭にわだかまっていた不快感が消えた。

体を包み込む光の繭の美しさに魅了されつつ、澪が大きく息をつくと、『Oohms synchronized』という人工音声が響きわたった。

「Go ahead OOHMS. Make patient's body.（オームス、患者の体を表示させて）」

澪が指示を口に出すと、体の周囲を覆っていた光点が再度移動して、前方の空間へと集まっていき、そこに淡い白い光でできた巨大な人間の形が浮かび上がる。

「Make blood vessel, and tumor.（血管と腫瘍《しゅよう》の描写を）」

再度、澪が指示を出すと、前方の闇の中に浮かび上がっている人体の内部に、幾重にも重なったクモの巣のように複雑に走る血管が描き出されていく。動脈は淡いピンク色に、静脈は水色に広がり、胸の中心では真紅の心臓が力強く拍動していた。

肺や肝臓、脾臓《ひぞう》など、血流の多い臓器が、そこに密集する血管によって浮かび上がってくる。

やがて指の先の毛細血管まですべてが描かれたあと、腹部の奥に赤黒い塊が現れる。それは一見すると泥と血液に塗《まみ》れて咲き誇る、異形の花のようだった。その『花』が触手のような細かい棘《とげ》を周囲へと広げているのを確認し、澪は唇を固く結ぶ。

これが今回の倒すべき『敵』。腹腔《ふくくう》内への浸潤が認められた膵尾《すいび》部の膵臓がんだった。

体の奥底にあり早期の発見が困難な膵臓のがんは、極めて予後が厳しい。今回の患者のように周囲への浸潤が認められたステージⅣの膵臓がんは、手術による根治は不可能であり、生存期間の延長と生活の質の維持のために、抗がん剤による化学療法や、放射線治療、そして火神《ひがみ》細胞による万能免疫細胞療法などが選択される。

しかしそれらを行ったとしても平均余命は一年に満たず、大部分の患者は三年以内に腫瘍により命を奪われてしまう。

でもオームスが、……私がそれを変える。

澪は拳《こぶし》を握りしめると静かに次の指令を口にした。

「Make New Higami cell.（新火神細胞の表示を）」

次の瞬間、淡い光でかたどられた人体の全身に張り巡らされた血管が、美しい黄金の輝きを帯びはじめた。目を凝らすと、それは血管自体が光っているのではなく、その内部を循環している金色の粒子が、まばゆい輝きを放っていた。

澪は掌《てのひら》を上に向けた両手を虚空に向かって伸ばす。

「オペをはじめます」

力強く宣言をすると、澪はオーケストラの指揮者がタクトを振るがごとく、両手を大きく振り落とした。同時に、それまで心臓が脈打つのに合わせて一定のペースで全身の血管内を廻《めぐ》っていた金色の粒子が、まるで意思を持ったかのごとく不規則な動きをはじめる。

澪の両手とその手指の複雑な動きに同調して、光の粒子は血管内を移動して行き、じわじわと体の奥底に咲く、赤黒い異形の『花』へと集まっていく。

澪は祈りを捧《ささ》げるかのように、両手を額の前で固く組んだ。それに呼応して光の粒子が『花』へと襲い掛かり、それを包み込む。

醜い赤黒い色は見えなくなり、代わりに『花』があった場所が、目もくらむような輝きを放ちはじめた。

光の粒子は血流によって、表面がじわじわと削られていくが、輝きが弱くなるたびに澪は舞を踊るかのごとく滑らかに両手を動かして、再度粒子を腫瘍の周りに集結させていく。

ヘッドギアを通して、脳に膨大な情報が流れ込み続けているのを感じる。集中力が切れそうになるのに必死に耐えつつ、自分の意識と、いや自分自身と同調している光の粒子を操って、澪は患者の腹の奥底に根をおろしている異形の『花』を焼き潰《つぶ》し続けた。


いい反応ね……。

全面ガラス張りの窓に張り付くようにして手術の見学をしている人々の、背広に包まれた背中を眺めながら、火神玲香《れいか》は唇の端を上げる。

星嶺《せいりょう》医大附属病院手術部にある特別手術室。そこは天井部分が吹き抜けになっていて、二階から手術の見学をできる構造になっていた。

テレビの医療ドラマなどではよく見る構造だが、実際にはこのような手術室は極めて少ない。たくさんの人が見学に押し掛けるような手術など、一般的な病院ではほとんど行われないのだ。

しかしこの星嶺医大附属病院は『普通の病院』ではない。この病院の看板診療科である統合外科は、日本有数の外科医たちが集う超エリート集団だった。

二十年ほど前に統合外科が出来てからというもの、そこに集う外科医たちの神がかった技術を一目見ようと、多くの医師たちがこの部屋で手術を見学してきた。

だがこの三年間、見学者の数は減少の一途を辿《たど》っていた。

それも当然だ、統合外科の目玉だった二人の天才外科医が三年前に去ってしまったのだから……。

玲香の頭に、柔らかい微笑みを浮かべる初老の男性の姿が浮かぶ。

統合外科の初代教授にして、父親である火神郁男《いくお》。外科医として超人的な技術を持ち多くの患者を執刀して救ってきただけではなく、火神細胞を発明した偉人。

万能細胞に特殊な方法で処理を施し、免疫細胞の一種であるナチュラルキラー細胞に近い性質を持たせたもの、それこそが火神細胞だった。

がん患者に投与された火神細胞は、人体にとって異物であるがん細胞や病原体を特異的に貪食《どんしょく》し、排除していく。それゆえほとんど副作用を生じることなく、がんや感染症に対する一定の治療効果を示した。

火神細胞による万能免疫細胞療法は、手術、化学療法、放射線療法に継ぐ第四のがん治療法として世界中で広く使われるようになった。

かつて、特別手術室を見学をする者たちの目当ては、火神郁男のオペだった。しかし、十年ほど前にその状況は大きく変わった。

火神郁男の一番弟子、日本最高レベルの天才外科医、竜崎大河の出現によって。

医学生時代から統合外科の技術修練室に入り浸り、偏執的なほどの執念を持ってひたすら外科技術を磨き続け、『統合外科の最高傑作』とも呼ばれた竜崎の手術は芸術的ですらあった。

ピアニストが演奏するかのように、すべらかに手指を動かし、腫瘍を摘出し、臓器を修復していくその超人的な技術に、玲香も魅了されていた。

なのに……、どうして……？

竜崎の精悍《せいかん》で整ってはいるが、冷たい印象を与える無表情の顔を思い出し、玲香は唇を嚙《か》む。犬歯が薄皮を破いたのか、口腔《こうこう》内に鉄の味がかすかに広がった。

三年前、火神郁男は手術を受けている最中に命を落とした。そしてそのとき執刀をしていたのが竜崎大河だった。

「シムネス……」

食いしばった歯の隙間から絞り出すように、玲香は父の体を蝕《むしば》み、その命を奪った疾患の名をつぶやく。

全身性多発性悪性新生物症候群（Systematic multiple malignant neoplasm syndrome）、通称『シムネス』。

十数年前に突然、社会に現れた、あらゆる臓器に同時多発的に悪性腫瘍が生じる奇病。

シムネスを患っていた火神郁男は、心臓の腫瘍切除術を行うように竜崎に依頼した。その巨大な心臓腫瘍さえ除去できれば、数ヶ月の延命が可能だろうと。

玲香の強い反対を押し切って竜崎が強行したその手術の最中に、火神郁男の心臓は破裂をし、玲香は父を失うことになった。

竜崎を恨むのは筋違いだと分かってはいる。あの手術は父が強く希望したものだ。一番弟子である竜崎が、懇願とも言えるようなその希望をないがしろにすることなどできるわけがなかった。だが理性で理解しているからといって、感情まで押し殺せるわけではない。竜崎が執刀した手術で父が命を失ったのはまぎれもない事実なのだから。

玲香は胸に手を当てる。乳房を通して、掌に加速した心臓の鼓動が伝わってきた。

胸郭内にわだかまっている黒い感情を息に溶かして吐き出しながら、玲香は三年前の記憶を思い起こす。

三年前、火神郁男が亡くなった数週間後、医師免許停止中にもかかわらず竜崎は少女の命を救うために手術を強行した。免許停止中の執刀という事態を重くみた医道審議会によって竜崎大河は医師免許を剝奪《はくだつ》され、彼は星嶺医大を、そして日本を去った。

そうして二人の看板外科医を失ったことによって、医学界における統合外科の影響力は地に落ち、この特別手術室に見学に訪れる者もほとんどいなくなっていた。しかし三ヶ月前に状況は、再度一変した。

オームス手術の本格的な開始によって……。

玲香はパンプスを鳴らしながら数歩進むと、見物者の肩越しにオペ室を眺める。そこに広がっている光景は、一般的な手術とは全く異なるものだった。

部屋の中心に置かれた手術台には瘦《や》せた、高齢の男性患者が横たわり、全身麻酔をかけられ人工呼吸管理をされている。麻酔器のそばに立つ麻酔科医が、モニターに映し出されるバイタルを確認しつつ、点滴の速度や麻酔深度を調整していた。しかし手術台のそばに執刀医の姿はない。一般的な手術では用いられる、術野を清潔に保つため患者の体を覆う滅菌ドレープもない。

それも当然だ。この手術には『術野』など存在しないのだから。

玲香は手術台のそばに鎮座している、長径三メートル以上ある、漆黒の楕円球に視線を送る。その巨大な黒い繭のような装置こそ、父の遺志を継いでいま玲香が開発を進めている新時代のがん治療装置、『Outside operated Higami cell machine system』、通称『オームス』のオペレーティングユニットだった。

火神細胞にバイオコンピューターを組み込むことによって生み出された『新火神細胞』を患者の血管内へと投与し、それをスーパーコンピューターで制御し、オペレーティングユニットに入った執刀医が操作する、それこそがオームス手術だ。

オームスによって新火神細胞を患者の体内の任意の場所に集結させ、がん細胞を攻撃することにより、従来の火神細胞では充分に治療できなかった固形がんを完全に除去することができるようになった。

しかも火神細胞は、どんな細胞にも分化できる万能細胞としての性質を持っているため、がんが除去された組織の細胞へと分化し、その臓器のダメージを修復することさえできる。

オームスが完全に実用化されれば、がん治療は根本的に変わる。

これまで、がんという疾患に対する最良の治療は、それが転移する前に外科手術で取り去ってしまうことだった。しかしオームス手術は、同様に腫瘍を完全に体内から消し去ることができるうえ、患者への侵襲性がほとんどなく、どれだけ体力が落ちた患者にも実施することができた。

玲香は視線を上げる。手術室の天井近く、この見学室とほぼ同じ高さに、白っぽい光で描かれた患者の体の輪郭と、その内部にピンクと水色の血管が複雑にひしめき合っているホログラムが映し出されている。それはオームスの内部で、この手術のオペレーターが見ているのと同じ映像だった。

手術がはじまった当初は腹部の奥に腫瘍塊が醜く咲いていた。しかしいま、それがあった部分は、淡く金色に光っている。オームスシステムによって操られた新火神細胞がそこにあったがん細胞を完全に消滅させ、いまは周囲に播種《はしゅ》したがん細胞を貪食し、消し去っていた。

がん治療において、オームス手術は古典的な外科手術にとって代わるものだ。まもなく体を切開して、腫瘍を物理的に取り去るという治療法は過去の遺物と化すだろう。

そうすれば、きっとシムネスを……。あの悪魔の病気を治療するというお父さんの悲願を果たせるはず……。

ホログラムを凝視している見学者たちの口から小さな歓声が上がる。我に返った玲香が顔を上げると、腹部の奥に集まっていた光の粒子が血の流れに洗い流されるかのごとく、バラバラに崩れていき全身の血管へと循環しはじめた。

光が消えた腹部からは、赤黒い異形の『花』や、周囲に浸潤しているがん細胞を表していた血煙のような『靄《もや》』は消え去っていた。

原発巣とその周囲に広がっていたがん細胞は、全て除去できた。ステージⅣのがんなので、リンパや血流に乗って、細かいがん細胞が全身にばらまかれている可能性はあるが、それも術後、体内に残り続ける新火神細胞が貪食してくれるだろう。

これまでの医学では、数ヶ月の延命しかできなかった末期の膵臓がんの根治手術を行うことができた。しかも患者に対する侵襲は極めて軽度だ。おそらくは三日ほどで退院することが可能だろう。

玲香は小さく拳を握り込むと、踵《きびす》を返した。

たしかに患者への侵襲は最小限だ、しかし代わりに大きなダメージを受けている人物がいる。彼女のケアに向かわなければ。

「いやあ、玲香先生、すごいですね。まさか末期の膵臓がんを治せるなんて」

見学室から出ようとしたとき、野太い声がかけられる。出入り口のドアノブに手をかけたまま横目で視線を送ると、白衣を着た恰幅《かっぷく》の良い中年男性医師が、媚《こ》びるような笑みを浮かべていた。

「ありがとうございます、猿田《さるた》先生」

玲香は素っ気なく答える。

この猿田は、父である火神郁男の腰巾着《こしぎんちゃく》のような男だった。火神郁男が若い頃世話になった人物の息子というコネで統合外科に入局したが、外科医としての腕はイマイチで、技術至上主義の医局の中では肩身が狭かったのか、自らの希望もあって関連病院に出向していた。

火神郁男の死後、猿田は新しく赴任した教授の意向で本院に戻された。調子よく、憎めない面もある男なので、他科や関連病院との調整能力はそれなりに高く、そのコミュニケーション能力を買われて、いまは医局長という名の便利屋を任されている。

「しかし本当に素晴らしいですね。オームス手術のときは毎回見学させてもらっていますけれど、どんどん難しい手術にチャレンジしている。とうとう今回は末期の膵臓がんの根治手術にまでこぎつけた。お父様譲りの玲香先生の才覚には、ただただ驚くばかりです」

いまにも揉《も》み手をしそうな様子で、猿田は歯の浮くようなセリフを吐き続ける。

「まあ私もシステムの改良を頑張っているけど、一番はオペレーターの腕がどんどん上がっていることよ。桜庭先生のね」

「桜庭澪の……」

他の者と並ぶと遠近感が狂うと言われるほど大きな猿田の顔に、複雑な表情が浮かぶ。

オームスのテストオペレーターである桜庭澪と、この猿田は犬猿の仲だ。

この人が『猿』だから、あの子は『犬』ね。たしかに澪って、なんとなく柴犬《しばいぬ》っぽいところがあるし。

思わず唇が綻《ほころ》んでしまう。

「猿田先生、もうおべっか使わなくてもいいんですよ。父は亡くなったし、私はもうこの医局を辞めたんですから」

三年前、火神郁男の四十九日が済むと、玲香は統合外科医局を退局し、パナシアルケミという会社に就職した。

万能薬を意味するパナシアと、錬金術を意味するアルケミーを掛け合わせた社名を持つ、世界最大規模のメガファーマ（巨大製薬会社）。そここそが、二十年以上前に父である火神郁男とともに火神細胞を完成させ、そしていまは莫大《ばくだい》な研究費をかけてオームスの開発を行っている会社だった。

パナシアルケミの『錬金術で作られた万能薬』、それこそが火神細胞だ。パナシアルケミはかつて、米国にある中規模の製薬会社に過ぎなかったが、火神細胞の実用化により急成長し、多くのベンチャー企業を買収しながらメガファーマへと成長していった。そして、いまも火神細胞と、それを使用した万能免疫細胞療法に付随して使用する薬剤の売り上げを中心に、業績を伸ばしていた。

いまの玲香の肩書きは、パナシアルケミ創薬部門のオームス開発プロジェクト室長となっていた。

「おべっかなどではありません！」

猿田は背筋を伸ばす。脂肪を大量に蓄えた腹部が白衣を突き上げた。

「私は火神教授を心から尊敬しておりました。教授の悲願だったオームスの完成は、私の悲願でもあります。教授の一人娘である玲香先生によって、それが現実になりつつあることを心から嬉《うれ》しく思っております」

力強い猿田のセリフからは、それが本心であることが伝わってくる。

かなりクセの強い男だが、父を心の底から尊敬していたことは本当なのだろう。それが何故か無性に嬉しかった。

「この猿田、火神教授の悲願であったオームスの完成のためでしたら、微力ながらどんな協力もいとわない所存であります。できることがあれば、何でもおっしゃってください」

猿田は背筋を伸ばし、直立不動になる。

「できること……。そうね、それじゃあ桜庭先生と仲良くしてちょうだい。オペレーターの精神的なストレスは、できる限り取ってあげたいから」

猿田の大きな顔面が複雑に歪《ゆが》むのを見て忍び笑いを漏らすと、玲香は「それじゃあね、猿田先生」と言い残して見学室を後にする。

スリッパを鳴らしながら非常階段を下りた玲香は、特別手術室の前に到着するとフットスイッチに足を入れた。重い金属製の扉が、低い音を立てながら開いていく。白衣のポケットに手を突っ込んだ玲香は、部屋の中心に鎮座する巨大な黒いカーボン製の『繭』、オームスオペレーティングユニットへと近づいていく。

「あ、玲香さん、お疲れ様です」

オームスの脇に立っていた、メガネをかけた女性、愛川萌香《あいかわもえか》が会釈する。

パナシアルケミの若手研究員の一人で、いまは主に澪の助手をしている人物だった。化粧っ気の少ない顔にはそばかすが浮いており、長い黒髪は寝癖なのかところどころ撥《は》ねている。年齢は二十代半ばのはずだが、まだあか抜けない田舎から上京したての大学生のような雰囲気を醸し出していた。

「萌香ちゃん、澪のバイタルに問題はない？」

玲香がたずねると、萌香は手に持っているタブレットを操作する。その画面には、オームスの中で『執刀』している桜庭澪のデータが表示されていた。

「はい、血圧と心拍数が上昇していますが、許容範囲内です。シンクロレベルも常に七十％以上を維持しております。ただ反応速度は次第に遅れてきていて、脳の処理速度が落ちてきているものと思われます」

「そりゃそうよね。普通の人間なら数分で三半規管が悲鳴をあげ、脳神経がショートしかけるほどの情報が頭に流れ込んできているんだから。それに一時間以上耐えて、患者の体内に注入された新火神細胞を操り続けるなんて、普通の人間なら廃人になってもおかしくない」

「澪先生、すごいですよね。普通の外科手術の腕も超一流なのに、オームスまでこんなに操れるなんて。まさに世界最高の天才外科医ですよね」

「世界最高の天才外科医……」

精悍な表情でメスを振るう竜崎大河の姿が浮かび上がり、玲香は小さなうめき声を上げてこめかみを押さえる。

「大丈夫ですか⁉」

慌てて声をかけてくる萌香に「大丈夫。ちょっと頭痛がしただけ」と答えながら、玲香は軽く頭を振る。

もうあの男はいない。医師免許を剝奪され、手術ができなくなったあの男など、もはやこの世から消えたのと一緒だ。忘れて前に進まなければ。

お父さんのために……。

玲香が胸の中で決意を固めたとき『OOHMS disconnected.』という人工音声が響き、黒い光沢を放つ『繭』が低い駆動音を立てながら、上下へと割れはじめた。

オームスの蓋《ふた》が開き、そこに内蔵されているコンピューター群とドーム状の情報投射装置、そしてその中心に置かれている操縦席に力なく横たわっているオペレーター、桜庭澪の姿が現れた。

「澪、大丈夫⁉」「澪先生！」

玲香と萌香の声が重なったとき、澪がぎこちない動きで両手にはめてあるオームス操作用の特殊グローブを外し、頭部を覆っているヘッドギアに手をかける。

ヘッドギアが外され、去年三十路《みそじ》を越えたというのに、いまだに医学生に間違えられることもある童顔が露《あら》わになる。

「大丈夫です……。ちょっと頭が痛くて、気持ちが悪いだけですから……」

澪が力なくつぶやくと同時に、大きな拍手が降りそそいだ。玲香が視線をあげると見学室からオームス手術を見下ろしていた見学者たちが、一斉に手を打ち鳴らしていた。それを見て、玲香の唇がほころぶ。

「ほら、澪、手を振ってこたえてあげなさいよ」

「え、え……。手を振るって、手術をしただけなのに……」

血の気が引いた澪の顔に、戸惑いが浮かぶ。

「たんなる手術じゃない。これまで誰も成し遂げなかったステージⅣの膵臓がんの根治手術よ。これは快挙なの。まさに歴史的瞬間よ」

興奮が滲《にじ》む声で玲香が言うと、澪は首をすくめながら見学室に向かって小さく手を振った。さらに拍手が大きくなる。

「あの……、玲香さん」

手を振り続けながら澪が小声でつぶやく。

「なに？　少しは実感してきた？　自分がすごい事をしたって」

「いえ、そうじゃなくて……。吐きそう……」

「ダメよ！」

玲香は慌ててオペレーティングユニットのそばに置かれているタラップを登り、シートに座る澪の体を抱きかかえるようにして、装置から出す。

「せっかく完璧《かんぺき》なデモンストレーションだったのに、最後にゲロなんか吐いたら、全部台無しになるでしょ！」

「でも……、もうなんか喉《のど》までせり上がって……」

「頑張って飲み下しなさい！　トイレまで我慢して！」

悲鳴じみた声で言いながら、玲香は澪に肩をかしてタラップを下り、手術室の出入り口へと向かう。

「スタッフのみなさん、あとはお願いします」

フットスイッチに足を入れて、再び出入り口扉を開きながら玲香が声を張り上げると、患者のそばに立っている麻酔科医が「大丈夫です」と頷《うなず》いた。

「お願いします」

玲香は一礼すると、いまにも堤防が決壊しそうなのか、両手で口を押さえている澪を引きずるようにして廊下に出て、トイレへと向かう。

「あの、私も……」

ついて来ようとした萌香に、玲香は「あなたは手術室でオームスからこの手術のデータを抽出しておいて。あと、上の階にいる見学者たちへの説明もお願い」と指示を出す。

「そんなの無理ですよ！」

萌香はメガネの奥の目を剝《む》いた。

「私、研究者としては新人に毛が生えたようなもんですよ。あんなお偉いさんたちの前に出たら、ヘビに睨《にら》まれたカエルみたいに動けなくなっちゃいます！」

まあたしかに萌香には荷が重いか……。けれど大切なオームステストオペレーターを、手術部のど真ん中で嘔吐《おうと》させるなんてわけにはいかないし……。

悩んでいると玲香の目に、腹の脂肪を揺らしながら階段を下りてくる猿田の姿が映った。

「猿田先生！」

玲香が声を上げると、猿田は「わ⁉　な、なんですか？」と体を震わせる。

「申し訳ないんですけど、私はこれから桜庭先生の看病をしなくちゃいけないんです。だから見学室にいる見学者たちの相手をお願い」

「お相手って、あんな専門家たちに私がですか⁉　どんな難しい質問されるかわかったもんじゃないですよ！　そもそも私はオームスにはほとんど関わっていないし……」

猿田は腫《は》れぼったい目を見開く。

「大丈夫ですよ、適当にごまかしていただければ。さっき『どんな協力もいとわない』って言ったじゃないですか。これこそがその『協力』です」

呆然《ぼうぜん》と立ちつくしている猿田に、「それじゃあお願いしますね」と言い残すと、玲香はえぷえぷとえずきはじめた澪を引きずって、女性用トイレへと入る。

「そんな殺生なぁ！」

閉まった扉の向こうから、猿田の悲鳴がかすかに響いてきた。


「少しは落ち着いた？」

洗面台で口をゆすいでいる桜庭澪に、玲香は声をかける。

「はい、もう吐き気はだいぶ治まりました。ただ、口の中が苦くて……。なんか喉もヒリヒリするし……」

弱々しい声で澪はつぶやいた。

「そりゃ、三十分近く吐いていたからね。胃液で喉とか口が荒れるのは当たり前よ」

「すみません、みっともない姿を見せて……」

流し台に両手をつきながら澪はうな垂れる。

「気にしなくていいわよ。見学に押しかけて来た専門家たちには『かっこいい姿』だけを見せられたからね」

「かっこいい？」

澪が振り返る。さっきまでは死人のように青ざめていたその顔には、いくらか血の気が戻っていた。

「それはそうでしょ」玲香は肩をすくめる。「あなたは世界で初めてステージⅣの膵臓がんの根治手術をした外科医なのよ。しかもそれを成功に導いた最新鋭のシステムは、まだあなたにしか操れない」

そこで言葉を切った玲香は、皮肉っぽく唇の端を上げる。

「もちろん今後、オームスを世界的な標準治療にするためには、訓練すれば誰でも操作できるようにしなくちゃいけないんだけどね。ただ、あなたがこの三ヶ月、十数回も、実際にオームスでの執刀をしてくれたおかげで、かなりデータが集まってきた。オームス本体と新火神細胞のバイオコンピューターに組み込まれているAIシステムの精度を上げれば、オペレーターが処理しなくてはならない情報量は激減するはず」

言葉を切った玲香は、拳を強く握り込んだ。

「そのときこそ、オームスががん治療を根本的に変えることになる。そして、父の悲願であったシムネスの征圧も出来るはず」

「火神教授の……」

澪の表情がこわばる。おそらくは、吐き気とは別の理由で。

三年前、火神郁男が術中死した手術に、澪も立ち会っていた。心臓が破裂し、大量の血液が手術室に撒《ま》き散らされた瞬間を目の当たりにした。

「なんにしろ、あなたは世界最高の外科医ってことよ」

重くなった空気を払拭《ふっしょく》するように、玲香はつとめて明るい口調で言う。

「だから、そろそろオームスの開発協力に専念してくれない？　ナースエイドなんてそろそろやめちゃってさ」

三年前にトラウマを乗り越えて外科医に戻っても、澪は週に三回、半日ほどナースエイドの仕事を続けている。

「何度も言っているじゃないですか。私はナースエイドをやめるつもりなんてありません。ナースエイドの勤務はしっかりと続ける。それがオームスのオペレーターになる際の条件だったはずです」

澪は眉尻《まゆじり》をわずかに下げた。

「分かっているけどさ、まだ不完全なオームスを操縦する心身の負担は、想像を絶するでしょ。少しでも休んで、コンディションを整えて欲しいっていう友人としての提案よ」

「ありがとう、玲香さん。けど、私にとってナースエイドとして患者さんの身の回りのお世話をしたり、同僚と一緒に働いている時間が一番リラックスできるの」

「そっか……。なら仕方ないわね」

玲香が微笑を浮かべると、澪は目を細めた。

「それに私は世界最高の外科医なんかじゃありません。体質的にオームスから流れ込んでくる情報に酔わないでうまく処理できるっていうだけですよ。……世界最高の外科医は他にいる」

懐かしそうに空中を眺める澪が、そこに竜崎大河の思い出を見ていることは明らかだった。

澪と竜崎との間には、特別な絆《きずな》がある。恋愛関係とは別の、お互いを認め合い、そしてときには競い合う、相棒のような関係。昔、竜崎に惹《ひ》かれたこともある玲香は、かってその関係にわずかな嫉妬《しっと》を覚えていた。

けれど私は、どんな理由があれ、お父さんを術中死させた竜崎先輩を決して許さない。オームスを完成させることは、父の悲願を果たすと同時に、私が竜崎大河という天才に打ち勝つことでもある。

そのためには、どんなことでもする。どんなことでも……。

決意を固めた玲香は、いまだ懐かしそうに空中を眺めている澪に声をかける。

「昔の恋人との思い出に耽《ふけ》るのはやめなさい。みっともないわよ」

「大河先生は恋人なんかじゃありません！」

一瞬で我に返った澪は、声を上ずらせる。

「あら、私は竜崎先輩のことだなんて言ってないわよ」

からかうように声をかけると、澪はわずかに頬を赤らめながら唇をへの字に歪めた。

こういうところが可愛いのよね、この子。玲香は思わず唇がほころんでしまう。

「そうですよね。けど、大河先生どこ行っちゃったんでしょう？　もう三年間、全然連絡もないし」

「……あなた竜崎先輩と、本当に付き合ってなかったのよね？」

玲香が呆《あき》れと疑惑のブレンドされた声で訊ねると、澪は慌てて胸の前で両手を振った。

「だから違いますって。そんなんじゃありません。ただあの人、手術の腕はすごかったですけど、生活能力ほとんどゼロでしたから、海外で一人で生きて行くなんてできるのかなってちょっと心配で」

「その手術も、医師免許剝奪されてできないしね。もしかしたら、どこかで野垂れ死んでたりとかして。だとしたらいい気味よね」

軽い口調で言うと、澪がじっと視線を送ってくる。玲香は「なに？　なんか顔についてる？」と頰のあたりを手でこすった。

「玲香さん、やっぱりまだ大河先生のことを恨んでいるんですか」

首をすくめた澪に探るように訊ねられ、玲香はどう答えるべきか迷う。

「……当然でしょ。竜崎先輩のミスでお父さんが死んだんだから」

「大河先生はミスなんて……」

竜崎をかばおうとした澪に、玲香は鋭い視線を投げかける。

「じゃあ、なんでお父さんは心臓が破裂して術中死なんて悲惨な死に方をしたの！」

玲香が声を荒らげると、澪は表情をこわばらせた。

「父が死んだのは竜崎先輩のせいよ。だから、私は絶対にあの男を許さない！」

黙り込む澪の前で、玲香は胸に手を当てて深呼吸を繰り返す。

「ごめん、怒鳴ったりして。私にとっては家族の仇《かたき》でも、あなたにとってはそうじゃないものね。大丈夫よ、確かに恨んではいるけど、いまは過去に囚《とら》われている余裕はない。私は前を向いてお父さんの悲願であったこのオームスを完成させ、古典的な外科治療を過去のものにする。それこそがお父さんへの弔いであり、外科技術の習得に人生を捧げた竜崎先輩への復讐《ふくしゅう》だと思っている。だから澪、あなたも協力してね」

澪がためらいがちに頷くのを見て、玲香は言葉を続けた。

「それじゃあ、とりあえず来月ＶＩＰの手術があるから、よろしく」

「ＶＩＰ？」

澪が小首をかしげる。

「そう、その手術を成功させればオームスは一気に世界中で注目されるはず」

……そして、私は竜崎大河に勝つ。

胸の中で付け加えながら、玲香は拳を強く握り込んだ。

2

そろそろか……。成田《なりた》空港国際線の到着ロビーにある喫煙室で腕時計に視線を落とした橘《たちばな》は、短くなった紙巻き煙草を携帯灰皿に入れて消す。今朝、自宅を出るときは空だった携帯灰皿には、いまは十数本の吸い殻が押し込まれていた。

六年ほど前、新聞記者だった桜庭唯《ゆい》に交際を申し込んだ頃に、きっぱりと禁煙をした。「タバコくさい男は嫌い」と唯に言われたからだった。

唯と交際をしているあいだ、タバコを吸うことはなかった。ニコチンよりもはるかに心落ち着かせてくれる大切な人と一緒にいたから。

けれど、その大切な人が消えてしまった。四年前、唯はシムネスという不治の病に冒され、入院先の病院の屋上から転落死した。

病気を悲観しての自殺として処理されたが、橘はそれが信じられなかった。自分が愛した女性は強い人だった。そして記者として命の灯が消えるまで社会正義のために事件を追おうと、必死に病にあらがっていた。

唯は自殺なんかしていない。彼女は殺されたんだ。

唯を喪《うしな》ってからずっと胸の奥にくすぶっていた疑念は、唯の妹である桜庭澪の自宅に何者かが侵入し、荒らしていったという情報を聞いて、確信へと変化していった。

それから橘は再びタバコを吸いはじめた。ニコチンをガソリンがわりに脳細胞のエンジンを吹かして、命を落とす直前まで、唯が追っていた事件を調べはじめた。

なぜ、愛する人の命を奪われたのかを突き止め、その犯人の手に手錠をかけるために。

「星嶺医大附属病院……」

肺に残っていた煙とともに、その言葉が漏れる。唯は星嶺医大の統合外科を、そのトップに君臨していた日本で最も有名な外科医、火神郁男を調べていた。

火神こそ、唯の事件の真相を暴くための最大の手がかりだった。しかし、その最重要参考人は三年前に命を落としてしまった。唯と同じシムネスという奇病に冒され、それを治療するための手術を受けて。

唯と火神が、同じ稀少《きしよう》疾患に罹患《りかん》した。これが偶然であるはずがない。やはり火神は唯の事件に深く関わっていた。しかし、訊問《じんもん》をする前に火神はこの世から去ってしまった。

「死人に口なし、か。なら、生きてる奴から話を聞くしかねえな」

橘はひとりごつと、喫煙室を後にして到着ロビーを進んでいく。自動ドアの向こう側から次々とやってくる入国者たちを、橘は睨み付けるように、観察し続けた。

いた……。

数分後、姿を現した目的の人物に、橘は威嚇するかのように革靴を鳴らして近づいて行く。

「お久しぶりですね、竜崎大河先生」

橘に声をかけられた竜崎は足を止めると、ほとんど表情を動かすことなく横目で視線を送ってきた。

「私のこと覚えていらっしゃいますか？」

「橘、新宿《しんじゅく》署の刑事だろう？」

「おや、世界的に有名な天才外科医である竜崎先生に名前を覚えていただいているなんて、光栄の至りです」

胸元に手を当て、芝居じみた仕草で一礼した橘は、上目づかいに竜崎を見る。

「いや『先生』と呼ぶのは変かな。あなたはもう医師免許を剝奪されているんだから」

「好きなように呼べばいい。で、何の用だ？　出迎えを頼んだ覚えはないぞ」

「いえね、せっかく三年ぶりのご帰国だから挨拶《あいさつ》しようと思いましてね。三年前には色々とお世話になりましたから。本当に色々とね」

皮肉で飽和した口調で言うと、竜崎は小さく鼻を鳴らした。

「新宿署の刑事が管轄外の千葉にまで来られるなんて、警察官っていうのはよっぽど暇な職業なんだな」

「あいにく今日は非番でね。休みの日に何しようが、俺の自由だろ」

「ああ確かに自由だ。だが、顔見知り程度の医者に挨拶に来るなんて、有意義な休日の過ごし方とは思えないな」

竜崎はそこで言葉を切ると、「お久しぶりです。会えてよかったです」と芝居じみた口調で言って、橘の脇を通り過ぎようとする。橘は横に腕を突き出してその進路を遮った。

「なんだ？　挨拶は終わった。もう俺に用はないはずだ」

「つれないこと言うなよ、竜崎さん。三年ぶりに会ったんだ。ちょっと立ち話するぐらい付き合ってくれよ。……お前、なんで日本に来た？」

「俺は日本人だ。この国の単なる善良な市民だよ。母国に帰ってきて何が悪い」

「ごまかすなよ。お前は日本人である以前に、外科医だ。泳ぎ続けないと窒息して死んじまうサメみたいに、手術をし続けないと生きられない異形の存在だ。その証拠にお前はこの三年間一度も日本に帰ってこなかった。医師免許を剝奪されたこの国じゃあ、お前にとって呼吸にも等しい手術が出来ないからだ」

「よく俺のことを調べているな、ストーカーか何かか？」

「いいや、この国に住む市民の安全を守るためなら、どんなことでもする警察さ。そう、……どんなことでもな」

橘が声を低くすると、竜崎の顔にかすかな緊張が走ったかのように見えた。

「気づいたようだな。そう、お前は警視庁公安部の監視対象になっている」

「公安？　テロリストを監視する組織がなんで、俺なんかに興味を持つ？」

「分かってるだろ。テロリストたちと知り合いだからさ。お前は金さえ積めば、どんなやつの手術も引き受ける。お前がテロリストたちと知り合いだからさ。どんな極悪人の手術も……」

探るように言いながら、橘は竜崎の顔をじっと見つめる。しかし能面でもかぶっているかのように、その精悍な顔はほとんど動くことがなかった。

「俺がテロリストだと疑っているってことか」

「いやいや、そういうわけじゃない。お前は革命やら、理想の社会やらを目指すような人種じゃない。ただ人の腹を切り裂いて、内臓を取り出すのが大好きなだけの変態野郎さ。公安部もそれはわかっている」

最大限の侮辱をしたつもりだったが、なぜか竜崎の唇はわずかながら、どこか誇らしげに綻んだ。

本物の変態野郎かよ。ヘドが出る。橘は口の中で、小さく舌を鳴らす。

「なんにしろ、お前が一人でテロを起こすとは誰も思ってない。ただテロリストの手術を請け負ったっていう噂まである人間を、公安部としても放っておくわけにいかないのさ。で、俺の出番ってわけだ」

「あんたの出番？」竜崎は訝《いぶか》しげに聞き返した。

「そうだ。三年前の件で、俺はお前のことを知っている。だから公安部は俺を使うことにしたってわけさ」

「なるほど。俺に執着している刑事に情報を回し、自分たちの代わりに監視させようってわけか。公安部っていうのは秘密主義と聞いていたが、実際はそうでもないようだな」

「時代は変わるんだよ。最近、国際情勢が荒れているから、あいつらは万年人員不足だ。猫の手も借りたいのさ。特に、それほど重要度の高くないお前みたいなやつの監視にはな」

「つまり、あんたは国家公認の俺のストーカーってわけだ。で、話はこれで終わりか。それなら、行かせてもらうぞ。長いフライトで疲れているんだ。ホテルにチェックインして時差ボケを直す必要がある」

去ろうとする竜崎の腕を、橘は摑《つか》む。ジャケットの生地越しに、細いながらも鍛え込まれているのがわかる筋肉の感触が伝わってきた。

「そうつれなくするなよ。もう一つだけ、聞きたいことがあるんだ」

橘は乾いた口腔内を舐《な》めて湿らせると、最も知りたかった問いを口にする。

「お前、アフリカに何しに行っている？」

これまでほとんど動かなかった竜崎の表情がかすかに強張《こわば》るのを見て、橘は自らの予想が正しいことに気づく。

「お前はこの三年間で五回以上も、西アフリカにある小国に入国しているな。あそこで何をしているんだ」

「観光だ……」

「観光？　あんな外務省から渡航中止勧告が出ているような危険な地域で、なにを見るっていうんだ」

「ネコだよ」

竜崎は目を細める。意味がわからず橘は「ネコ？」と眉根を寄せた。

「ああ、俺はネコが大好きでな。特に大きなネコが。ただだんだんと普通のイエネコじゃ満足できなくなってきたんだ。だから定期的にあの国に行くんだよ。あの国のサバンナには、たくさんのネコ科の猛獣が棲《す》んでいる。それを眺めるのが、いまの俺の生きがいなのさ」

からかうような口調で言いながら、竜崎は肩をすくめた。この姿を目の当たりにして、頭に血が上っていくのを感じる。

「ふざけるな！　誤魔化すんじゃねえ！　あの国で、お前は一体何をしているんだ⁉」

「おいおい、刑事さん。どんな権限で俺を訊問しているんだ？　公安の監視対象か何か知らないが、この法治国家で特に罪を犯しているわけでもない俺の自由を、あんたに制限される筋合いはないはずだ」

「……確かにそうだな」

橘は胸の中の怒りを、息に溶かして吐き出す。

「しかたないな。お前が罪を犯すのを待つとしよう。そうすればお前を勾留《こうりゅう》して、じっくりと訊問できる。お前が音をあげて全て吐くまでずっとな」

「俺が罪を犯すのを待つ？」

鼻の付け根にしわを寄せる竜崎の前で、橘は両手を広げた。

「そうさ、さっき言っただろ。お前は手術をし続けないと生きられないって。この国でも、お前は誰かの腹を切り裂くに決まっている。だが、日本の医師免許を剝奪されているお前がそれをすれば、明らかな犯罪だ。俺がその手にワッパをかけてやるよ。『神の手』とか呼ばれているその両手にな」

「好きにすればいい。そもそも……」

そこまで言ったところで竜崎は口をつぐむと、橘の背後に視線を向ける。橘が振り返ると、そこにはニュース番組を映しているディスプレイがあった。

『先月から続いているイラン東部での混乱はとどまるところを知りません。多くの民間人が犠牲になっているイラン東部の都市では、いまも市街戦が繰り広げられ……』

ニュースキャスターが淡々と原稿を読み、画面にはミサイル攻撃で多くの住居が破壊されて、廃墟《はいきょ》のようになった街並みが映し出された。

三ヶ月ほど前、イラン東部の広い範囲を支配していたイスラム過激派テロ組織であるアラブ解放戦線の指導者、ジャミール・ラジャンがアメリカの特殊部隊により暗殺された。

ジャミール・ラジャンのあとを継いだ新しい指導者は、米国をはじめとする西側諸国に対して宣戦布告を行い、世界中にいるアラブ解放戦線のシンパたちに聖戦、ジハードを呼び掛けた。

それに呼応し、米国や欧州各国で自爆テロが起こり、多くの民間人の犠牲者が出ている。米国は『テロとの戦争』の名目で、アラブ解放戦線支配地域への空爆を開始し、大勢の市民がそれに巻き込まれた。また、カリスマ指導者を失ったことで求心力を失ったアラブ解放戦線への市民の抵抗も強まり、一帯が内戦状態になるという惨状だ。

日本でもいつアラブ解放戦線のシンパによるテロが起こるか分からず、警視庁公安部をはじめとする公安警察は、テロを阻止するために関係組織の監視を全力で行っていた。

これがあったからこそ、秘密主義の公安部から竜崎の情報が漏れてきたんだけどな。橘は内心でつぶやきながら、視線を正面に戻す。

「中東情勢がそんなに気になるのか？」

橘の問いに答えることなく、竜崎は踵を返す。

「指導者ってやつは大したもんだな。こっちは一人の命を助けるのも苦労するっていうのに、あいつらは簡単に何千、何万って命を奪えるっていうんだから」

去っていく竜崎の背中が、なぜかやけに小さく橘には見えた。

3

「本当に作ったんだ……」

呆然とつぶやきながら、手術着姿の澪は部屋を見回す。すぐそばには黒い光沢を放つ見慣れた巨大な繭状の装置、オームスオペレーティングユニットが設置され、そこから三メートルほど離れた位置に、手術台が置かれている。

オームス手術用の専用手術室、しかしここは普段、澪が使用している星嶺医大附属病院の手術部ではなく、港区《みなと》赤坂《あかさか》にあるアメリカ大使館の一室だった。

澪は手術室の出入り口に視線を送る。重厚な鉄製の自動扉が開いており、その奥にある廊下でこちらも手術着を着た男女が話をしている。火神玲香と壮年の白人男性。その男性こそ、この大使館の主人、駐日アメリカ大使だった。

二人の声はかすかに聞こえてきているが、早口の英語なのでほとんど理解できない。ただ、なにやら険悪な雰囲気であることは伝わってきていた。

なにかトラブルだろうか？　胸の中で不安が膨らんでくる。

そもそも、この手術は最初からトラブル続きだ……。澪はこの数週間の出来事を思い出す。

先月、玲香が言っていた『ＶＩＰの手術』、それこそいまから行う予定のオームス手術だったが、今回の手術はこれまでのものと大きく異なる。それは、患者が駐日アメリカ大使の母親という重要人物だということだった。

大使と共に来日し、大使館で生活していた母親が体調を崩したのは半年ほど前のことだった。都内の病院で検査をしたところ、進行した乳がんが発見され、すでに骨や肺へと転移し、根治手術は不可能な状態だった。

すぐに抗がん剤による化学療法と、火神細胞による万能免疫細胞療法が開始されたが、効果は薄く、腫瘍はみるみる増大していった。

このままでは半年以内に母親は命を落とすと告げられた駐日アメリカ大使が、最後の希望として縋《すが》ったのが、日本国内でのみ試験的に行われているオームス手術だった。

「駐日アメリカ大使の母親を治療したとなれば、米国でも大きな話題となる。オームスの名は一気に世界中の医療界にひびきわたって、お父さんの、火神郁男の名前は、また世界に轟《とどろ》くはず」

先月、玲香が興奮気味にそうまくし立てたのを思い出し、澪は口を固く結ぶ。

四年前、入院している病院の屋上から転落死した姉の桜庭唯。彼女を突き落とし殺害したのが、玲香の父であり、火神細胞の生みの親でもある火神郁男だ。

ジャーナリストだった姉は、火神についてなにか重大な事実に気づき、そして口封じに殺害されてしまった。その『事実』というのが何だったのか、なぜ姉はあんな形で命を落とさなければならなかったのか。シムネスに全身を冒され手術を受ける寸前の火神が、唯の殺害を告白してからというもの、澪はずっとそのことを考えてきた。

火神はシムネスの手術中に命を落とした。

切除したはずのがん細胞が爆発的に増殖し、心臓が破裂するというあまりにも異常な光景を澪は思い出す。

火神が自らの手術を強行させたのは、きっとあの現象を予想していたからだろう。自らの死と引き換えに、澪に、そして執刀医である竜崎大河になにかを伝えようとしていたのだ。

姉が命を賭《と》してまでつかみ取った『真実』にたどり着きたい。ずっとそう切望してきた。

――真実を知りたいなら、外科医に戻りなさい。戻って、オームスのオペレーターになるんだ。私の娘がサポートしてくれる。そうすれば、理解できるはずだ。

火神郁男が最期に残した言葉が耳に蘇《よみがえ》り、オームスのオペレーティングユニットから手を引く。このオームスこそが、真実に近づく鍵《かぎ》だ。そう確信しているからこそ、この三年間、オームスのオペレーターとして全力を尽くしてきた。それによって、とうとうオームスも実用化の目処《めど》が立ってきている。けれど、求め続けている『真実』はいまだにその影さえも捉《とら》えられていない。もしかしたら、火神に騙《だま》されたのではないか。たんに自分の悲願であるオームスの完成に協力させるために、最期にでたらめを吹き込んだのではないか。

そんな疑念が浮かぶたび、火神が術中死した手術での、あの現実とは思えない現象を思い出し、やはり火神は何かを伝えようとしていたのだと自分に言い聞かせてきた。

けれど最近は、あのとき見た光景は幻覚だったのではないかという不安に苛《さいな》まれている。死後に病理解剖された火神の心臓からは、腫瘍細胞は発見されなかった。縫合が不十分であったため、内部の圧力に耐えきれず心臓が破裂してしまった。病理医はそう判断し、執刀医の責任と結論付けた。

そう、執刀医だ……。

澪の脳裏に、端整で精悍な男の顔が浮かび上がる。火神の心臓に起きた現象を澪とともに目撃した唯一の人物とは、この三年間、連絡が取れていない。何度かメールをしたが、一度も返事が来たことはなかった。

大きなため息をつくと、澪は出入り口に再び視線を向ける。玲香がまだ大使と話をしていた。紅潮している頰から、玲香がどれほど必死なのか、そして今回の変更にどれだけ不安をおぼえているかがうかがえる。

玲香が『大きなチャンス』ととらえていたこの手術、その雲行きが怪しくなったのは、二週間ほど前のことだった。大使館側がいきなり、オームス手術を星嶺医大附属病院ではなく、大使館で行いたいと言ってきたのだ。

　玲香はその提案に強く反発した。たしかにオームスシステムは移動が可能なように作られているが、まだ星嶺医大附属病院手術部以外で使用したことがない。予想外のトラブルが起こらないとは限らない。そんな状態でオームスの未来を左右するような重要な手術などできるはずがない。パナシアルケミの会議室で行われた検討会で、玲香はそう強く主張した。そして澪も玲香と同じ気持ちだった。

　患者のために手術には完璧を期したい。そのためには余計なリスクは負うべきではない。

　しかし大使館から検討会に派遣された職員は、大使館内での手術を受けられないのなら、今回の話はなかったことにすると取り付く島もない態度で言い放った。

　末期がんに冒されている米国ＶＩＰをオームスで救うという、千載一遇のアピールチャンスを逃すわけにはいかないというパナシアルケミの強い意向もあり、最終的に玲香は大使館内での手術室の準備とオームスのセッティングを全面的に管理する条件のもと、渋々と大使館での手術に同意していた。

　面倒くさいことになりそう……。澪はこめかみを搔きながら部屋を見回した。

　元々は大使館職員用の医務室だったということだが、完璧にオームス専用手術室へと作り替えられている。

　玲香から聞いた話では、アメリカ大使館の協力のもとパナシアルケミが費用を負担したうえで、わずか一週間ほどでこの部屋をオームス手術が可能な特別手術室へと改造したらしい。さらに、星嶺医大の手術部に備え付けてあったオームスオペレーティングユニットと、新火神細胞の演算に使用するスーパーコンピューターをこちらに搬送し、使用可能な状態にしてあった。すでに昨日の時点でリハーサルも済ませており、問題なくオームスオペレーティングシステムが作動することが確認されている。

やっぱり、アメリカってすごいなぁ。澪は内心でつぶやく。

日本なら様々な許可を取るための調整で、少なくとも二、三ヶ月はかかるだろう。それをこの短時間で成し遂げたのは、パナシアルケミというアメリカのメガファーマの資金力と技術力あってのことだ。

パナシアルケミは今回の手術が、莫大《ばくだい》な資金を投入するだけの価値があると踏んでいるのだろう。たしかに、米国のＶＩＰの末期がんをオームスで完治させたとしたら、そのニュースは世界中に響き渡る。近い将来オームスを外科手術に代わるがん治療の中心に据えたいと考えているパナシアルケミとしては、どれだけ金をつぎ込んでも惜しくないはずだ。ただ……。

「ただ、だからこそ星嶺でやりたかったな……」

澪のつぶやきが手術室の空気に溶けていく。

たしかにこの手術室は、オームス手術を行うための十分な設備が整っている。しかし、いくらハードが揃っていてもソフトは完璧ではない。

いつも一緒に手術部で働いている星嶺医大の頼れる仲間たちが近くにいない。それがやけに心細かった。

「どうしたのかな、桜庭澪。そんな便秘でもしているような顔をして。トイレなら廊下を出て右に曲がった先にあるよ」

背後からかけられた聞き慣れた声に、澪は顔をしかめながら振り返る。そこには統合外科の医局長にして、天敵である猿田が立っていた。

「いてほしいのは頼れるスタッフであって、この人じゃないのに……」

口の中で愚痴がこぼれてしまう。

オームス手術では不測の事態に備え、統合外科の外科医が一人バックアップとして手術に立ち会うことになっていた。そして、今日のバックアップがこの猿田だ。

なぜ、よりにもよって猿田を今回の重要な手術のバックアップにするのかと、先日玲香に抗議をしたが、「仕方ないでしょ、統合外科で丸一日、病院をあけられるほど暇な外科医なんて猿田先生ぐらいしかいないんだから」と至極もっともなことを言われ、渋々認めざるを得なかった。

「まあ今日は大船に乗ったつもりでいなさい。具体的にはタイタニック号ぐらいの大きな船に」

「その船、沈没したんじゃ……」

「細かいことはいいじゃないか。まあ、お前がなにか失敗しても、俺がしっかりとフォローしてやるから安心しろ」

重要な手術に立ち会えることが嬉しいのか、猿田は太鼓腹を突き出すように胸を張ると、大きな笑い声をあげた。

「猿田先生こそ安心してください。これまでのオームス手術でバックアップ医師の出番は一度もありませんでした。それに、ここには玲香さんもいます。猿田先生の出番は万が一にもありませんから」

猿田の馬鹿笑いが癪《しゃく》に障った澪は、慇懃《いんぎん》無礼に言う。猿田の分厚い唇がへの字に歪んだ。

澪と猿田が至近距離でにらみ合っていると、「なにやっているのよ、二人とも」と、いつの間にか大使との話し合いを終えた玲香が近づいてきた。

「玲香先生、本日は火神教授の悲願であるオームスの未来を左右する手術に、スタッフの一人としてご指名くださり、光栄の至りです。この猿田、バックアップ医師として、もてる限りの力を尽くさせて……」

「ああ、あくまで規則だからいて頂くだけで、猿田先生の出番はありえませんから、そんなに気張らなくても大丈夫ですよ」

玲香にセリフを遮られ、ポカーンとした顔で立ち尽くす猿田を尻目に、澪は玲香に話しかけた。

「なにかトラブルでもあったんですか？　すごい深刻そうな顔で大使と話していましたけれど」

「トラブルどころじゃないわよ」玲香は大きくかぶりを振る。「場合によっては今日の手術、中止しないといけないかも」

「どういうことですか？」

「脳に腫瘍がメタしていた。……脳転移よ」

「脳転移⁉」澪は目を剝く。「それじゃあ、オームスで治療できないじゃないですか⁉」

ほぼ全身の悪性腫瘍の治療が可能なオームスだが、唯一、対応できないのが中枢神経の腫瘍、つまりは脳腫瘍だった。

脳血管は他の部位の血管と比べ密にできており、脳を守るために脳細胞に届けられる物質が制限されている。そのシステムはブラッドブレインバリアと呼ばれ、新火神細胞はそれを突破して脳内へと侵入することができなかった。

「オームスでは脳腫瘍の治療はできないことを、大使は知らないんですか？」

澪の問いに、玲香は「いいえ」と首を横に振る。

「ちゃんと知っている。だからこそ、手術場所を星嶺医大から、この大使館へと変更させたの」

「どういうことですか？」

意味がわからず澪が首をひねると、玲香は渋い表情になる。

「オームスでは脳の治療はしなくていいんだって」

「治療はしなくていいって、脳の転移巣はどうするんですか？　他の部分を治療しても、そこが残ったら意味ないですよ」

「そこだけ、他のドクターに手術させるって大使は言ってる」

「他のドクター……。つまり脳腫瘍だけ一般的な外科手術をするってことですね」

澪は口元に手を当てて考え込む。

「まあ、それ自体は問題ないんじゃないですか。オームスと一般外科手術を組み合わせたハイブリッド手術は、もともと想定されていましたし。ただ、だから手術場所が変わったっていうのが意味がわからないんですけど。その人が星嶺医大附属病院に来るのはダメだったんですか？」

澪の問いに玲香は顔をしかめる。

「どうやら、その手術をする外科医というのが『訳あり』らしいの」

「『訳あり』？」

「日本国内の一般病院では、執刀が許可されないような外科医らしい。大使も口を濁しているのではっきりは分からないけど、多分まともな医者じゃない」

「まともな医者じゃないって……、大使はそんな怪しい人にお母様の手術をさせるつもりなんですか？」

「正体不明の人物だけれど腕だけは最高だって大使は言っている。アメリカの色々な医者がお墨付きを与えたって」

「まともな医者じゃないのに腕は最高って、なんかブラック・ジャックみたいですね。あれですかね、黒いマントとか着てるんですかね？」

空気を読まず軽口を叩《たた》いた猿田を、玲香と澪の冷たい視線が貫く。猿田は贅肉《ぜいにく》のついた頰を引きつらせると口にチャックをするような仕草を見せた。

「まあでも似たようなものかも」玲香は大きく息を吐く。「そのドクター、なんか怪しいコードネームみたいなので呼ばれているし」

「コードネーム？」

澪が聞き返すと玲香は皮肉っぽく唇の片端を上げて肩をすくめた。

「『サーペント』とか名乗っているんだって。あれよ。医学の神アスクレピオスの杖《つえ》に巻き付いている蛇のことよ」

「何ですか、その厨二《ちゅうに》病臭い名前は。そんな人に本当に大使のお母様の脳腫瘍を治せるんですか？」

澪は鼻の付け根にしわを寄せる。

「無理ね」玲香ははっきりと言う。「その『サーペント』さんがどれだけ腕がいいか知らないけれど、まず不可能よ」

「どういうことですか？」

澪が首をひねると、玲香は手にしていたタブレットの液晶画面を指でなぞり操作していく。

「これを見て。ちょうど今渡された大使の母親の頭部造影ＣＴ画像よ」

タブレットに表示された、頭部を口元での高さで横断するように撮影されたＣＴ画像を見て、澪は大きく息を吞《の》む。生命活動の中枢を担っている脳幹部に、白い塊が食い込んでいた。

よりによってこんな場所に転移を……。

「最悪でしょ。しかも正常部位と腫瘍の境目がはっきりとしない。融《と》けるかのように腫瘍が食い込んでいる。これをしっかり切除しようとしたら脳幹部を傷つけてしまう可能性が高い」

「脳幹部を……」澪の声が震える。「もしそんなことになったら……」

「大使の母親は術中に命を落とす」

玲香は重々しく頷いた。あたりに重い沈黙が降りる。

「それで、どうするんですか？」

首をすくめるようにしながらおずおずと澪が沈黙を破った。

「オームスで頭部以外の腫瘍を完璧に治しても、もしその『サーペント』とかいう外科医が失敗したら患者さんは術中死しますよ。そんなことになったら、オームスを世界に向けてアピールするどころじゃなくなります」

「わかってる」

苛立《いらだ》たしげに言うと、玲香は唇を噛んで黙り込む。その顔には深い苦悩が刻まれていた。

今回の手術の現場責任者は玲香だ。手術の可否の判断は全て彼女に委《ゆだ》ねられている。米国のＶＩＰの末期がんをオームスで治すという千載一遇のチャンスを逃したくはない。しかし手術が成功するか否かを、得体の知れない怪しい外科医に委ねるわけにはいかない。激しい葛藤《かっとう》が玲香の態度には表れていた。

手術は中止すべきだ。

玲香が持っているタブレットのディスプレイに視線を落としながら、澪は胸の中でつぶやく。どう考えても、ここまで脳幹部に食い込んだ腫瘍を安全に切除するのは困難だ。世界トップクラスの脳外科医といえど、成功の保証などない。ましてや怪しげな外科医などに、この脳の転移巣を切除するなどできるとは思えなかった。

もし手術を強行すれば良くても術後すぐに脳転移が再発、悪ければ術中に患者が命を落とす。自分がオームス手術を完璧にしたとしても、世間はまるでオームスにより米国のＶＩＰが死亡したように捉えるだろう。

じっくり待てば、チャンスはいつかまたやってくる。いまは撤退すべきだ。

そう提言しようと澪が口を開きかけたとき、背後から足音が響いた。

「なるほど完璧な手術室だ。さすがはアメリカ合衆国大使館とメガファーマ。ここなら十分に手術ができるだろう」

今の声は……。

心臓の鼓動が加速していくのを感じながら、澪はゆっくりと振り返る。

出入り口に手術着姿の男が立っていた。年齢三十代後半。身長はそれほど高くないが手術着の袖《そで》から見える腕は筋肉質であり、引き締まっていて、一見してかなり鍛え込まれているのがわかる。表情に乏しいが端整で精悍な顔つきで、手術室全体を見回している。

「な、なんで……」

半開きの澪の口からかすれ声が漏れる。私は幻でも見ているのだろうか？　混乱した澪の鼓膜を、獣の唸《うな》るような声が揺らす。

「……竜崎大河」

玲香が怒りの炎が宿る双眸《そうぼう》を竜崎に向けていた。

震えるほど強く両拳を握りしめている玲香の隣で、澪は唇を固く結ぶ。

玲香の胸の中にはやはり大河に対する怒りの炎が燃え上がっている。それも当然だ。自らの手術の腕を過信した大河が無理な手術を行い、その結果、医療過誤で火神郁男の命を奪ったと思っているのだから。

手術中にがん細胞が異常増殖するという常識外れの現象が起きたことを、玲香は知らされていない。大河が玲香には伝えないで欲しいと、澪に頼んでいた。

あの現象を火神郁男は予想していた。あれこそが、桜庭唯の命を奪ってまで隠そうとしていた大きな秘密に、彼が抱えていた闇に違いない。

大切な一人娘を自らの闇に関わらせたくないからこそ、火神郁男は玲香を自らが受けるあのシムネスの手術に入れなかったのだろう。大河はその想いをくみ取り、あのありえないスピードで増殖する腫瘍のことを玲香に黙っていた。

けれど、本当にそれで良かったのだろうか？

自らが発する怒りの炎で焼かれるのではないかと思うほど、強く大河を恨んでいる玲香の姿を、この三年間そばで見てきて、澪はずっと迷い続けていた。

三年前、星嶺医大統合外科を退局し、パナシアルケミに就職してからというもの、玲香はオームスの開発に全てを捧げていた。

昼夜を問わず開発チームとともに実験を繰り返し、様々な論文を執筆し、そしてパナシアルケミの幹部とともに厚生労働省に何度も陳情を行い、とうとうオームスを先進医療として実験的に使用する許可まで取り付けた。

超人的とも言えるその働きの一方で、玲香が不眠や摂食障害に悩まされ、何度も倒れかけているのを澪は知っていた。

玲香はオームスに囚われている。オームスを完成させ、父の仇である竜崎大河に勝つ。彼が治せなかったシムネスをオームスで治療する。それだけが玲香の生きる意味となっていた。

そんな玲香がいま、仇とする竜崎大河と出会ってしまった。

澪が立ち尽くしていると、履いているスリッパを鳴らしながらゆっくりと大河が近づいてくる。

胸の中で吹き荒れている憎悪の嵐を収めるためか、自らの両肩を抱えるようにして震えながら俯《うつむ》いている玲香に一瞥《いちべつ》をくれたあと、大河は澪に近づいてきた。

「久しぶりだな、桜庭」

澪の肩を軽く叩いてすれ違った大河は、オームスのオペレーティングユニットに手を触れた。

「とうとうオームスの実用化までこぎつけていたのか。わずか三年で。たいしたもんだ」

平板な声でそう呟《つぶや》く大河の顔はどこか寂しげだった。

「あの……」澪はおずおずと声をかける。「えっと、大河先生……ですよね？」

「なんだ？　たった三年で俺の顔を忘れたのか？　薄情なやつだな」

竜崎は口角をわずかに上げると横目で視線を送ってくる。

「忘れるわけないじゃないですか。そうじゃなくて、何でここにいるんですか⁉」

「そうよ！」玲香の怒声が手術室に響き渡った。「何であなたがここにいるの？　どうして私の前にのうのうと現れたの？」

「手術をするために決まっているだろう。俺にはそれしかできないんだからな」

「手術って、まさか大使のお母様の脳の手術ですか？　でもそれって『サーペント』とか名乗っている怪しいドクターが……」

混乱した澪がこめかみを押さえると、大河は渋い表情になる。

「名乗っているわけじゃない。勝手にいつの間にかそう呼ばれるようになっていたんだ」

「じゃあ、大河先生と一緒に今回の手術をやるってことですか？」

澪は前のめりになる。さっき頭部のＣＴ画像を見たときは、まず手術は不可能だと思った。けれど、竜崎大河という稀代の天才外科医の執刀なら話は別だ。彼なら患者の脳幹部に食い込んだ腫瘍を、その魔法使いのような技術で取り除いてくれるだろう。

「ああ、そういうことになるな」

大河が気怠《けだる》そうに頷いたとき、「そんなの許さない！」という金切り声が手術室の空気を揺らした。

「私はあなたを打ち負かして父の仇を取るために、この三年間をオームスに捧げてきたの。あなたの協力なんていらない」

つかつかと大河に近づいた玲香は、つかみかからんばかりの勢いで声を張り上げる。

「俺の協力なしでどうやってこの患者を助けるんだ」

淡々とした口調で言うと、大河は玲香が手にしているタブレットを指さす。そこには患者の脳幹に腫瘍が食い込んだＣＴ画像が表示されていた。

「新火神細胞はブラッドブレインバリアを通過できない。だから脳腫瘍に対しては無力なはずだ。それともこの三年間でその弱点を乗り越えたのか」

玲香は唇を噛んで黙り込む。

「どうやらそうではないようだな。なら俺以外の誰がこれを切除できるっていうんだ。猿田先生が執刀するとでも？」

急に水を向けられた猿田は、慌てて首をぷるぷると左右に振る。

「いやまあ、私が本気を出せばできなくはないのだけれど、難しい手術をこなすためには前もってコンディションを整えなくてはいけないからね。今日はちょっとそういうテンションでは

「……」

早口で言い訳をする猿田から玲香に視線を戻すと、大河は静かに言う。

「もしお前たちが手を引くと言うなら、それはそれで構わない。俺なら患者の脳だけでなく全身にある腫瘍を全て取り去ることが可能だ。協力するのかどうか、早く決めてくれ」

「ふざけないで！　あなたなんかと協力するくらいなら……」

「玲香さん！」

澪が鋭く声をかけると、玲香の顔にはっとした表情が浮かぶ。

「落ち着いてください。この手術は世界にオームスの名を広めるための千載一遇のチャンスなんでしょ。それを一時的な感情で棒に振っていいんですか？」

「それは……」玲香の顔に逡巡《しゅんじゅん》が浮かぶ。

「私はオームスのテストオペレーターとして、この手術をやりたい」

澪がはっきり言う。玲香の鼻の付け根にしわが寄った。

「……あなたはそう言うわよね。だってあなたは私と違って竜崎先輩を恨んでいないし、それどころか相棒みたいな関係だったしね」

睨みつけてくる玲香の視線を、澪は正面から受け止める。

「そんなの関係ない。私が手術をしたいのは、それが患者さんのためになるからです」

玲香は「え……」と目をしばたたいた。

「玲香さん、しっかりしてください。私たちは勝負をしたり、新しい治療法の宣伝をするために手術をするんじゃない。患者さんを助けるために手術をするんでしょ」

澪は諭すようにゆっくりとした口調で言う。

「今回の患者さんは高齢なうえ、がんも進行していて体力が落ちている。できるだけ侵襲の少ない治療法を選択すべきです。ですよね？」

澪は横目で大河に視線を送った。彼は「その通りだ」とあごを引いた。

「だったら、大河先生の手術よりオームスの方がいい。開頭と開腹をして全ての腫瘍を取り除くのは、いくら大河先生の腕が良くても強い侵襲を体に与えますから」

初めてそのことに気づいたかのように、呆《ほう》けた表情を浮かべる玲香に澪は視線を戻す。

「オームスの実用化は確かに重要です。世界中でオームスが使えるようになれば、これまで救えなかったたくさんのがん患者たちの命を救うことができる。けれどだからといって、目の前の患者を救うという医者の本分を忘れるべきじゃないと思います。そのうえで……」

一度言葉を切った澪は、静かに告げる。

「患者さんのことを考えたら、私のオームス手術と大河先生の脳外科手術を合わせたハイブリッド手術が最も正しい選択だと思います。どうですか、玲香さん」

澪は玲香の答えを待つ。

このオームス手術の現場責任者は玲香だ。パナシアルケミの中でもごく限られた数人しか知らないと言われているオームスシステム制御用スーパーコンピューターの起動コード。それを玲香が打ち込まない限りオームス手術をすることはできない。

十数秒のあと、玲香は、「……分かった」喉から絞り出すように声を出した。

「ハイブリッド手術を受け入れます」

澪は胸に手を当てる。安堵《あんど》の息を吐く。

「ありがとう、玲香さん」

「礼を言われるようなことじゃない。それがオームスの実用化のために一番合理的な判断だというだけよ」

身を翻した玲香はスリッパを大きく鳴らしながら手術室の隣にあるオームスオペレーティングルームへと入っていく。

扉が勢いよく閉まる大きな音が手術室に響き渡った。

4

「すごい……」

手術室の端に置かれたパイプ椅子に腰掛けた澪は、呆然とつぶやきながら額に浮かぶ汗を拭《ぬぐ》った。

すでに澪のオームス手術は一時間以上前に終了していた。新火神細胞を操って、患者の全身に散らばっていた腫瘍を二時間ほどですべて除去した。

二時間とはいえ、心身に大きな負担のかかるオームス手術を終えたのだ。澪の全身は姿勢を保つのも億劫《おっくう》なほどの疲労感で満たされている。しかし、いつものように手術室をあとにして体を休めるわけにはいかなかった。世界最高の外科医の手術を見学するチャンスだったから。

数メートル離れた位置に置かれた手術台。そこに横たわっている白人女性に竜崎大河が開頭手術を行っていた。

後頭部の頭蓋骨《とうがいこつ》を小さく切除した穴を巨大な顕微鏡で覗《のぞ》き込みながら、大河は手術を進めている。顕微鏡で大河が見ている画像は、そばにあるモニターに映し出されている。

生命活動の中枢であるピンク色の脳幹部。そこに赤黒い腫瘍が食い込んでいた。モニター画面の上方から超小型のメスが現れ、腫瘍と正常組織の間に差し込まれていく。

まるで雑にのり付けされていたかのように腫瘍が脳幹から剝《は》がされていくのを、澪は口を半開きにして見つめ続ける。

どうしてあんなに迷いない動きができるの？　少しでも手元がくるって脳幹部を傷つければ、患者の生命活動が止まるかもしれないというのに……。

血流に乗り全身の細胞を冒していた疲労感も忘れて、澪は前のめりになる。

三年前に星嶺医大附属病院にいたときも、大河の手術はまるで魔法のようだった。しかし今はさらにレベルが上がり、もはや神がかってすらいる。

この三年間、どのような経験をして来たというのだろう？　どれだけの症例を執刀し、どれだけの修羅場をくぐれば、あの超絶的な技術をさらに進歩させることができるというのだろうか？

心臓が強く脈打ち全身の体温が上がっていくのを感じながら、澪はモニターをただただ凝視し続ける。

開頭手術の執刀開始から三時間ほど経ち、皮膚の縫合を終えた大河が「Thanks for your cooperation」と会釈する。手術台の周囲にいたスタッフたちもそれに倣った。

信じられないようなスピードで、脳幹から腫瘍を完璧に除去し終えた大河はまとっていた滅菌ガウンを脱ぎながら出入り口へと向かう。

「あ、ちょっと待ってください」

澪はパイプ椅子から腰を浮かすと、ラテックス製の手袋と滅菌ガウンを床に捨てる大河に駆け寄ろうとする。しかしオームス手術を行った消耗からか、大河の近くに来たところで足がもつれてバランスを大きく崩してしまった。

倒れる……。そう思ったとき、横から腕が差し出される。

「何をしているんだ、お前は」澪の体を支えた大河が呆れ顔になる。

「あ、ありがとうございます……。あの、お久しぶりです」

慌てて体勢を戻しながら、澪は小さく頭を下げた。

「ああ、久しぶりだ。お前は相変わらず落ち着きのないやつだな」

大河は「じゃあな」と軽く手を挙げて手術室から出て行こうとする。まだまだ話したいことがある。大河のあとを追おうとした澪の背後から、「桜庭先生」と野太い声が響いた。

「ICUに移動しますよ。執刀医なんだからちゃんと指示を出してくださいよ」

振り返ると手術台のそばで、猿田が手招きをしていた。

「あ、すみません。すぐ行きます」

事前の取り決めで、脳腫瘍摘出手術の執刀を終えた時点で大河の仕事は終わり、術後管理は全て主なる執刀医である澪に移ることになっていた。

「えっと、それじゃあストレッチャーに移動させてICUまで行きましょう」

スタッフたちに指示を出した澪はそっと後ろを見る。すでに大河は姿を消していた。澪は大きなため息を吐く。

「自分だって相変わらずじゃない。本当にせっかちなんだから……」


「これでよしと」

点滴のスピードを調整し終えた澪は、脇に置かれたモニターを見てバイタルデータを確認する。患者をICUまで移動させ、基本的な術後の指示を出し終えていた。

開頭手術をしているので、術後は安静を保つため、鎮静をかけて人工呼吸管理を続けることになっている。全身の状態も安定しているので、ここからは経過観察で十分だろう。術後の三時間ほどを観察して問題がなければ、大使館が用意した全身管理チームが患者の今後を引き継ぐ予定になっていた。

澪はちらりと壁時計に視線を送る。大河が手術室から出て行ってから三十分ほどが経っている。シャワーを浴びて着替える時間を考えたら……。

「いまならまだ間に合うかも……」

澪がぼそりとつぶやくと、猿田が「あ？　何か言ったか？」と横目で視線を送ってくる。

「猿田先生、ちょっと術後管理を任せてもいいですか？」

「え、俺が？」猿田は腫れぼったい目を大きく見開いた。

「もう全身状態が安定しているので、あとはスタッフに軽い指示を出すだけです。いつもやってるじゃないですか。それに、猿田先生、術後管理は得意ですよね」

「確かにそうだけど、ここのスタッフみんなアメリカ人じゃん。俺、英語はちょっと苦手で……」

目を泳がせる猿田の背中を澪は平手でパンと叩く。

「大丈夫です。コミュニケーションは気合いです。伝えたいという気持ちがあればきっと心を通わせられます」

「そんな昭和の部活みたいな精神論でなんとかなるわけ……」

わたわたしている猿田に「それじゃあ任せました」と言い残すと、澪は小走りにＩＣＵを出る。背後から猿田が抗議する声が聞こえてくるが、聞こえないふりを決めこんで足を動かした。

大使館が作った手術エリアから出た澪は、スタンドハンガーから白衣をつかみ取って羽織る。オームス操作中に汗をかいたため、体がベトついている。シャワーを浴びて着替えたいところだがそんな余裕はなかった。

大河先生を捕まえないと。このチャンスを逃したら、今度はいつ会えるかわかったものじゃないんだから。

大使館職員たちから訝しげなまなざしを浴びながら、澪は白衣のまま走り続け建物の外に出る。いた！　敷地の周囲を覆っているフェンスの向こう側にスーツ姿の大河の姿が見えた。澪は急いでそのあとを追った。

大使館の敷地から出て二十メートルほど先に大河の背中を確認した澪は「大河先生！」と声を張り上げる。大河は振り返ると、やっぱり来たのか、とでも言うように唇の片端をシニカルに上げた。

ふと澪は、大河の向こう側に茶色いコートを着た長身の男が立っていることに気づいた。その顔に見覚えがあった。

かつて姉の恋人だった男、新宿署刑事課の刑事、橘信也《しんや》。

「橘さん……」

二人に近づいた澪が目をしばたたくと、橘は「やあ、澪ちゃん」と軽く手を挙げた。

橘と目が合う。その瞬間、澪の背中に冷たい震えが走った。義理の兄になるかもしれなかった男の双眸。そこには底なし沼のように深い闇がたゆたっていた。

姉である桜庭唯を殺した犯人が、火神郁男であったことを、澪は橘には伝えていなかった。

三年前、姉を心から愛していた橘は、唯の死の真相を調べることに取り憑《つ》かれ、そして精神のバランスを崩しかけていた。そんな彼に、火神郁男が犯人だと伝えたところで、救われることはない。それどころか、さらに彼を苦しめることになる。そう判断した。

最愛の女性の命を奪った男はすでに死亡しており、さらになぜそんなことをしたのか全く分からない。そんな状態で犯人だけを告げたら、愛する人の仇がすでにこの世にはいないことに絶望し、二度と立ち直れなくなる……。澪はそう考えた。

ただ、その判断が正しかったか否か、いま目の前にいる刑事の姿を見て自信が持てなくなってきた。

時間が橘の傷ついた心を癒《い》やしてくれると思っていた。しかしそれは間違いだったようだ。

彼の心に刻まれた大きな傷は治るどころか、膿《う》んで激しい炎症を起こし続けている。このままでは彼の心は近いうちに腐り落ちてしまう。そう思えるほどに橘の全身には悲壮な雰囲気がまとわりついていた。

なぜ姉が殺されなければならなかったのか？　全ての真相がわかったらしっかり橘に説明しよう。ただ、そのためには術中死する寸前、火神の心臓に起きた、あのあまりにも異様な現象、それを解き明かす必要がある。

その力になってくれるのは、この人しかいない。澪は無表情で隣に立っている大河に視線を送った。

「話っていうのは何だ、橘さん」

大河はいつも通りの淡々とした口調で言う。

「そんなに警戒しないでくれよ、偶然見かけたから話しかけただけだよ。ちょっとした雑談でもしようぜ」

芝居じみた仕草で肩をすくめる橘の口調は抑揚がなく、まるで人工音声が喋《しゃべ》っているかのようだった。

「……偶然？」大河の眉がピクリと動く。「この前は飛行場で待ち伏せて、今日は大使館から出てきたら即座に現れて声をかけてくる。これを偶然だっていうのか」

「ああそうだ。そしてこの『偶然』は、お前が日本にいる間ずっと続く」

橘が挑発的に言うと大河は大きくかぶりを振った。

「それで、偶然会ったあなたはいったい何がしたいんだ？」

「さっき言ったじゃないか。雑談だよ、雑談。お前、いまこの建物の中で何をしてきた」

「それに答える義務があるか？」

「飛行場でお前は言ったよな。自分は善良な市民だって。善良な市民ってやつはな、警察に協力するもんなんだよ。もう一度聞く。お前はこの建物の中でいったい何をやっていたんだ」

橘は長身を覆いかぶせるようにして大河に顔を近づけていく。二人の男の視線が激しくぶつかり合った。

「……手術だ」大河は静かに言う。「空港であんたは言ったよな。お前は間違いなく、この国で手術をするって。正解だよ。外科医である俺にとって手術をするということは呼吸をすることに等しいからな」

「手術……」

小石を投げ込まれた水たまりに波紋が走るかのように、橘の顔に暗い笑みが広がっていく。

「思った通りだ！　お前は絶対にやると思っていた」

橘はコートの内ポケットから手錠を取り出す。

「竜崎大河。ちょっと署まで来てもらおうか。もし拒否するなら緊急逮捕する」

「逮捕？　俺が何の罪を犯したっていうんだ？」

大河は不思議そうに訊ねた。

「傷害罪に決まっているだろ」橘は嬉しそうに声を張り上げる。「お前は三年前に医師免許を剝奪されている。つまりこの国でお前は手術をする資格なんてないんだ。資格のないやつがオペなんてすれば当然それは傷害罪になる」

「でも、大河先生は患者さんのために手術をして、ちゃんと成功したんです！　大河先生じゃないと、あのオペはできませんでした！　患者さんを救うことはできなかったんです！」

澪は慌てて釈明するが、橘は首を横に振るだけだった。

「澪ちゃん、成功したか失敗したかなんて何も関係ないんだよ。無資格の人間が患者の体にメスを入れた時点で、それは明らかな犯罪なんだよ」

確かにその通りだ。澪は唇を固く嚙む。命を救うためであっても、外科手術というのは患者に大きな侵襲を与える処置だ。一歩間違えれば逆に患者の命を奪いかねない。だからこそ長年専門教育を受け、そして国家試験に合格した医師にしか許されていない。

そして大河は天才的な手術の腕を持っているが、この国ではもう医師ではない。

「納得してくれたかな」

橘は視線を大河に戻す。その口角がつり上がっていく。その姿はまるで獲物を前にした肉食獣が牙《きば》を剝くかのようだった。

その姿を見て、大河こそが唯の転落死事件の大きな手掛かりだと、橘が考えていることに気づく。

唯は亡くなる寸前、火神郁男を調べていた。ならば、火神の一番弟子であり、彼が死んだ手術の執刀医であり、さらに日本にいるころから裏の世界にも関わりがあった大河を、重要参考人と考えるのは理にかなっている。

「申し訳ないが、あんたと一緒に行くつもりはないよ」

大河が軽く手を振るのを見て、橘は眉間《みけん》にしわを寄せた。

「勘違いするな。俺はお願いしているんじゃない。命令しているんだ。お前が選べるのは自主的についてくるか、その両手にワッパをかけられて連行されるか、そのどっちかだ」

「どちらも御免こうむるね。俺は警察にお世話になるようなことをしたおぼえはないからな」

「ふざけるな、さっきも言っただろう。お前にこの国で手術をする資格は……」

「ああ、確かに俺は日本国内では手術ができない。だからここで手術をしたんだ」

橘のセリフを遮るように言うと、大河は親指でアメリカ大使館を指さす。一瞬、訝しげな表情を浮かべた橘だったが、すぐに目を大きく見開いた。

「気づいたようだな。この塀より向こう側は日本ではなく米国だ。そして俺は米国の代表である大使の許可を得て、その母親を執刀したんだ」

竜崎がシニカルな笑みを浮かべるのを見て、澪はようやく、なぜ手術場所が星嶺医大からアメリカ大使館へと変更されたのかに気づく。日本での医師免許を剝奪されている大河は日本ではオペすることができない。だが治外法権が適用される大使館の敷地内であれば、日本の法律に縛られることはない。そこは、法的には米国なのだから。

「それじゃあ失礼するよ、刑事さん。俺にはやることがあるんでな」

大河は軽く手を挙げて、脇の車道に通りかかったタクシーを止める。

「大河先生、待ってください！」

タクシーに乗り込もうとしている大河の背中に澪は慌てて声をかける。

「話したいことがあるんです！」

「俺にはない」大河は振り返ることもなくタクシーに乗り込んだ。

「ないって……」

言葉を失う澪の前で、タクシーのドアが勢いよく閉まる。呆然としているとサイドウィンドウが下りていった。車内の大河が横目で澪に一瞥をくれる。

「あの件に関してお前は関わるな、邪魔だ」

冷たい声で大河がそう言い放つと、唸るようなエンジン音が響き、タクシーは発進した。

小さくなっていく車影を、澪はただ立ち尽くして見送ることしかできなかった。

5

年季の入った木製の扉を開くと、取り付けられていたベルがチリンチリンと涼やかな音色を立てた。

こぢんまりとした純喫茶。店内に置かれているテーブルや椅子、調度品などは全てシックなアンティーク調で統一され、落ち着いた雰囲気を醸し出している。

「いらっしゃいませ」

白髪のマスターが、カウンターの中から声をかけてくる。

「あ、失礼します。ここで待ち合わせをしていて……」

澪が店を見回していると、「澪ちゃん、こっち」という声が聞こえてきた。見ると一番奥まったテーブルで橘が手招きをしていた。

「すみません、橘さんお待たせしちゃって」

店内を早足で進んだ澪は、テーブルを挟んで橘の向かいの席に腰掛ける。

三十分ほど前、大河がタクシーで去ったあと、棒立ちになっている澪に橘が声をかけてきた。

「本当に久しぶりだね、澪ちゃん。よかったら少しお茶でも飲んで話さない？」

三年前よりさらにすさんだ様子の橘にかすかに恐怖をおぼえつつも、澪は「はい、ぜひ」と頷いていた。

橘は明らかに大河をつけ狙っている。刑事である彼なら大河について何か重要な情報を持っているかもしれない。そう判断した澪は近くにある喫茶店で橘と待ち合わせる約束をして大使館へと戻った。

一度ＩＣＵに顔を出し、猿田に「ちょっと大切な用事ができたので、一時間ぐらいここをお願いします」と伝えると、ギャーギャーと文句を言う彼を無視して踵を返し、更衣室で手術着からパンツスタイルのスーツに着替え、澪は橘が待つこの喫茶店に向かっていた。

「ご注文は？」

カウンターから出てきていたマスターが、テーブルにお冷やを置きながら訊ねてくる。

「えっと、ホットココアをお願いします」

「承知いたしました」

慇懃に一礼したマスターが去っていった。

「悪いね、澪ちゃん。わざわざ来てもらって。アメリカ大使館で何か仕事をしていたんだろう。いったいあそこでなにが行われていたんだい？」

橘の目が探るようにすっと細くなる。感情を持たない爬虫類《はちゅう》と対峙《たいじ》しているような心地になり、背中に冷たい震えが走った。

「申し訳ありませんけど、医師には守秘義務があります。詳しく言うことができません」

「俺は警察官だよ。しかも新宿署の刑事だ。それでも言えないっていうのかな？」

橘はテーブルに両手をついて上体を前傾させる。捕食者に追い詰められた小動物のような気持ちになり、呼吸が乱れてくる。

澪は胸に手を当てるとカラカラに乾いた口腔内を舐めて、ゆっくりと口を開いた。

「相手が誰であろうがダメです。もしどうしてもと言うなら、令状を持ってきてください」

今日の大使館での手術は最重要機密事項だ。絶対に外部に情報を漏らすわけにはいかなかった。

澪は腹の底に力を込めると、橘の目を見つめ返す。二人はテーブル越しに視線をぶつけ合った。

数十秒後、橘がふっと相好を崩す。

「ＯＫ、降参だよ」

橘はおどけるように両手を軽く上げた。

「ちょっとプレッシャーをかければ口を割るかと思ったけれど、君はそんなに甘くなかったね。俺を睨む表情、唯にそっくりだったよ」

懐かしそうに目を細める橘の姿からは、さっきまでまとっていた危険な雰囲気は消え去っていた。

澪がほっと肺の底に溜《た》まっていた空気を吐き出したとき、マスターが近づいてきて「お待たせいたしました」とテーブルにココアの入ったカップを置く。

「いただきます」

澪はソーサーからカップを手に取ると、湯気の立っているホットココアを一口含む。口の中に柔らかい甘みが広がり、心地よい温かさが喉からみぞおちへと落ちていく。オームス手術で消耗しきった体に、ココアの糖分と熱が広がっていくのが心地よかった。

もう一口ココアを飲んだあと、澪はカップをソーサーに戻すと、橘に向き直る。

「橘さんは大河先生がこの三年間何をしていたか知っているんですよね？　教えてください」

橘は落ちくぼんだ目で数回まばたきをしたあと、小さく吹き出した。

「いや、君から情報を引き出そうと思っていたのに、逆に俺が尋問される側になるとは思っていなかったよ。けれど……」

橘はあごを引くと、上目づかいに視線を送ってくる。

「君に竜崎の情報を流して、俺にどんなメリットがあるっていうのかな？」

「姉さんの事件の手がかりをつかめるかもしれません」

「……君は竜崎が唯を殺したと疑っているのか」

橘の声が低くなる。澪は慌てて「違います違います」と首を横に振った。

「そう。竜崎は犯人じゃない」

橘が呟いたのを聞いて、澪は「えっ？」と聞き返す。

「唯が殺された時間帯、あの男は星嶺医大の手術室で手術を行っていた。裏も取ったが間違いない情報だ。あいつには完璧なアリバイがある。ただ……」

橘の声が低くなる。

「あの男が無関係だとは思えない。四年前の唯の転落死。三年前の火神郁男の術中死。そしてあいつが今日本に戻ってきたこと。それらは全部一つの線で結ばれている。俺の刑事としての勘がそう言っている」

「なら、やっぱり私に大河先生のことを教えてください」

澪が言うと、橘は「どういうことだい？」と訝しげに眉根を寄せた。

「姉さんの死の真相が知りたいんです。大河先生が真相を暴くキーマンだとしたら、あの人の情報を知りたいんです」

澪は必死に言葉を紡いでいく。

「私は三年前、火神教授が亡くなった手術にも入っていましたし、あの人が医師免許を失うことを承知で、少女の命を救うところも目の当たりにしてきました。私は橘さんより大河先生のことを分かっている。あの人の情報をもらえれば、きっと警察よりうまく利用できるはずです」

「……だめだ」

数秒、考え込むようなそぶりを見せたあと、橘は首を横に振った。

「どうして一般人の君に、刑事である俺が無償で貴重な情報を流さないといけないんだ。そんなことをしても俺には何のメリットもない」

「……そうですよね」

「ただし、ギブアンドテイクなら話は別だ」

「ギブアンドテイク？」

澪が聞き返すと、橘は頬がこけた顔にニヒルな笑みを浮かべる。

「確かに君の方が、情報を有効に活用できるかもしれない。だったら俺が渡した情報で君が何か気づいたことがあったら、俺にすべて話してくれ。その条件なら、あいつが三年間、何をしていたか話そう」

「……分かりました。約束します」

頷きながらも、澪は姉を殺した犯人を橘に隠していることに罪悪感をおぼえる。

橘さんを救うためには犯人を教えるだけでなく、事件の裏にある秘密を暴くことが必要だ。姉さんが気づき、そして火神教授が自らの手を血で汚してまで隠そうとした秘密を……。

それが単なる言い訳であることを理解しつつも、澪は自らに言い聞かせる。

「さて、それじゃあ何から話そうかな。まずは……」

ずっとテーブルに置いてあったカップを手に取ると、橘は説明をはじめる。

大河が富裕層専門の外科医として、多額の報酬を得て手術を行っていること。その中にはテロリストや独裁者などが含まれているという噂があること。そのため、欧米各国が危険人物として認識していること。橘はそれらの情報を、ゆったりとした口調で語っていく。

「あの人、本当にブラック・ジャックみたいなことしているんだ……」

一通りの話を聞き終えた澪は、呆れ声でつぶやく。

「まあ、ブラック・ジャックと違い、あいつは手術をする国では一応許可を取っているらしい。患者の富裕層たちが、どうしても竜崎の手術を受けたくて裏から手を回しているって噂だ。そのおかげで、あいつは欧米の多くの国で手術ができるようになり、月に数回は金持ちたちの手術を請け負っているらしい」

「月に数回？　たったそれだけしか手術をしていないんですか？」

澪は耳を疑う。澪の知る大河は、偏執的なまでに手術の腕を上げることにこだわっていた。毎日のように難手術を行った上、帰宅後も、自ら大金をかけて作り上げた手術用のトレーニングルームで腕を磨いていた。

大河にとって手術をすることは息をすることに等しい。そんな彼がいくら一回の手術で大金を得られるからといって、月に数回の執刀だけで満足できるとは思えなかった。

「さすがは澪ちゃん。竜崎のことをよく理解しているね」

感心と皮肉が同程度にブレンドされた口調で橘は言う。

「あいつは確かに金持ち以外の手術もしている。いつでも金持ちの手術をできるよう、金を持ってない奴らを練習台にしていたのさ」

「練習台に……？」

澪が眉をひそめると、橘は「ああ、そうだ」と鷹揚《おうよう》に頷いた。

「公安部からの情報によると、あいつは富裕層の手術が入っていないときは、低所得者層向けの公的病院での手術を無料で積極的に請け負っていたらしい。それどころか国境なき医師団やら何やら、貧しい国々で医療を提供している団体に潜り込んでは、そこの団体が発展途上国でボランティア活動をしている現場に向かって、そこで延々と手術をし続けているっていう話だ」

「それは、いいことじゃないですか。お金のない人に無料で手術するなんて、別に練習台扱いしていたっていうわけでは……」

澪が反論しかけると、橘は「いや単なる練習台さ」と大きくかぶりを振った。

「アメリカとかじゃあ、普通に手術しただけでも外科医はかなり稼げるんだろ。なのに、わざわざ無償で貧乏人の手術をする理由なんて一つしかない」

「……そんなことない」

澪は橘に聞こえないように、口の中で言葉を転がす。

大河先生は金の亡者なんかじゃない。あの人はただ患者の命を救うため腕を磨くことにしか興味がなかった。大河先生が裏の世界での手術を行って金を稼いでいたのは、自分の出身である児童養護施設に寄付をするためだ。偽悪的な態度から勘違いされやすいが、あの人は本質的に優しくてお人好《ひとよ》しだ。

澪が唇を噛んでいると、橘が「ところで」とわずかに体勢を前のめりにした。

「澪ちゃん、シエラレオネに何か心当たりはないか」

「シエラ……？　聞いたことがあるような……。新しいスイーツかなんかですか？　なんか美味《おい》しそうな名前」

「……国名だよ。西アフリカにある小国だ」

「あ、ごめんなさい。思い出しました、思い出しました。ちょっと疲れていて、脳が甘味を欲しているもので……」

じっとりとした橘の視線を浴びながら、澪は首をすくめてココアを一口飲む。

「実は竜崎はこの三年間で何度もシエラレオネに行っているんだ」

「アフリカに何のために？」

「俺が聞きたいよ。表向きは国境なき医師団などのNGOの医療スタッフの一員として参加している。実際、シエラレオネで何百件も竜崎は手術をしていることが確認されている」

「それなら単に大河先生が、ボランティアで医療活動をしたっていうだけじゃないですか？　たしかシエラレオネは経済状況があまり芳しくなくて、ときどきエボラ出血熱とかの感染症のアウトブレイクまで起こっています。医療援助を最も必要としている国の一つのはずです」

「いや、違う」橘ははっきりと否定する。「竜崎が所属していた医療援助チームがシエラレオネを離れることになると、近くで活動している他のNGOなんかに参加できないか打診している。そうやってあの男は、シエラレオネに滞在し続けた。そこにとどまる何らかの理由があったんだ」

「なんでそこまでしてシエラレオネに？」

「君でも分からないか。本当に訳が分からない男だよ。いったい何を考えているのか……」

対面の席で橘がコーヒーをあおるのを見た瞬間、澪は頭の中で火花が散るような感覚をおぼえた。ポケットからスマートフォンを取り出すと、せわしなく操作しだす。

「どうかしたのかい？」

「いえ、ちょっと仕事のメールが入って……ごめんなさい、すぐに大使館に戻らないといけないみたいです」

澪は財布から千円札を取り出し、「失礼します」とテーブルに置いて席を立つ。

「あ、澪ちゃん」

背後から橘の声が聞こえてくるが、澪は「すみません！」と謝って喫茶店をあとにする。

小走りに喫茶店から離れ、振り返って橘がついてこないことを確認すると、澪は再びスマートフォンの画面を指で触れ、検索サイトで『シエラレオネ　シムネス』と打ち込む。すぐに大量の検索結果が羅列された。澪はその一番上に表示された項目をクリックする。

『※シムネスの発見

第一のシムネス患者は、シエラレオネの首都フリータウンから車で六時間ほどの位置にある小さな村で発見された。その後も、村では複数のシムネス患者が次々に確認されたため、当初シムネスは遺伝性疾患と考えられていた。

しかし最初のシムネス患者の発見から五年ほどして、欧米でもシムネス患者が発見されるようになり、特殊なウイルスの感染が原因で生じる疾患の可能性が考えられるようになった。

その後、アメリカのウイルス学者、アーノルド・マッケンジーは、シムネスの原因となるレトロウイルスの分離に成功。シムネスウイルスと名付け……』


画面をスクロールしながら文字を追っていくにつれ、心拍数が上がっていくのを感じる。大河がシエラレオネに滞在していたのはこれが理由だ。彼はシエラレオネでシムネスの起源について調べ続けていた。

そして彼は何か重大なことに気づいた。

「だから大河先生は日本に帰ってきた……」

澪の口から小さな声が漏れる。

いったいあの人は何に気づいたんだろう。この国で何をしているのだろう。

澪は空を仰ぐ。

さっきまで青々と晴れていた大空は、いまはどんよりと厚い雲に覆われていた。

幕間 1

火のついたタバコの吸い口を咥えると、男は肺いっぱいに煙を吸い込みながら窓の外を眺める。ネバダ州ラスベガスの一角にある高級ホテルの高層階。それほど部屋は広くないが、眼下に広がるネオンに染まった夜景は美しく、値段相応の価値を実感させる。

肺胞の毛細血管から、ニコチンと、そしてタバコの葉に混ぜ合わせているマリファナの成分が血液へと溶け込んでいくのを感じる。

眺めていたネオンの明かりが、さらに鮮やかなきらめきを孕《はら》んで見えるようになり、やがて様々な色の光が滲《にじ》み出し、混ざり合って、まるで虹の渦に呑《の》み込まれていくような心地になる。

男はリクライニングチェアの背もたれに体重を預けると、口をすぼめて肺に溜《た》まっていた煙を吐き出す。

紫煙がゆっくりと天井に向かって上っていく。男は脇にあるテーブルに置かれた灰皿にタバコを置き、ゆっくりと瞼《まぶた》を下ろす。

高ぶっていた神経が癒《い》やされ、全身の筋肉が弛緩《しかん》していくのが心地よかった。

この数週間、プロとしての実力を取り戻すために、多くの時間を訓練に費やしている。その甲斐《かい》あって弱っていた体はかつての強靱《きょうじん》さをいくらか取り戻し、鈍っていた感覚も鋭く研ぎ澄まされはじめている。

しかし、いかに体の傷は癒やせても、心の傷はそう簡単には癒やすことができなかった。だからこそ訓練以外の多くの時間を、こうしてマリファナを吸って過ごしている。そうして甘いまどろみに溺《おぼ》れていないと、思い出してしまうのだ。

数ヶ月前の、苦痛と屈辱にまみれた日々の記憶を。

俺は仕事に戻れるのだろうか？　再び、プロとして現場に立つことができるのだろうか？

煙で希釈したはずの不安がまた胸の中に広がっていくのをおぼえたとき、テーブルの上に置いてあったスマートフォンがぐずるように振動をし始めた。

男は顔をしかめると回線をつなぎ、スマートフォンをスピーカーモードにする。

「Hey, how's it going?（よう、調子はどうだ？）」

なじみの仲介屋の声が鼓膜を揺らす。

「Wasn't so bad until you called.（お前から電話がかかってくるまで悪くはなかった）」

「Don't be so brusque. I've got a good job offer for you.（そう無愛想にするなよ。いい仕事の話を持ってきてやったんだから）」

「I told you I'm not taking the job for the time being. I need to get my instincts back first.（仕事は当分受けないと言ったはずだ。まずは勘を取り戻してからだ）」

「The best way to get your intuition back is to do real work in the field. Just listen to me. It's a hell of a good deal, and it's not dangerous.（勘を取り戻すには現場で実戦が一番だろ。いいから話だけでも聞けよ。とんでもなくいい条件だし、危険もない）」

「There's no way my job isn't dangerous.（俺の仕事で危険がないなんてあり得ない）」

「There's really no danger this time. After all, it is, you know, a job in Japan.（今回は本当に危険なんかないんだよ。何と言ってもあの、日本での仕事だからな）」

「Japan?（日本？）」

男の眉《まゆ》がピクリと上がる。

「There are no guns in that country and the people living there are quiet. It would be a good rehabilitation program. And the pay is great. The employer is a very big company. Anyway, I'll send you the information by e-mail, so you can take a look.（あの国なら銃もないし、住んでる奴らも大人しい。リハビリとしてちょうどいいだろう。それに報酬も最高だ。雇い主は超大手企業のお偉いさんだからな。とりあえずメールで情報を送るから見てみろ）」

男は無言で立ち上がると、火のついたマリファナ入りのタバコが置いてある灰皿を手に取り、ノートパソコンが置かれているデスクへと移動する。

タバコをくわえながらパソコンを操作し、仲介屋から送られてきたメールを開き、添付された画像を表示した男の目が見開かれる。その画像には精悍《せいかん》な顔つきをしたアジア系の男の姿が写っていた。

「That guy……（この男は……）」

「Famous surgeon in the underworld. His code name is Serpent.（裏の世界で有名な外科医らしい。コードネームはサーペント）」

「…… Serpent.（……サーペント）」

タバコをくわえたまま男はその言葉を呟く。

「He's the target. What do you think? Sounds like an easy job. Are you ready to do it?（そい

つが今回のターゲットだ。どうだ？　楽そうな仕事だろう。少しはやる気になったか？）」

「Yeah……．（ああ、そうだな）」

男は口にくわえていたタバコを手に取ると、無造作に灰皿に押し付けて火を消す。

「I'll be in Japan soon. Call me again when you've made arrangements.（すぐに日本に行く。手配ができたらまた連絡しろ）」

通話を終えた男は、勢いよく立ち上がると羽織っていたバスローブを脱ぎ捨て、クローゼットへと向かった。

男はクローゼットにある金庫の扉を開くと、その中に手を伸ばす。指先に冷たい金属の感触が走ったと同時に、男は素早く身を翻した。

「Serpent, I owe you.（サーペント、お前に借りを返してやる）」

構えたリボルバー式の拳銃《けんじゅう》、コルトパイソン357の銃口をパソコンの画面に向けながら、男は低い声で呟《つぶや》いた。

第二章　シムネスの正体

1

「澪先生。澪先生ってば」

「あ、ごめん。ぼーっとしてた」

名前を呼ばれた澪ははっと我に返る。

アメリカ大使館でオームス手術を行った翌日、澪は星嶺医大附属病院でナースエイドの仕事をしていた。

「なんか、魂が抜けたみたいだったよ。大丈夫？」

目の前のベッドに横たわる入院着を着た少女、三枝友理奈《さいぐさゆりな》が心配そうに顔を覗《のぞ》き込んでくる。その鼻には、チューブが伸び、酸素をそこから噴き出していた。

「大丈夫、大丈夫。ちょっと疲れていただけだから」

澪は胸の前で両手を振る。ナースエイドがまだ十三歳の子どもの患者さんに心配されるなんて。しかも、友理奈ちゃんはただの患者さんじゃないのに。

澪は点滴棒にぶら下がっている、エメラルドグリーンの液体が入っている点滴パックを見て、唇を固く嚙《か》む。それは大量の火神細胞が含まれた、万能免疫細胞療法用の点滴液だ。

友理奈は現在、この病院に入院している唯一のシムネス患者だった。八年前、友理奈は小児白血病を発症し、治療により寛解に至った。そのさいに火神細胞による万能免疫細胞療法を受けたのだろう。白血病に対する治療は、いまも化学療法がメインだが、補助として万能免疫細胞療法を追加で行うことも少なくない。

その後は、再発がないか定期的に検査を行っていたのが、半年前に突然、全身の臓器に悪性腫《しゅ》瘍《よう》が同時多発的に発生し、シムネスと診断された。

シムネスに対する化学療法は強い副作用に対し、完治を望むことはできないということで、友理奈の両親はそれを選択せず、ほとんど副作用がないとされている万能免疫細胞療法のみを行っている。しかし、多くの腫瘍に対して高い生存期間延長効果のある万能免疫細胞療法も、シムネスに対してはほんのわずかな効果にとどまっていた。

この半年で、友理奈の腫瘍はどんどん増大していき、とくに右肺の腫瘍が大きく、そのせいで呼吸状態が悪化して入院になっていた。

このままだと、おそらく友理奈は三ヶ月以内に命を落とすだろう。しかし、いまの医学ではそれを止める術《すべ》がない。

「澪先生って、お医者さんと看護師さん、両方やっているんでしょ。それだから疲れるんじゃないの？」

「看護師さんじゃなくて、ナースエイドね。看護師さんをサポートする仕事なの」

「なんで、お医者さんなのに、それもしているの？」

友理奈はコケティッシュに小首を傾げる。

「ナースエイドはね、患者さんの一番近くにいるお仕事なんだ。私、患者さんのことを一人一人よく知って、寄り添って治療したいと思っている。だから、このお仕事を続けているんだ」

澪は無理やり笑顔を作る。

「それに、ナースエイドをしていたおかげで、こうやって友理奈ちゃんとも仲良くなれたし」

この病院に入って最初に仕事をしたナースエイドの同僚たちは、もういない。

早乙女《さおとめ》若菜《わかな》は無事に看護師国家試験に合格し、いまはこの病院の手術部でオペナースとしての修業を積んでいる。

遠藤《えんどう》剛史《つよし》は自衛隊時代の同僚に誘われ、共同経営者として小さな運送会社を立ち上げた。トラック一台からはじめた会社だが、順調に業績を伸ばし、いまは十台を超えるトラックと、二十人の社員を抱えるまでに成長していた。

園田《そのだ》悦子《えつこ》はナースエイドとしての豊富な経験を買われ、看護助手の専門学校に講師として引き抜かれていった。ナースエイドを目指す人々に、自らの経験をもとに指導を行い、かなりの人気講師となっているということだ。

ともに様々な苦難を乗り越えてきた仲間が現場を去ったのは寂しい。けれど代わりに、新しい仲間たちが入ってきていた。

ナースエイドは患者の一番近くで寄り添い、支えていく医療従事者であるべき。そんな理想を共有する同僚たちと、澪はいまも週に三回ほど、ナースエイドとして半日程度の勤務に精を出している。

「ふーん、ナースエイドってなんか楽しそう。私も大人になったら、そのお仕事しようかな」

無邪気に友理奈が言うのを聞いて、胸に鋭い痛みが走る。澪は表情が歪《ゆが》まぬように、顔に力を込めた。

友理奈には両親の強い意向もあって、病気の状態が悪くて入院が必要だということしか伝えていない。自分の命がまもなく消えるということを、目の前の少女は知らないのだ。

なぜ、こんな幼い子どもが未来を奪われないといけないのだろう？　なんとか、この子を助けることはできないのか……？

澪が胸を押さえていると、「澪」と背後から声をかけられた。振り返ると、病室の出入り口あたりで玲香が手招きしていた。

星嶺医大統合外科医局を退局して、パナシアルケミに就職した玲香だったが、オームスの手術設備が星嶺医大附属病院の手術部にあることから、週に二、三回、この病院にやってきていた。

「あ、玲香先生だ！」

友理奈が大きく手を振った。

「あれ？　玲香先生のこと知っているの？」

澪が小首を傾げると、友理奈は「うん！」と嬉《うれ》しそうに頷《うなず》いた。

「あ、ああ、友理奈ちゃん……。久しぶり……」

なぜか玲香の顔に引きつった笑みが浮かぶ。

「なんですか、玲香さん」

近づいていった澪は、玲香に手を引かれて病室の外に連れ出される。

「昨日の手術のお祝い、今日やるわよ。いいわね」

「はい、もともとその予定だったからいいですけど……。どうかしたんですか、なんか逃げるみたいに病室から出て」

「……別に逃げてなんていない。今夜、大切な話があるからそのつもりでね」

そう言って踵《きびす》を返した玲香が、パンプスを鳴らしながら離れていくのを、澪は首を傾《かし》げながら見送った。


焼酎《しょうちゅう》の水割りを呷《あお》った玲香が、中身が空になったグラスを叩《たた》きつけるようにテーブルに置く。

「女将《おかみ》さん、おかわり同じものをお願いします」

すぐそばを通った女将に、玲香が声をかけた。

「ちょっと玲香さん、飛ばしすぎですよ」

向かいに置かれた座布団に座っている澪が指摘する。

澪は玲香とともに自宅アパートのそばにある居酒屋乙女という名の店で飲んでいた。

オームス手術を成功させたあとは、この店で祝杯を上げるのが澪と玲香のお決まりとなっていた。

玲香はせっかくパナシアルケミの経費で飲めるからと、有名シェフがいるフレンチなどの高級店に行きたがっていたが、テーブルマナーなどに自信がない澪がそのようなところでの食事は居心地が悪く苦手だということで、行きつけのこの店での食事を望んでいた。

「いいじゃないこれくらい。目標にしていた大きな手術が成功したんだから」

玲香はやや呂律《ろれつ》が怪しい口調で言う。

「これでオームスの実用化に大きく近づいた。パナシアルケミの幹部たちも、昨日の手術の成功でさらなる資金投入を決めるはず。そうなれば数年以内にオームスは、一般的な治療法として認可される」

「その割にはあまり嬉しそうじゃないですよね。なんかさっきから仕事で失敗したおじさんが自《や》棄《け》酒をあおっているような感じだし」

「おじさんって……。澪、あんた最近、私に全然遠慮なくなってきたわよね」

玲香は鼻の付け根にしわを寄せた。

「あんまり楽しそうじゃないのは、……大河先生のせいですか？」

少したあらったあと澪がたずねると、玲香の顔から潮が引くように表情が消えていった。

「……ええ、そうよ。せっかくの大物の晴れ舞台をあの男に汚された。それが何より悔しい」

「汚されたって、大河先生は単に依頼された手術をこなしただけじゃ……。それに大河先生じゃなければあんなに脳幹部に食い込んでいる脳腫瘍を、きれいに切除はできませんでしたよ」

「分かっているわよ！」

玲香が声を荒らげる。周りにいた客たち数人がこちらに視線を向けた。

「分かっている……。大使の母親を救うためには竜崎先輩の協力が必要だったって。けれど頭では理解していても心は拒絶するの」

一転して弱々しい口調で言うと玲香はブラウスの胸元を強くつかんだ。

「お父さんの夢に近づくための手術に、お父さんの命を奪ったあの男が関わることを」

強い憤怒《ふんぬ》と悲哀を滲《にじ》ませる玲香に、澪はかける言葉が見つからず黙り込むことしかできなかった。

私にとっては姉を殺した憎い殺人犯でも、玲香さんにとっては火神教授は優しい父親だった。

そして、玲香さんにとっては父親の仇《かたき》でも、私にとって大河先生は信頼し、尊敬する相棒……。

複雑に混じり合った感情が胸を満たしていく。息苦しさをおぼえた澪は、グラスをつかんでレモンサワーを喉《のど》に流し込んだ。爽快《そうかい》なレモンの酸味と炭酸の刺激が食道を降りて行き、不快感をいくらか和らげてくれる。

私、玲香さん、大河先生。みんなこの三年間苦しみ続けている。私たちが救われるにはオームスを完成させ、そして火神教授が隠し続けた真実を暴くしかないのだろう。

――この秘密が暴かれたら、多くの人々が命を落とすことになる。

――真実を知りたいなら、外科医に戻りなさい。戻って、オームスのオペレーターになるんだ。

術中死する前、火神郁男が自分だけに聞こえるように囁《ささや》いた言葉を澪は思い出す。同時に、腫瘍が急速に増大し、心臓が破裂する瞬間の光景がフラッシュバックした。

あれはあまりにも異常だった。そして火神郁男は自らの身にあの現象が起き、術中死することをおそらくは予期していた。

――秘密を暴くべきではない。

――真実を知りたいならオームスのオペレーターになるべきだ。

なぜ火神郁男は自らが命を落とす前、矛盾しているとも思える、その二つの言葉を残したのだろう。

この三年、そのことをずっと考え続けた結果、澪は一つの結論に辿《たど》り着いていた。

火神郁男は多くの人々の命に関わる、決して暴かれてはいけない秘密を持っていた。しかし姉を殺してしまった罪悪感から、それを胸に秘めたまま死ぬことはできなかった。

秘密を隠し通さなければならない。

しかし秘密を伝えて許しを得たい。

その相反する感情が、あの矛盾する遺言を口走らせたのではないだろうか。

だから火神が最期に言い残した通り、テストオペレーターとしてオームスの開発に携わっていれば、姉が暴こうとしていた真実に辿り着ける。そう信じ続けて、この三年間ひたすら玲香に協力してきた。

しかし、いまだに火神の秘密の片鱗《へんりん》すら見えていない。

あの遺言は、実は自分をオームス開発に協力させるためのでまかせだったのではないか。火神郁男は自らの夢を実現させるため、秘密という疑似餌《ぎじえ》で死んでまで私を操ろうとしていたのではないか。最近はそんな疑惑を持つようになってきた。

澪が考え込んでいると女将が「お待ちどおさま」と玲香の前にグラスを置いた。玲香はそれを手にすると、舐《な》めるように麦焼酎の水割りを飲みながら、目を細めてスマートフォンを見つめる。

「この頃は楽しかったな」

玲香の呟《つぶや》きに、澪は「なにを見ているんですか」と小首を傾げる。

玲香が画面を澪の方に向ける。そこにはダウンコートなどの厚手の防寒具を着た十数人の見慣れたドクターたちがバーベキューを楽しむ姿が映っていた。全員統合外科の外科医たちだ。中には玲香や猿田の姿も確認できる。

彼らの後ろには太い丸太を組み合わせて建てられた大きなログハウスがある。

ドクターたちから少し離れた位置に置かれたアウトドアチェアには、好々爺《こうこうや》といった雰囲気の柔らかい笑みを浮かべている火神郁男が腰掛けていた。

最愛の姉の命を奪った男の顔を久しぶりに見て、澪は表情がこわばっていくのを感じる。

「……これって何の写真ですか？」

内心の動揺を悟られないよう、澪は腹の底に力を込め声が震えないようにする。

「五年前の医局の新年会ね。毎年恒例でうちの別荘でバーベキューやらキャンプファイヤーやらをやったのよ」

「へー、楽しそうですね」

感情を殺した澪が相槌《あいづち》を打ちながら画面を見つめていると、玲香はかぶりを振った。

「あの男……竜崎先輩ならいないわよ。そんな時間があるぐらいなら手術のトレーニングをしていたいとかなんとか言って、一度も新年会に参加しなかった」

ああ、偏屈でコミュニケーション能力が壊滅的なあの人らしいな……。

澪がそんなことを考えていると、玲香は苛立《いらだ》たしげに髪を掻《か》き上げた。

「あなた、本当に竜崎先輩のことが気になってしょうがないのね。やっぱりあの男に惚《ほ》れてるの？」

「惚れてる⁉　そんなわけないじゃないですか！」

澪が声を裏返すと、玲香はすっと目を細めた。

「本当かしら。あなた大使のお母様をＩＣＵに連れて行ったあと、どこかに消えていたらしいわね」

「え、なんでそれを？」

あのとき、玲香はオペルームに残ってオームスの撤収作業を行っていたはずなのに。

「猿田先生がぼやいていたわよ。『桜庭がサボったせいで俺がずっとボディランゲージで外国人スタッフたちとコミュニケーション取らなくちゃいけなかったよ。玲香先生、あいつのこと叱っておいてください』って」

「ボディランゲージって、あの人一応医者でしょ。片言でもいいから英語喋《しゃべ》れないんですか？」

「なんか目の前に外国人がいると、頭が真っ白になってうまく喋れないんだってさ」

「……あの人、よく統合外科の医局長やってられますね」

澪が呆《あき》れていると、玲香が身を乗り出してきた。

「話をそらさないで。あなた手術のあと竜崎先輩に会ったの？　あの男と何か話したの？」

玲香はテーブルに片腕をつき、身を乗り出してくる。その迫力に気圧《けお》されつつ、澪は慌てて首を横に振った。

「違います。あまりにも疲れていたんでロッカールームで少し休んでいただけです。オームス手術のオペレーターがどれくらい消耗するか知っているでしょ」

早口でまくし立てる澪の目を、玲香はじっと見つめてくる。心の中を探られているような居心地の悪さをおぼえ、澪は、「それより」と強引に話題を変えた。

「そのログハウスすごく素敵ですね。そんな別荘があるなんて羨《うらや》ましい。今度一緒に行きましょうよ。そうだ、萌香ちゃんも連れて行きません？　いつも私のアシスタントとして頑張ってくれていますから」

「女三人であんな田舎の山の中に行って、何が楽しいのよ」

「自然の中でキャンプとかするのすごい楽しいじゃないですか。バーベキューしたり、川で魚を釣ったり、あとカブトムシを捕まえたり」

「カブトムシって、あんた言ってることがまんま夏休みの小学生男子じゃない」

毒気を抜かれたのか、玲香の目つきから険しさが消えていく。澪は気づかれないように小さく安堵《あんど》の息を吐いた。

「私、実家が田舎の方だから自然いっぱいの場所に行くと、なんかテンション上がっちゃうんですよね」

「私は昔からあそこに行くのが嫌いだった。虫がいっぱいいるし、一番近くのスーパーまで車で三十分近くかかるし」

そう言いつつも、玲香の顔には柔らかい笑みが浮かんでいた。きっと幼いときの懐かしい思い出が蘇《よみがえ》っているのだろう。

「ただ、お父さんはあそこが好きでね。空気が綺麗《きれい》な田舎で一人研究するのが何よりの幸せだって言ってた」

「火神教授が研究を？」

澪がわずかに前のめりになると、「どうかしたの？」と玲香が訝《いぶか》しげに眉《まゆ》をひそめた。

「あ、いえ、何でもありません。それより、やっぱりそこで女子会するの、すごい楽しそうじゃないですか。ぜひ行きましょうよ」

火神郁男が研究用に使っていた別荘。そこに行けば彼が守り抜こうとしていた秘密につながる手がかりが見つかるかもしれない。

「だから嫌だってば。あんな田舎にわざわざ行っても虫に食われるだけでしょ」

「えっと、それなら今度少しだけ別荘お借りしたりできませんか。有給でも使って田舎でちょっとリフレッシュしたいなとか思っていたんで」

澪が必死に食い下がると、玲香は「有給……」と険しい表情になる。

「いまはオームスにとって何より大切な時期なの。世界へアピールするための重要な手術が続いていく。そんな時、唯一のテストオペレーターであるあなたにいてもらわないと困るのよ」

「そ、そうですよね……、ごめんなさい」

「それにね、もうあそこには行けないの」

沈んだ声で言うと、玲香は首の後ろに両手を回し、ペンダントを外す。

「これを見て」

澪に差し出してくる。

「そのペンダント、いつもつけていますよね。それ綺麗ですよね」

一粒ダイヤがあしらわれた小ぶりな鍵《かぎ》をかたどったデザインのペンダント。三年前から玲香はよくそれを身につけていた。

「これね、お父さんの形見なのよ」

「火神教授の？」

「そう。お父さんが手術を受ける前の日、つまり命を落とす前日の夜にこれをプレゼントしてくれた。『別荘の鍵だ。私が死んだらあの別荘はお前の好きなようにしろ』ってね」

「玲香さんに、お気に入りの研究場所を残したってことですか」

「そうなのかしらね。どういう意味か聞いたけれど、お父さんは『今度話すよ』ってごまかすだけだった。私も翌日のお父さんの手術のことで余裕がなかったから、詳しくは聞かなかった。手術後に聞けばいいと思って。でも……手術後なんてなかった」

玲香はペンダントを持っていた手を震えるほど強く握りしめる。

「火神教授のことを思い出すから、その別荘に行けないんですね」

「そう。それに、あの別荘はもう私の手を離れた」

「手を離れた？」

澪が聞き返すと、玲香は水割りの入っているグラスを揺らした。氷がカラカラと音を立てる。

「もともと田舎は嫌いだし、あなたの言う通り、もしあそこに行ったらお父さんのことを思い出して辛《つら》くなるに決まっている。だから二年前に売りに出したの。不便なところだから、なかなか買い手がつかなかったけれど、ようやく先月、地元の会社に売れたって不動産屋から連絡が入った」

玲香は舐めるように水割りを飲むと、どこか悲しげに微笑んだ。

「この前の週末、ようやく本契約をしたところ、思ったよりはいい値で売れたのよ。ちょっとしたお小遣いにはなったかしらね」

「そうなんですね……」

強い失望をおぼえながら澪は相槌を打つ。

「なによ。そんなにキャンプに行きたかったのなら、オームスのプロジェクトが一段落したら連れて行ってあげるわよ。あんなど田舎の別荘なんかじゃなくて、もっと綺麗で設備が整った手ぶらでキャンプを楽しめるところにね。グランピングとかいうんだっけ。そんなことより……」

玲香の声が低くなる。アルコールでとろけていたその目も普段の鋭さを取り戻した。

「ここに来る前、パナシアルケミの本社から連絡があった。再来週オームスにとって最も重要な手術が入った。この二週間はそのシミュレーションに全力を費やす。あなたにもナースエイドとしての業務は一旦《いったん》休みにして、こちらに専念してもらうからそのつもりでいて。星嶺医大にはもう許可を取ってあるから」

「えー、何ですかそれ。勝手に決めないでください」

不満の声が口から漏れる。

「そもそも、昨日のアメリカ大使館での手術が最も重要な手術だったんじゃないんですか」

「昨日の手術はあくまでオームスの宣伝として重要だっただけ。今度の手術はオームスというシステムの最終目標。最大の敵との戦いよ」

「最終目標？　……それってもしかして！」

澪は両手をテーブルにつき、座布団から臀部《でんぶ》を浮かす。

玲香は小さくあごを引くと、上目づかいに視線を送ってきた。

「そう。シムネスの根治手術よ」

「待ってください！　さすがにシムネスの根治手術は早いです。もっと、一般手術のデータをとってからじゃないと……」

「もう決まったことなの。再来週に手術は行われる。パナシアルケミと星嶺医大も了解済み」

「そんな……」

澪は絶句する。

「みんなもあなたみたいに、まだ早いとか言っていたけど、私が説得したら理解してくれたわよ。だから、頑張りましょう」

「頑張りましょうって……。いったいどんな患者さんを手術するつもりなんですか？」

頭痛をおぼえた澪が、こめかみを押さえながら訊《たず》ねると、玲香は「あなたも知っている患者さんよ」と微笑んだ。

「知っている患者さん……」

「そう、三枝友理奈ちゃん。もうご両親にも話して、許可はとってある」

「友理奈ちゃんの手術をする⁉」

澪の声が裏返る。

「だめですよ！　友理奈ちゃんは肺の腫瘍が増大して、呼吸状態が悪化しているんです。試験的な手術をするには、全身状態が悪すぎます。シムネスの手術をするにしても、もっと初期で腫瘍がまだ大きな影響を与えていない患者さんの方がいいはずです。そのあとに……」

「澪！」

鋭く名を呼ばれ、澪は口をつぐむ。

「『そのあと』なんてないの。いま行っているオームス手術は、あなたがいま言ったように特別に許可された試験的なものだってことを忘れないで」

玲香の指摘に、澪ははっと息を呑《の》んだ。

「シムネスに対するオームス手術となると、その計画を立てるのに何週間も必要なの」

玲香は諭すような口調で説明を続ける。

「今回は前もって計画が進んでいたから半月後には行える予定だけど、その後はいつ行えるか分からない。場合によっては、数年後に予定しているオームスの本格的な実用化まで、シムネス患者を手術することはできないかも」

「じゃあ、友理奈ちゃんに根治手術をするチャンスは……」

「そう、これが三枝友理奈ちゃんを救う最後のチャンス。それでも、あなたは手術に反対なの？」

玲香が視線を合わせてくる。心の底まで見透かそうとするかのようなその視線に、澪は思わず身を引くと、震える唇を開いた。

「いえ……、そんなことありません」

アルコールでわずかに上気した玲香の顔に、花が咲くように笑みが広がっていく。

「よかった。私たちの力で、あの女の子を、三枝友理奈ちゃんを助けましょう」

やや呂律があやしくなっている玲香の言葉に頷きながら、澪は胸の中に不安が広がっていくのを感じていた。

2

「なんで私がこんなこと……」

運転席でハンドルを握っている愛川萌香が愚痴を零《こぼ》す。澪は「萌香ちゃん、本当にごめん！」と首をすくめた。

玲香との打ち上げが終わってから四時間ほど経った深夜、澪は萌香が運転する軽自動車の助手席に座っていた。

「あのですね、私、たしかに澪先生のアシスタントですけど、専属運転手とかじゃないんですよ。せっかく家でゆっくり録《と》りためていたドラマでも見ようと思っていたのに、急に呼び出されて、こんな遠くまで運転しろなんて……」

「だから、本当にごめんって！　どうしても今夜中に済まさないといけない用事ができたんだけど、私お酒飲んじゃったから運転できなくて……」

「だから、今夜中に済まさないといけない用事って何なんですか。さっきから何度も聞いているのに、はぐらかしてばかりじゃないですか」

萌香が不満げに頬を膨らませる。

「ごめんなさい。それも言えないの。知らない方が萌香ちゃんのためだから」

両手を合わせながら澪は数時間前の出来事を思い出す。

「玲香さん、ちゃんと自分の足で歩いてくださいよ」

全体重をかけるかのようにしなだれかかってくる玲香の体を支えながら、澪は居酒屋乙女ののれんをくぐる。

澪が危惧《きぐ》した通り、いくら止めても聞く耳を持たず焼酎の水割りをカパカパとあおっていた玲香は、打ち上げを開始して二時間後には完全に正体をなくし、テーブルに突っ伏して軟体動物のようにうねうねと動くだけの存在となり果てた。

仕方がないので女将にタクシーを呼んでもらい、玲香を家まで連れて行ってもらうことにした。

「あとはよろしくお願いします」

店の前で待っていたタクシーの後部座席に玲香を押し込んだ澪は、運転手に多めに料金を渡しながら頭を下げる。

「おまかせください」

運転手は慇懃《いんぎん》に頭をさげると、後部座席でぐったりとしている玲香に慣れた手つきでシートベルトをつけ、運転席へ乗り込んだ。

「疲れた……」

タクシーを見送った澪は、額の汗を拭《ぬぐ》いながら大きく息をつく。

かなり酒に強い玲香が、あれほどに泥酔する姿を見たことがなかった。オームスの実用化に向けて重要な手術が成功裏に終わったという安堵もあったのだろうが、それ以上に父親の仇と信じて疑わない大河との再会によるストレスが原因だろう。

「玲香さん、大丈夫かな……」

澪の口から零れた呟きを夜風が掻き消していく。

父親を失ってからのこの三年間、玲香のオームス開発に対する熱意は、妄執と呼んでも過言でないほどに高まっていった。

三百六十五日、二十四時間オームスのことだけを考え、生活の全てを捧《ささ》げる玲香の姿は痛々しく、燃え尽きる前にひときわ強く炎を上げる蠟燭《ろうそく》のような危うさを感じ続けていた。

父親が残した悲願を達成し、多くの苦しむがん患者を救う。そして外科技術を過去のものとし、それに人生の全てをかけている竜崎大河に対して復讐《ふくしゅう》を果たす。そんな、正と負の迸《ほとばし》る熱意が混ざり合って生じた強いエネルギーが、玲香を突き動かしているのだろう。

しかし昨日大河に会ったことで、感情の秤《はかり》が一気に負の方向へと傾いたように澪には見えた。いままでギリギリ均衡を保っていた精神のバランスが崩れたとしたら、玲香はどうなってしまうのだろう。

胸の中では不安がムクムクと膨れ上がっていた。

考えても仕方ない。私はただテストオペレーターとして玲香さんに協力するだけだ。澪は軽く首を振ると、つい三十分ほど前、玲香から聞いた最終目標の話を思い起こす。

とうとう、あの病気の手術ができる。

オームスがあの怪物に打ち勝つ日がやってくる。

腹の底に炎が灯《とも》ったような感覚をおぼえ、澪は拳《こぶし》を握りしめる。

再来週の手術、それに成功すればオームスは完成したに等しい。私のテストオペレーターとしての仕事も終わりに近づく。でも……。

「でも、まだ真実は何も分かっていない……」

無意識に口からそのセリフが零れた瞬間、腹の底に灯っていた炎が消え、火照っていた体が一気に冷えたような心地になった。

オームスを完成させ、がん治療を根本から変えたい。いままで根治不可能だった末期がん患者を救えるようにしたい。もちろん、医師としてそう強く望んできた。ただ、私がテストオペレーターになった最大の目的は、姉の死の真相を知ること。火神郁男が隠していた秘密を暴くことだ。しかしオームスの完成が近づいたこの期に及んで、いまだに秘密の輪郭さえつかむことができていない。

やはり、私は火神教授に騙《だま》されたのだろうか。オームスのオペレーターになれば真実を知ることができるなどというのは、でまかせだったのだろうか。

夜風が首元を吹き抜け、火照りが消えた体から、さらに体温を奪っていく。

澪が体を震わせたとき、「おおい、澪ちゃん」という声が背後から聞こえてきた。振り返ると居酒屋乙女の主人がのれんを掻き分けて外に出てきた。

「玲香先生、もう帰っちゃった？」

「はい、タクシーに押し込んで、持って行ってもらいましたけど、どうかしました？」

「いや、このテーブルに置いてあったやつ、玲香先生の忘れ物じゃないかと思って」

主人が手にしているものを見て、澪はあっと声を上げる。それは鍵状のペンダントだった。

さっき別荘についての話をしたとき、玲香はそれを外していた。泥酔していたので付け直すのを忘れてテーブルに置いたままにしてしまったのだろう。

「すみません、私が返しておきます」

澪が言うと、主人は「じゃあ、お願いできるかな」とペンダントを渡してきた。掌に置かれた、ダイヤがあしらわれた鍵状のペンダント。それを、羽織っている黄色いダッフルコートのポケットに入れようとした澪は、じっと掌《てのひら》の上のペンダントを見つめた。

十数秒後ポケットからスマートフォンを取り出した澪は、履歴から萌香の番号を選ぶと、迷うことなく発信のボタンを押した。

数回の呼び出し音のあと、「澪先生、どうかしました？」という聞き慣れた声がスマートフォンから聞こえてくる。

「萌香ちゃんって車、持ってたよね。本当に悪いんだけど、ちょっと迎えに来てくれないかな」

鍵形のペンダントを見つめたまま、澪は低い声で言ったのだった。

「こういうのって労働基準法に反しないのかな。労基ってどこにあるんだっけ」

数時間前の出来事を思い出しながら物思いにふけっていた澪は、萌香の危険な呟きで我に返る。

「萌香ちゃん、本当にごめんってば。今度埋め合わせするから機嫌直してお願い」

澪が拝むようにして言うと、萌香は横目で視線を送ってきた。

「今日って、玲香さんと手術成功の打ち上げをしていたんですよね？」

「う、うん、そうだけど」

「じゃあ、今度その店に連れて行って奢《おご》ってください。それで今日のことチャラにしますから」

「え、そんなのでいいの？」

澪が目をしばたたくと、萌香はフロントガラスの向こう側に視線を送ったまま、「もちろんです！」と力強く頷いた。

「澪先生はともかく、玲香さんってシティガールって感じで洗練されてるじゃないですか」

「私はともかく……」

頰を引きつらせる澪の前で、萌香ははしゃいだ様子で話し続ける。

「プライベートな感じの飲み会だったんで、これまで遠慮していましたけど、前から一緒に行きたかったんですよね。だって玲香さんがお祝いにお食事するお店でしょ。絶対超おしゃれな高級店じゃないですか」

「超おしゃれな高級店……」

築三十年は経っていそうな木造建築である居酒屋乙女の外観が、頭の中に浮かんでくる。

「どんなタイプのお店なんですか？　フレンチ？　イタリアン？　それとも創作料理とか？」

「えっと……、その中で言えば創作料理が一番近いかな。あのお店でよければ、いつでも連れて行ってあげるけど……」

澪が頰を引きつらせながら言うと、萌香は「やったあ！」と両手を上げる。

「ハンドル放さないで！　危ないでしょ、こんな山の中で！」

澪が慌てて注意すると、萌香はハンドルを持ち直しながら、「確かに山奥ですね」と前のめりになってフロントガラスの向こう側を見る。

鬱蒼《うっそう》とした森の中を突っ切る片側一車線の狭い車道が、ヘッドライトの光に浮かび上がっていた。街灯もほとんどないため、あたりは漆黒の闇に覆われている。

「カーナビ通りに進んでいますけど、そもそも澪先生が最初に入力した住所、ちゃんとあってます？　なんか異界の入り口みたいな雰囲気になってきましたけど」

「多分あっているはずだけど……」

この十五分ほど延々と森の中を進んでいる。だんだん自信がなくなってきた。

そもそも猿田先生を頼ったのが間違いだったかもしれない……。澪の胸に後悔がわき上がってくる。

居酒屋乙女の前で萌香を呼んだあと、澪はすぐに猿田に電話をして火神家の別荘がどこにあるのか訊ねていた。昨日アメリカ人スタッフたちの相手を押し付けられた猿田は、「そんなもん知るか」と最初は取り付く島もなかった。困った澪はふとあることを思いつき、スマートフォンにささやいた。

「話は変わりますけど猿田先生、もうすぐオームスについての論文が完成しそうなんですよ。筆頭著者が玲香さんで第二著者が私です」

「……オームスの論文」

いまにも電話を切りそうだった猿田の声色が変わる。ごくりと唾《つば》を飲む音が電話越しに聞こえてきた。

医学の世界において、論文は自らの研究成果を世界に知らしめる極めて重要なものだ。世界的に有名な医学雑誌に論文が載れば、医師として大きな実績となる。そして、医療の未来を大きく変えるであろうオームスの論文は、超一流医学雑誌に掲載され、世界中から注目されることは間違いなかった。

「猿田先生には色々お世話になっているので、もしよかったら論文に著者の一人としてお名前を載せようかと思ってまして」

「本当か⁉　俺の名が世界に轟《とどろ》き渡るということか？」

「いや……、轟き渡るかどうかは分かりませんけれど……」

猿田は載せるとしても第十著者ぐらい、一番後ろの方だろう。その辺りの著者になると、少しお世話になったので義理で名前を入れていることも多いので、注目されるということはない。

訂正しかけた澪だったが、せっかく盛り上がっているところにわざわざ水を差す必要はないと思い直し、言葉を続けた。

「ただし、そのためには少し協力していただけたら嬉しいです。具体的には火神家の別荘の住所を調べるとか」

「もちろんだ。すぐに調べるよ。この猿田に全てを任せておきなさい」

高笑いを残しながら通話は切れ、それからわずか数分後に折り返しの電話が入り、別荘の住所を教えてもらっていた。

あれだけ論文に名前を載せたがっていたんだから、でたらめを教えたりすることはないと思うけど、よく考えたら相手は猿田先生なのよね。悪気なく間違っている可能性もありそう……。

澪が後悔しはじめていると萌香が「もうすぐ着きますよ」と声を上げげた。カーナビを見ると目的地まであと数十メートルの距離まで近づいていた。次の瞬間覆いかぶさるように道の両脇に並んでいた木々が途切れ、一気に視界が開ける。野球のグラウンドぐらいある平地が広がり、その中心にログハウスが立っていた。

「あった、ここだ！」

澪が歓喜の声を上げると同時に車が停車した。

「澪先生、ここって何ですか？　なんかホラー映画に出てきそうな雰囲気なんですけれど……」

萌香が首をすくめる。確かに気味が悪い場所だ。火神が命を落としてから管理がされていないかったのか、敷地には背の高い雑草が生い茂っており、ヘッドライトに照らされているログハウスも、窓ガラスが割れたり玄関へと上がる木製の階段が崩れていたりしている。

「まさか、あの家に行くつもりなんですか？　やめましょうよ。お化けとか殺人鬼とか出てきそうですよ。私、絶対行きませんからね」

「うん、大丈夫。私一人で行くから萌香ちゃんはここで待っていて」

「待っていてって、一人で車の中にいるのも怖いんですけど。ジェイソンみたいなのが襲ってきたらどうすれば……」

「その時は車で轢《ひ》いといて」

適当極まりないことを言うと、澪は助手席のダッシュボードを開け、中から懐中電灯を取り出して車外に出る。

ここから先は見つかったら問題になる行為だ。萌香を巻き込むわけにはいかない。

澪はポケットから、玲香が居酒屋乙女に忘れて行ったペンダントを取り出すと、大きく深呼吸する。濃厚な森林の香りが鼻腔《びこう》を満たしていった。

この別荘が他人の手に渡ったのが先週だとすると、リフォームなどはまだ行っていない可能性が高い。ならばきっと鍵の交換もまだのはずだ。

いまこそ、火神郁男が研究室として使っていたこの別荘を調べる千載一遇のチャンスだ。この機を逃すわけにはいかなかった。

ただ、これは紛れもない不法侵入だ。もし見つかれば、警察の厄介になる可能性もある。オームスの実用化が近づき、大切な手術を控えているいま、自分がとてもリスクの高い行動を取っていることは理解している。だが、三年間もオームスのテストオペレーターを務めたにもかかわらず、火神郁男の秘密に全く近づけていないという焦りが澪の体を突き動かしていた。火神が一人で研究をする時に使っていた場所。もしかしたら、ここに秘密の手がかりが眠っているかもしれない。

澪は鍵形のペンダントを握りしめると、雑草を踏みしめながらログハウスへ近づいていく。ふと、足元の雑草の一部が倒れていることに気づく。どうやら車が通ったタイヤの跡のようだ。その痕跡《こんせき》はログハウスの裏まで続いていた。

不動産業者やこの建物を買った人物が、最近確認にでも来たのだろう。気にすることなく澪は大股《おおまた》でログハウスに近づくと、風雨で腐っている木製の階段を慎重に上がり、玄関扉の前に立つ。ペンダントについている鍵を鍵穴に差し込もうとしたところで、澪の動きが止まる。鍵穴と鍵の大きさが全く違っていた。失望が胸に広がっていく。

別荘の鍵としてこのペンダントを渡されたという玲香の話が嘘だったんだろうか？　いや、わざわざあの状況で玲香が嘘をつく必要などない。だとすると、彼女の勘違いか。

せっかく、ここまで来たのに無駄足だった……。

うなだれた澪はペンダントをコートのポケットにしまうと、何気なしにドアノブに手をかけ、軽く引いてみる。扉が重い軋《きし》みを上げながら、あっさりと開いた。予想外の事態に、澪は思わず一歩あとずさる。

鍵がかかっていなかった。新しいオーナーがかけ忘れたのだろうか？　なんにしろ、これはチャンスだ。澪は乾燥した口の中を舐めて湿らせると、おそるおそる扉に近づき、隙間から中を覗き込む。車のヘッドライトの光も届かない部屋の中には漆黒の闇がたゆたっていて何も見えなかった。澪は扉をくぐりながら、手にしている懐中電灯のスイッチを入れる。

太い丸太を組んで作られている壁に囲まれた、テニスコートほどの広さのリビングダイニングが、懐中電灯の光に照らし出された。一枚板から削り出されている大きめのダイニングテーブル、丸太で作った数脚の椅子、さらには革張りのソファーが置かれている。部屋の奥には、レンガ作りの本格的な暖炉も備え付けられていた。

天井までも十分な高さがあり、明るければ開放感のある空間なのだろう。しかし濃い闇に満たされているいまは、ゴシックホラー映画に出てくる廃墟《はいきょ》のような不気味さを醸し出している。

「……お邪魔します」

澪は小声でつぶやくと、足音を殺しながら部屋の奥へと進んでいく。

玲香の話では、火神郁男はいつも書斎で研究をしていたということだった。そこに行けば、なにか手がかりを見つけることができるかもしれない。

澪はリビングダイニングにある扉を次々に開いていく。トイレ、バスルーム、寝室……。なかなか目的の部屋が見つからずイライラしつつ、澪は次の扉を開いた。

懐中電灯で照らした扉の奥の光景を見て、澪は一瞬歓喜の声を上げかける。だが、その声は口の中で霧散した。

確かにそこは書斎だった。縦長の部屋の奥には重厚なマホガニー製のデスクが置かれ、両側の壁一面に、天井まで届きそうな本棚が備え付けられている。

しかし、そこには何もなかった。ゆうに数千冊の書物を収められるであろう本棚。そこは完全に空になっている。デスクにも書類も本も筆記用具も置かれていない。

澪は片手で目元を覆うと唇をかみしめる。

さっき、この建物が廃墟のようだと思ったのは間違いではなかったのだ。すでにこの建物からは、ごく限られた家具以外のあらゆるものが持ち去られている。

この巨大な本棚に収められていたであろう大量の本を処分するには、かなりの労力と費用が必要だったはずだ。いったい誰がここまで徹底的に、この建物から火神郁男の痕跡を消そうとしたのだろう？

玲香か？　いや違う。澪は首を横に振る。

玲香はこの別荘をずっと放置していたと言っていた。わざわざ大金をかけて父親の形見である本を処分する必要はないはずだ。だとすると……。

部屋の空気が一気に冷たくなった気がして、澪は体を震わせる。

火神は「この秘密が暴かれたら、多くの人々が命を落とすことになる」と言い残した。本当にそれだけ大きな秘密だとしたら、火神一人ではなく何か大きな組織がその後ろに蠢《うごめ》いている可能性がある。

この書斎にあったはずの蔵書や資料を処分したのは、その組織なのではないだろうか。この別荘を買い取ったのもその組織かもしれない。私がこの別荘に侵入したことも、どこからか監視されているのかもしれない。

迂闊《うかつ》だった。ここに忍び込むリスクを過小評価していた。

いますぐここから脱出しなければ。

身を翻して玄関へと向かおうとした瞬間、手に持った懐中電灯の光が暖炉を照らした。口から「え……」という呆《ほう》けた声が漏れる。自分が何を見ているのかよく理解できなかった。

暖炉の中に穴が開いていていた。

澪はおそるおそる足音を殺しながら暖炉に近づいていく。よく見ると、暖炉の床はただ穴が開いているだけではなく、そこに地下へと下りる階段が続いていた。

澪は息を乱しながら、必死に状況を整理する。

地下へと続くこの階段は間違いなく、元々備え付けられていたものだ。つまり、この別荘の持ち主であった火神郁男が作らせたに違いない。

玲香の話では、この別荘に来た時はいつも暖炉に火が焚《た》かれていたという。つまり普段はダミーの床があり、その上で薪を燃やして暖炉として使っていた。そして、特別な場合だけその床を動かし、この階段を露出できるような仕組みになっているのだろう。つまりこの階段の先にあるのは……。

「秘密の地下室……」

澪の半開きの口からかすれ声が漏れる。

よくよく考えてみれば、暖炉の中というのは秘密の通路の場所としては理想的なのかもしれない。火を焚いていたらそこを調べることはできない。

そこまでして火神郁男が隠したかったもの……。澪の喉がごくりと鳴る。

この地下室こそ、火神郁男の本当の研究室だ。ここに彼が隠していた秘密がある。

澪は階段の奥にたゆたっている漆黒の闇を見つめた。気を抜けばそこに吸い込まれていきそうな錯覚に襲われる。

澪は数回深呼吸をしたあと、「よし」と小さくつぶやいて足を踏み出した。

この階段は真実につながっている。ここまで来て引き返せるわけがなかった。

懐中電灯で照らしながら、慎重に一段一段下りていく。埃《ほこり》っぽくカビ臭い空気が肺に入り込んできた。

螺旋《らせん》状になっている階段を三十段ほど下りると、地下室へと辿り着いた。懐中電灯の光に、一階のリビングダイニングと同じほどの広さの空間が浮かび上がってくる。

壁も床もコンクリート打ちっ放しになっている部屋に、複数のデスクや実験用の作業台、様々な薬品の小瓶やアンプルが収められているキャビネット。かつてはラットなどの実験動物を飼っていたと思われる小さな檻《おり》。さらには書斎にあったものに勝るとも劣らないほど巨大な本棚など、様々なものが雑多に配置されていた。

間違いない。ここここそが火神教授の研究室だったのだ。

澪は本棚を見つめる。書斎にあったものと違い、そこには無数の医学書や医学雑誌、そしてファイルなどが詰め込まれていた。

ふと澪は本棚の一部が空になっていることに気づく。一瞬そこにあった重要書類が持ち去られてしまったのかと思うが、すぐにそうでないことに気づく。

本棚の前に置かれた実験台の陰に、書類が散らばっているのが見えた。

何かの拍子に本棚に収められていたものの一部が床に落ちて散乱したのだろう。

大きく安堵の息を吐くと、改めて地下室を見回す。さて、どこから調べるとしようか。

一見しただけでも大量の資料がこの地下室には存在している。一晩でそれを全てチェックするのは不可能だろう。めぼしいものを見つけ、それを回収して改めて自宅で詳しく調べるのがいいだろうか？

これから取るべき行動をシミュレートしつつ、澪は部屋の隅に置かれているデスクに近づいた。

書斎にあったのと同じ、高級感を醸し出しているマホガニー製のデスク、そこには山のように乱雑に資料が積まれ、周囲の床には食べ終えたカップラーメンの容器や空のペットボトルが散乱している。

澪は違和感をおぼえる。何度か火神郁男の教授室を訪れたことがあるが、そこは過剰なまでに整理整頓《せいとん》が行き渡っていた。たとえ他人を招くことを想定していない秘密の研究室とはいえ、ここまで様相が変わるだろうか。

こんなゴミ屋敷みたいな空間は、まるであの人の……。そこまで考えたとき、澪の背中に冷たい震えが走った。

背後から音が聞こえた。紙を潰《つぶ》すような小さな音が。

気のせいだ。そうに決まっている。自分に言い聞かせたとき、再び背後からガサッという音が、今度ははっきりと聞こえてくる。全身の汗腺《かんせん》から冷たい汗が吹き出し、体が細かく震え出す。

そうだ。暖炉に隠された秘密の出入り口が開いていたということは、誰かがそれを見つけたということだ。興奮しすぎて、そんな当たり前のことにも気づかなかった。

早鐘のような心臓の拍動が、鼓膜まで響いてくる。

火神教授は秘密を守るために、姉さんを病院の屋上から突き落とした。地位と名誉があった火神ですらそのような凶行に及んだのだ。もし相手が反社会的組織だとしたら、何の迷いもなく私の口を封じるだろう。

ここは巧妙に作られた秘密の地下室だ。遺体を隠すにはおあつらえ向きの場所だ。恐怖が血流に乗って全身の細胞を冒していく。

逃げなくては。すぐにこの地下室から脱出しなければ。そう思うのだが、脳と体をつなぐ神経が切断されたかのように、指一本すら動かすことができなかった。

また音が聞こえる。誰かが近づいてくる足音。その人物が懐中電灯をつけたのか、背後から光が照らされた。酸素が薄くなったかのような息苦しさをおぼえつつ、澪はただその場に立ち尽くす。

足音はとうとうすぐそばまでやってくる。真後ろに誰かが立っている。

次の瞬間、「おい」という声とともに肩に手を置かれた。全身を縛っていた金縛りが解ける。

澪はデスクの上に置かれた分厚いファイルを手に取ると振り返りざま、迷うことなくそれで背後に立つ人物の顔面を殴りつけようとした。

「うおっ⁉」

背後の人物は軽く体を反らして澪の攻撃をかわした。ファイルに挟まっていた大量の紙が宙を舞う。

いましかない。

相手がわずかに怯《ひる》んだのを見て、澪は一階へと続く螺旋階段に向かって床を蹴《け》った。

先に一階に上がって暖炉にある秘密の扉を閉めてしまえば、相手を地下室に閉じ込めることができる。そう思ったとき、素早く伸びてきた手が澪の手首を無造作につかむ。その握力の強さに心が恐怖に染まっていった。

「放して！　放してよこの変質者！」

澪はつかまれていない手をがむしゃらに振って、相手を殴りつけようとする。しかしそちらの手首もいとも簡単につかまれて身動きが取れなくなった。

もうだめだ。私はここで殺されるんだ。絶望で膝《ひざ》からくずおれそうになったとき、「誰が変質者だ！」という怒声が地下室の埃っぽい空気を揺らした。やけに耳馴染《みみなじ》みのある声。澪の口から、「へ？」という間の抜けた声が零れる。

「よく見ろ、俺だ」

床に落ちた懐中電灯の明かりに浮かび上がった、見慣れた精悍な男性の顔を見て、安堵でその場にへたり込みそうになる。

「おい、こんなところに座り込むなよ」

澪の両手をつかんでいる人物、竜崎大河が呆れ声で言う。

「だって、殺されるかと思って……。なんで大河先生がこんなところにいるんですか」

「それはこっちのセリフだ。どうしてお前がここにいるんだ」

大河は澪の両手を放す。

「どうしてって……」

「まあ何でもいいからさっさと帰れ。不法侵入だぞ」

「自分のことは棚に上げて、何言ってるんですか。先生だってこの別荘に無断で忍び込んでいるじゃないですか」

澪の反論に、大河はこれ見よがしにため息をついた。

「ここは俺の別荘だ」

「は……？　大河先生の別荘？」意味が分からず澪は目をしばたたく。

「先週、俺がここを買ったんだ」

「え？　でも玲香さんは地元の企業に売ったとか」

「俺がそこに依頼して買い取ってもらい、すぐに転売してもらった。直接俺が買おうとしても、玲香が売ってくれるわけがないからな」

「大河先生がここのオーナー……」

呆然《ぼうぜん》とつぶやきながら、床に散乱している大量の書類やゴミを見た際に、自分が抱いた感想を思い出す。大河先生の部屋みたいに散らかっていると思ったら、本当にそうだった。

三年前からずっと澪が住み続けているアパート。かつては竜崎もそこの住人だった。ゴミが散乱している竜崎の部屋に辟易《へきえき》していたことを思い出す。

「三年も海外で過ごしたのに、全然生活能力上がってないじゃないですか。ちょっとぐらい片付けたらどうなんですか」

「……不法侵入者が偉そうだな。警察に突き出すかな」

「そんなこと言わないでくださいよ。お客さんみたいなものですって」

「相手を変質者扱いするようなやつは客とは言わない」

そっけなく大河は言う。

「仕方がないじゃないですか。いきなり後ろから無言で近づいてくるんだから。なんで階段を下りてくるときに声をかけてくれなかったんですか。本当にびっくりしたんですから」

澪が文句を言うと、大河は肩をすくめた。

「疲れてちょっと仮眠を取っていたところに、お前が勝手に忍び込んだんだ。音がするから起きてみたら、怪しいやつがうろちょろしているんだ。驚いたのは俺の方だ」

「寝ていた……？　こんなに硬い床の上に？」

澪は視線を落とし、コンクリート剝《む》き出しの床を見る。

「調べ終わった資料を床に広げて、その上に横になってたんだ。結構柔らかいしコンクリートの冷たさも伝わってこないんで、簡易ベッドとしてはなかなかだったぞ」

だめだこの人、三年間で何も変わっていないどころか悪化している気がする……。澪は脱力感をおぼえながら、「ところで」と顔を上げる。

「ここで何か分かったんですか？　火神教授の秘密について少しでも手掛かりは見つかったんですか？」

ここへ来た目的を思い出し、澪がたずねると途端に潮が引くように大河の顔から表情が消えていった。

「なんでお前にそんなこと教えないといけないんだ。さっき言ったように、お前は不法侵入者だ。警察に通報されたくないならさっさと出て行け」

「そんなこと言わないでくださいよ。私たちの仲じゃないですか」

「何を調子に乗っているんだ。三年前に部屋が隣同士だっただけの関係だっていうのに」

大河は氷のように冷たい口調で言う。

「俺はいまや世界最高の外科医だ。お前みたいな凡人と馴《な》れ合う気はない。分かったらさっさと出て行って二度と俺に関わるな」

吐き捨てるように大河に告げられた澪は、口を固く結んで俯《うつむ》いた。肩が小刻みに震え出す。

「泣き落としでもするつもりか。そんなものが俺に効くとでも思って……」

大河がそこまで言った時、こらえきれなくなり、澪は大きく吹き出した。腹の底から笑いが込み上げて、口からほとばしる。

「……何がおかしいんだ、頭のネジでも緩んだか」

気味の悪いものでも見るかのような眼差《まなざ》しを向けてくる大河に、澪は「ごめんなさい、ごめんなさい」と手を振った。

「だって大河先生、大根役者すぎるんですもん。何ですか、そのハリウッド映画に出てくるダークヒーローみたいな口調は」

澪は笑いすぎて、目の端に浮いた涙を指で拭う。

「大使館で冷たい態度取られた時にすぐに気づきましたよ。あー、この人私を巻き込みたくないんだなって」

大河の顔に苦虫を嚙み潰したような表情が浮かぶ。

「普通の人なら騙されるかもしれませんけど、私、大河先生が無理して偽悪的に振る舞いながら必死に患者さんを助けたり、稼いだお金のほとんどを児童養護施設に寄付しているのを目の当たりにしてきたんですよ」

「お、俺はこの三年で変わったんだ！　どんな悪人の手術でもする裏の外科医としてな」

「わー、ブラック・ジャックみたいですね、かっこいい！」

からかうように拍手をすると、大河の頰が引きつった。

「もともと大河先生は、どんな人間であろうと助けを求められたら全力で手術することは知っています。『医者は神様じゃない』『人間の価値を決めるほど医者は偉くない』そういうポリシーでしたもんね」

澪は三年前に大河と飲んだ時、酔ってろれつが怪しくなっていた彼が口にした言葉を言う。懐中電灯の明かりしかない薄暗いこの空間でも大河の頰が赤らんだのが確認できた。

「大河先生はこの三年間、海外で仕事をしながら、急速に大きくなる腫瘍について調べていたんですよね？」

澪の問いかけに、大河の表情が引き締まる。

「腫瘍が秒単位で急速に増殖する。あんなこと医学的にあり得ない」

「でも、そのあり得ないことが起きた」

澪の言葉に、大河は重々しく頷いた。

「これまで世界中でシムネスの手術は何度も行われてきた。特に延命のための姑息《こそく》的手術はかなりの頻度で行われている。しかし、俺たちが目撃したような現象は報告されていなかった。火神教授の体を冒していたもの。あれは単なるシムネスじゃない」

「火神教授が隠していた秘密に関係してますよね」

澪が声を潜めると、大河は「おそらくな」と小さくあごを引いた。

「その手がかりが、きっとこの地下室にあるはずです。私にも資料を調べさせてください」

「だめだ」

「何でですか。危険なことなら分かっています。覚悟ならできています。どんな危険な目にあっても、姉さんがどうして殺されなくちゃいけなかったのか知りたいんです！」

必死に訴えかける澪の目を、大河はまっすぐに見つめてくる。

「いや、お前は分かっていない。俺たちがいま、どれだけ危険な橋を渡ろうとしているのかを」

淡々とした口調が状況の深刻さを物語っていた。澪はごくりと喉を鳴らして唾を飲み込む。

「……この三年間、何があったんですか？」

澪の問いに、大河は数秒、躊躇《ちゅうちょ》するようなそぶりを見せたあと、口を開いた。

「お前の予想通り、俺はこの三年間ずっと火神教授の秘密を、そして、あの人の手術で起きた現象が何なのかを解明しようと探っていた」

「だからシエラレオネへ何度も行っていたんですね」

「あの刑事、そこまで喋ったのか」大河は小さく舌を鳴らす。「そうだ。火神教授の体を蝕《むしば》んでいたシムネスは明らかにこれまでのものとは違っていた。つまりシムネスは進化している。俺はそう結論付けたんだ」

「シムネスが進化……つまり急速進行性シムネスってことですね」

「名前はどうでもいい。なんにしろ、シムネスがなぜ進化したかを解き明かすためにはその原点を知るべきだ。だからシエラレオネへ行ったんだ」

「そこで何か手がかりを見つけたんですね」

「もう一度言う。これ以上は素人が首を突っ込む世界じゃない。俺みたいに命を狙われるようになるぞ」

「命を狙われる⁉」

澪は目を剝く。大河は重々しく頷いた。

「そうだ。本格的にシエラレオネでの調査をはじめてから、俺は何度も殺されかけている」

「殺されかけているって、まさか……」

「シエラレオネでは二回、金で雇われた現地の男がナイフを持って寝室に押し入ってきた。ロンドンでは地下鉄を待っているとき、線路に突き落とされかけたし、アメリカでは発砲までされた」

「それで……無事だったんですか……？」

澪がかすれ声を絞り出すと大河は、「なんとかな」と口角を上げた。

「日本で裏の仕事をしていたおかげで、自分の身を守る方法は色々と身につけているからな。ただ俺が真相に近づくにつれ、狙ってきている奴らは素人からセミプロへと変化して来ている。これ以上、真実に近づけば、本物のプロの殺し屋が送り込まれてくる可能性すらある」

「プロの殺し屋……」

平和なこの国に住む澪には、大河が語った内容は映画の中の出来事のように現実感がなく聞こえた。

「そうだ。分かったらすぐに出て行って、今日のことは忘れるんだ」

プロの殺し屋に命を狙われるかもしれない。心臓を鷲《わし》づかみにされたような圧迫感をおぼえる。

澪は拳を握りしめるとゆっくりと口を開いた。

「嫌です。私も大河先生と一緒に、秘密を探りたいです」

「お前な、俺の話を聞いていなかったのか。これは遊びじゃないんだぞ」

苛立たしげに髪を掻き上げる大河に、澪は「分かっています！」と声を張り上げた。

「それでも私も調べたいんです！　この三年間、姉さんが殺された理由を知るために、火神教授の遺言通りオームスのテストオペレーターを続けてきました。そのおかげで、オームスは実用化寸前まで来ている。けれど、私が求めている真実には全く近づけていません！」

澪の声が地下室の空気を揺らす。

「……どんな危険があるか分からないんだぞ」

「危険が何だっていうんですか！　三年前、私たちはボウガンを持った集団に襲われて殺されかけながら、一緒に小夜子《さよこ》ちゃんの命を救ったじゃないですか！」

「それとこれとは話が違うだろ……」

「違いません！」

澪は腹の底から声を出す。大河は眉間《みけん》に深いしわを寄せて口を結んだ。重い沈黙が地下室に降りる。十数秒後、大河はゆっくりと首を横に振った。

「だめだ。俺はいま、三年前の新興宗教団体とは比べ物にならない危険な奴らに狙われている。お前を巻き込むわけにはいかない。すぐに帰れ。じゃなきゃ、警察を呼ぶぞ」

唇を噛む澪の前で、大河は小さくため息をつく。

「そもそも、ここには手がかりなんてない」

「え？　どういうことですか？」

「この別荘を手に入れてから数日間、ずっとこの地下室の資料を確認していた。だが、シムネスについての資料は全くない」

「全くない……？　そんなことあり得ません！　火神教授はシムネス研究の第一人者でした。オームスを作った目的も、最終的にはシムネスを治すためだったはずです」

「だろうな。ということは、シムネスについての資料はそこに入っているんだ」

大河は壁を指さしながら、ランタンを掲げる。見ると、壁の一部が鈍い光沢を放っていた。

「金庫……」

澪がつぶやくと、竜崎は「ああ、そうだ」と頷く。

「コンクリートの壁がくり貫《ぬ》かれて、頑丈な金庫が埋め込まれている。重要な資料は、きっとその中に隠されているんだろうな」

「無理やり開けたりはできないんですか？　ドリルかなんかで穴を開けたりとか……」

「金庫の専門家に見てもらった。強引に開けようとすると内部に仕掛けられた装置が作動して、中身が燃えるような仕組みになってるらしい。これを開けるためには専用の鍵が必要不可欠ということだった」

「鍵……」

澪はダッフルコートのポケットにそっと手を忍ばせる。指先に硬い感触が走った。

「大河先生」

澪は囁くように言う。

「もし私がその金庫を開けられたら、火神教授の秘密を一緒に調べさせてもらえますか？」

「だから、そこの金庫は特別な鍵がないと開かないんだ。そしてその鍵がどこにあるかは誰にも分からない」

「いいから答えてください。もし金庫を開けたら、三年前みたいに相棒になってくれますか？」

「ああ、いいよ。もし金庫を開けたならな」大河は投げやりにかぶりを振る。

「約束ですよ。男に二言はないですよね。とりあえず指切りげんまんを……」

「いい加減にしろ。さっきから何がしたいんだ、お前は⁉」

「怒らないでくださいよ。ちょっと見ててくださいね」

澪はポケットから鍵形のペンダントを取り出すと、金庫の前にしゃがみ込み、そっと鍵穴に差し込んでいく。手首をひねると、カチャンという解錠される音が響いた。

「な⁉　どうしてお前が鍵を⁉」

目を見開く大河に、「企業秘密です」とおどけると、澪は金庫の扉についているノブを回した。重量感のある扉がゆっくりと手前に開いていく。

床に置いていたランタンを手に取った大河が金庫の中を覗き込む。そこには五十センチほどに積み上げられた大量のファイルの山が詰め込まれ、その上に『玲香へ』と記された封筒が載っていた。

「玲香さんへの手紙……」

澪がつぶやくと同時に、竜崎が手を伸ばし、無造作に封筒をつかむ。

「あ！　ちょっと、それは玲香さん宛ですよ」

「分かっている」

大河は頷くと迷うことなく封筒を破り、中から便箋《びんせん》を取り出した。

「ダメですよ。他人へのメッセージを勝手に読むなんて」

「こんな形で一人娘への遺言を残すなんて普通じゃない。ここには何か特別な情報が書かれているはずだ」

「でも、玲香さんに悪いと言うか……」

澪が戸惑っていると、大河は金庫の扉についたペンダントを指さす。

「この手紙があるということは、火神教授はこの金庫を玲香が開けると考えていた。つまりそのペンダントは、教授が一人娘へと遺《のこ》したもののはずだが？」

大河の指摘に、澪は「うっ」と言葉を詰まらす。

「お前は玲香からそれを盗んでまで、手がかりを求めてここにやってきたんだろ。なのに今更、罪悪感で重要な情報を見ないっていうのか」

「盗んだわけじゃありません。玲香さんの忘れ物を預かっただけというか……」

澪の言葉が尻《しり》すぼみに小さくなる。どんなに言い訳しようが玲香の私物を勝手に持ち出したことには変わりはなかった。

「毒を食らわば皿までだ」

大河は迷うことなく便箋を開いた。

玲香さん、ごめんなさい……。澪は心の中で玲香に謝罪しながら、大河と並んで手紙に書かれているやや癖のある文字を目で追っていく。

玲香へ

お前がこの手紙を読んでいるということは、私はシムネスの手術中に命を落としたということだろう。

おそらく、お前は竜崎を恨むだろうな。

ただ、竜崎には責任はない。

私の予想が正しければ、手術中、もしくは手術が終わってすぐに、常識では考えられないような事態が生じ、その結果、私は命を落とすはずだ。

私の死は自ら望んだ結果生じたことだ。責任がある者がいるとしたら、それは私自身だろう。

だからお前にはできることなら、誰を恨むこともなく、何に縛られることもなく、自由に生きて欲しい。

だが一方で、私はお前にオームスの実用化という夢を託してしまった。

お前が私の夢を引き継ぎ、多くの人々の命を救った医学者として歴史に名を刻んで欲しいという想い、それもまた私の偽らざる気持ちだ。

だがオームスの開発に携われば、お前はいつか恐ろしい秘密に気づくだろう。私はシエラレオネでそれに気づき、ずっと罪悪感に苛《さいな》まれ続けている。そして、その秘密に潰され、人としての道を踏み外してしまった。

ただそのことを後悔はしていない。私は地獄に堕《お》ちるだろうが、その代わりに、多くの人々が救われるのだから。

けれど、決してお前に同じ道を辿って欲しくはない。

私という呪縛《じゅばく》に囚《とら》われることなく、自由に自分の人生を生きて欲しい。

こんな勝手なことを言う父を、どうか許してくれ。

お前が幸せになることを、心から祈っている。

父より

火神郁男が娘へと宛てた手紙を読んで、澪は固く拳を握りしめた。

この手紙に記されている「人としての道を踏み外してしまった」という部分は、姉を、桜庭唯を病院の屋上から突き落としたことを示しているのだろう。それによって自らは地獄に堕ちると書き示している一方、そのことを後悔していないとも書かれている。

気を抜けば叫び出してしまいそうなほどの怒りが胸に満ちてくる。

「落ち着け。冷静になるんだ」

大河が声をかけてくる。

「冷静になんか、なれるわけないじゃないですか！」

「外科医なら知っているだろう。焦りや不安、怒りなどの感情は、冷静な判断力を奪い、悪い結果につながる。重要な判断を迫られる場面ではなによりもまず、心を落ち着かせることが大切だ。ゆっくりと深呼吸をしろ」

大河は柔らかく、しかし拒否することを許さない力強さを孕《はら》んだ口調で言う。拳を握り締めた澪は、言われた通りに大きく息を吸ったあと、負の感情を息に溶かして吐き出していく。

数回、それを繰り返すと、胸の底に溜《た》まっていたヘドロのような感情はいくらか希釈されていった。

「落ち着いたか？」

大河の問いかけに、澪は「……はい」と小さく頷く。

「では、この手紙についての分析をはじめよう。これを読むと、やはり火神教授は自分の手術中に、腫瘍の異常増殖で命を落とすことを予想していたということだな」

「つまり、自分が急速進行性シムネスに罹《かか》っていると理解していたということですね」

「そうだろうな。そして、その急速進行性シムネス、あの常識外れの疾患こそ、お前の姉の命を奪ってまで火神教授が守ろうとした秘密の本質だと思われる。ただ、しっくりこない点がある」

大河はあごを撫《な》でる。

「しっくりこない点って何ですか」

「俺の知る限り、火神教授がシエラレオネに行ったのは十年以上も前だ。その頃に、急速進行性シムネスに関しての秘密に気付いたというのは違和感があるな」

「私もその点が気になったんです。シエラレオネで気付いたということは、火神教授の秘密はシムネスに関するものですよね。けど、どうしてオームスの開発を続けたらシムネスについての秘密が分かるんでしょう」

澪は頭の中で情報を整理しながら、話し続ける。

「私、ずっと火神教授の秘密はオームスに関係することだと思っていました。他人の研究を盗んでいたり、パナシアルケミから不正な寄付を受けていたりとか。でもこの手紙を見ると明らかに違うような感じですよね」

　澪がこめかみに手を当てると、大河はしゃがみ込んで金庫の中に収められているファイルの束を取り出していく。

「とりあえず俺はこのファイルを片っ端から読んでいく。火神教授がわざわざこれほど厳重に保管していた資料だ。何か手がかりが見つかるはずだ」

「えっ、ちょっとずるいですよ、私にも調べさせてください！」

「俺はこの別荘をまるごと買い取ったんだ。この資料の所有権は俺にある」

「あ、ずるいっ！　私が鍵を持ってなかったら、金庫開けられなかったくせに！　約束が違うじゃないですか！」

「ギャーギャー騒ぐな、うるさいな」大河は両手で耳を塞《ふさ》いだ。「ちゃんと約束は守る。情報は共有する。だからお前はとりあえず東京に戻れ。お前、昨日、オームスと二時間近くシンクロしたうえナースエイドと外科医の仕事もしてるし、今日はかなり飲んでいるだろ。無理するとぶっ倒れるぞ」

「大丈夫です。そんなに疲れてはいませんよ」

　そう言って大河に向かって一歩足を踏み出しかけた時、軽いめまいをおぼえ、澪はバランスを崩す。大河がすっと手を伸ばし、澪の腕をつかんで体を支えてくれた。

「あ、ありがとうございます」

「言わんこっちゃない。いいから今日は帰って休め。俺は日本では手術ができないんでずっと暇だ。だがお前はそうじゃないだろう。ナースエイドや外科医としての仕事がおろそかになるぞ」

　痛いところを突かれた澪がうなだれると、腰あたりから明るいポップミュージックが流れ出す。

反射的にコートのポケットからスマートフォンを出した澪は、液晶画面に表示された『玲香さん』という文字を見て頬を引きつらせた。

「れ、玲香さんから電話です。どうしましょう。鍵のことに気づかれたのかも」

「鍵の件は、お前と玲香の問題だ。俺は関係ない」

「あ、ずるい！」

「いいからさっさと出ろ。着信音がやかましい」

大河に促された澪は、ためらいつつも『通話』のアイコンに指を触れる。スマートフォンから玲香の声が響いてきた。

『あ、澪。夜遅くごめんね。休んでいたでしょ。私、飲み会の途中から記憶が曖昧《あいまい》で、どうやって家まで帰ってきたかおぼえてないのよね』

「泥酔してたから、私がタクシーの運転手さんに住所を教えて、家まで連れて行ってもらいましたよ」

『ああ、そうなんだ。迷惑かけてごめんね。タクシー代は今度ちゃんと返すから。それでちょっと聞きたいんだけど、ペンダントが見つからないの。澪、知らないかな？』

「それは……」

澪は金庫の鍵穴に刺さっているペンダントに視線を送る。

「えっと、ペンダントなら居酒屋乙女のテーブルに忘れていたから、私が保管しています。次に会ったときに返しますね」

『それなら悪いんだけど、いまから取りに行ってもいい？　あれ、お父さんの形見だから……』

表情を歪めた澪が助けを求めて視線を送ると、大河は露骨に目をそらした。

肝心な時に頼りにならないんだから。胸の中で悪態をつきながら、澪は必死に頭を働かせる。

「あの、玲香さん、ごめんなさい……。飲み過ぎですごく頭が痛いんです……。ちょっと休ませてもらえると嬉しいんですけれど……」

できるだけ苦しそうに演技をしながら、澪は玲香の反応を待つ。

『そうよね。澪が持ってるなら安心よね。ごめんなさい、形見をなくしたと思って、ちょっとパニックになっちゃって。再来週には最終目標の手術も控えているし、オペレーターのあなたにはしっかり休んでもらわないとね』

「ありがとう、玲香さん。そうさせてもらえると助かる」

『それじゃあ、澪。おやすみ』

澪は「おやすみなさい」と言って回線を切る。緊張の糸が完全に緩んで、全身から力が抜けていった。

「なんとかなりました。誰かさんの手を借りなくても」

当てつけるように言うと、澪は金庫の扉に嵌《は》まっているペンダントを引き抜いた。

「言われた通り、今日は帰って休みます。でも、何か分かったら約束通り私にも教えてくださいよ」

ふらふらした足取りで階段へと向かおうとした澪の手を、大河は「待て」とつかむ。

「さっき言っていた最終目標の手術というのは何だ」

「……オームスによるシムネスの根治手術です」

「シムネスの根治手術……」

大河は表情をこわばらせると、「やめろ」と唸るように言う。

「お前も見ただろう、三年前の手術を。シムネスは進化しているんだ」

「確かにあれは異常でした。でもあくまで火神教授にだけ起きたことで……」

「違う！」

大河は鋭く言う。

「俺はこの三年間、海外で何度もシムネスの手術を請け負った。そこであの現象を二回見ている。噂では世界中でそれが起きているという話だ」

「それがって、シムネスの急速な腫瘍増大現象のことですか？　でもそんなもの、どこの医学誌にも……」

「忘れたのか。手術後、組織検査をしても腫瘍細胞は見つからなかった。つまり患者の死後にあの現象の痕跡は見つからないんだ。当然、症例報告を出すことができない。自分の見間違え、もしくは手術ミスをごまかしていると思われるのが落ちだ」

そこで言葉を切った大河は、至近距離で澪の目をまっすぐ見つめる。

「いまシムネスの手術をすることは危険だ。オームスの手術は多くの人々に注目されている。もし手術中にあれが起きたら、それはオームスのせいになる。実用化が数年間遅れる……、いや、下手すれば計画自体が泡と消える可能性があるぞ」

「オームスプロジェクトが泡と……」

澪は呆然とその言葉を繰り返す。

「シムネスに何が起きているのか、急速進行性シムネスとはなんなのか、俺が突き止める。だから、それまではシムネスに関わるんじゃない。手術は延期するんだ」

「それはできません」澪は即答する。

「分からないのか。またあの腫瘍増大現象が起こるかも……」

「患者は十三歳の女の子なんです！」

澪は声を張り上げて、大河のセリフを遮る。大河の目が大きく見開かれた。

「全身の臓器に生じた腫瘍がじわじわ増大して、呼吸機能も心機能も肝機能も、全てが低下しています。このまま治療しなければ三ヶ月以内には亡くなります。わずか十三歳で人生が終わってしまうんですよ！」

口をつぐむ大河に向かって、澪は訴え続ける。

「確かにオームスプロジェクトは将来的に多くの人を救う可能性がある。でも、そのために目の前の命を見捨てることは私にはできません。私はナースエイドとして患者さんに寄り添い、そして一人の外科医として全力を尽くして、目の前にいる患者さんを治療します。それが私の理想の医療であり、それを教えてくれたのは大河先生でした。違いますか」

「いや……、違わないな」

大河は静かに言った。

「何にも縛られることなく、全力で目の前の患者を救う。それが統合外科のポリシーであり、俺の行動原理でもある」

「なら、私を止めないでください。私はいまできる全力で、患者さんを、シムネスに冒された女の子を救います」

澪は身を翻すと、小走りに階段に向かう。

螺旋階段を上る澪の足音が、やけに大きく地下室の空気を揺らした。

3

じわじわと心臓の鼓動が加速しているのを感じながら、澪は床が磨き上げられた廊下を進んでいく。

軽井沢《かるいざわ》のログハウスで大河と会ってから十六日後、手術着姿の澪は星嶺医科大学附属病院手術部の廊下を進んでいた。

澪は横目で、隣を歩く火神玲香の様子をうかがう。その表情はこわばり、顔からは血の気が引いていて、自分よりもはるかに強い緊張にさらされているのが見て取れた。

当然か。とうとうオームスの最終目標ともいえるシムネスの根治手術にこれから挑むんだから。

澪は胸の中でつぶやく。

オームスは悪性腫瘍を治療するための、次世代がん治療システムとして開発された。そしてシムネスはあらゆる臓器に同時多発的に悪性腫瘍を発生させる不治の奇病だ。

がんの王とも呼べるシムネスを完治したとき、オームスは完成する。

父親である火神郁男と二世代に渡って目指してきた夢の成果、火神家の悲願、その成否が今日にかかっているのだ。

そう、今日の手術にオームスの成否がかかっている。澪は手術着の胸元に手を当てる。掌に加速している心臓の鼓動が伝わってきた。

今日の手術には、オームス開発プロジェクトの最高責任者であるパナシアルケミ日本支社長、日本外科学会をはじめとする各学会の理事長、さらには海外から十数人の高名な外科医や保健機関の幹部たちが、マスコミ関係者にまじって見学にやってくることになっている。

世界初のシムネス根治手術。その成功を医療界のＶＩＰたちに見せつけることで、パナシアルケミは一気にオームスを世界中に売り込み、莫大《ばくだい》な利益を確保しようとしているのだろう。

今日の手術が成功すればパナシアルケミの目論見《もくろみ》通りに今後、進んでいくだろう。しかし、失敗すればオームスの実用化は大きく後退する。

とくにもし、三年前の火神郁男が死亡した手術のような事態になれば、あの軽井沢の地下室で大河が言ったように、プロジェクト自体が頓挫《とんざ》する可能性すらあった。

そんなことになれば、オームスが実用化すれば助かるはずの、多くのがん患者の命が失われることになる。

今日の手術の成功に、数えきれないほどの人々の命がかかっている。

両肩に漬物石でも乗ったかのような強いプレッシャーに身を襲われた澪の呼吸が、浅く速くなりはじめる。強い呼吸苦が胸にわだかまりはじめる。

この感覚は知っていた。三年前ＰＴＳＤを克服するまで何度も起こったパニック発作の予兆。

ダメだ。このままでは過呼吸発作を起こしてしまう。ただでさえオームス手術はオペレーターに強い心身の負荷をかけるのに、パニック状態で務められるわけがない。

落ち着かなくては。なんとか発作を抑え込まないと。

必死に自分に言い聞かせるが、息苦しさはやわらぐどころかさらに強くなっていった。

どうしよう？　どうすればいい？

俯いた澪が恐慌状態になりかけたとき、隣を歩く玲香が足を止めた。

「……なんであなたが？」怨嗟《えんさ》にみちた玲香の声が響く。

「え……？」

顔を上げた澪は大きく息を呑む。廊下の先に見学者用のスクラブを着た竜崎大河が立っていた。

「大河先生！　どうしてここに？」

「世界初のシムネスの根治手術だ。外科医として見学を希望するのは当然だろう」

大河は普段通りの淡々とした口調で言う。

「ふざけないで！　あなたはここで何をしたか忘れたの⁉　あなたはこの大学には出禁のはずよ！」

握りしめた拳をブルブルと震わせながら、玲香が声を荒らげる。

「それは昨日までだ。この前の手術のコネを使って、正式に米国大使館から星嶺医大に俺の手術見学の許可を要請してもらった。さすがアメリカの力だな、すぐにＯＫが出たよ」

肩をすくめる大河に、玲香が歯を軋ませる。

「邪魔しに来たの？　私たちの集中力を乱して、手術を失敗させようとしているのね。オームスが実用化されたら、あなたが人生をかけて培ってきた外科技術が過去の遺物になるから」

「いや、単に激励しに来ただけさ。心から手術の成功を祈っている。何と言っても患者はまだ年端もいかない子供なんだからな」

大河はかすかに口角を上げてこちらに近づいてくる。すれ違った瞬間、大河は澪の肩を軽く叩いた。

「自分を見失うな。お前が本当に大切にしていることに集中するんだ。俺に切った啖呵《たんか》を思い出せ」

「え……」

どういう意味ですか？　とたずねようとするが、その隙を与えることなく大河は「上の階で見学させてもらう」と片手を上げて去って行った。

「何なのよ、あの男はこんな大切なときに！　澪、行くわよ！　絶対に手術を成功させて、あの男に目にもの見せてやりましょう！」

憤まんやる方ない口調で澪を促すと、玲香は大股に廊下を進んでいく。さっきまで青白かったその頬は、いまは怒りのせいか軽く赤らんでいた。

大河先生は私たちの緊張を解くために姿を見せたのかもしれない。

「私が本当に大切にしていること……」

澪は口の中でその言葉を転がしながら、オームス用の特別手術室に入る。

一般の手術室より遥《はる》かに広い、テニスコートほどの面積がある手術室。吹き抜けになっている天井までは十メートル近い高さがある。

手術室の右手には見慣れた黒い繭状のオームスオペレーティングユニットが置かれ、その奥には制御用のスーパーコンピューターがずらりと配置されていた。

澪は視線を上げる。一つ上のフロアに設置されている見学室にはすでに多くの人々が詰めかけ、こちらを見下ろしていた。その半分以上が外国人だ。正面には白髪が目立つ、体格のいい初老の男性、パナシアルケミの日本支社長である薬師寺《やくしじ》宗康《むねやす》が腕を組みながら険しい顔で仁王立ちをしていた。

こんな雰囲気の中で手術をするのか……。大河と顔を合わせたことでわずかに和らいでいた緊張感が再び湧き上がってくる。

「澪、これ、持っていて」

玲香が唐突に澪の手を取って、なにかを押し付けてくる。澪は自分の掌に載っているものを見つめて、目を大きくする。

「お守り？」

それは、『必勝祈願』と記されたお守りだった。

「昨日、神社にお参りにいって、今日の手術の成功祈願をしてきたの。その時に買ってきた。これを大切に持っていて」

「ありがとう、玲香さん」

澪はわずかに唇をほころばせると、お守りを慎重に手術着のポケットへと入れる。

「でも玲香さんが神頼みするなんて、ちょっと意外かも」

「私だって、なにかに頼りたくなることはあるのよ。じゃあ、私は制御コンピューターの最終チェックをしてくる。澪は患者とオペレーティングユニットの確認をお願い」

そう言い残すと、玲香は大股に離れていった。

「患者……」

つぶやいた澪は、振り返って手術台に視線を送る。

そこには小柄な少女、三枝友理奈が怯《おび》えた表情で横たわっていた。点滴ラインを通じて友理奈の腕の静脈に、エメラルドグリーンに妖《あや》しく輝く液体が流し込まれている。大量の新火神細胞を含んだ点滴液だ。

「ああ、そうか……」

澪は数十秒前に大河が口にした言葉の意味を悟る。

ゆっくりと手術台に近づいた澪は「友理奈ちゃん」と声をかける。友理奈はビクリと毛布のかかった体を震わせた。

「そんな驚かないで。桜庭よ」

澪は柔らかい笑みを浮かべる。友理奈は「澪先生……」と蚊の鳴くような声を絞り出した。

「怖い？」

澪は静かに友理奈にたずねる。友理奈は「うん」と、痛みに耐えるような表情を浮かべた。

「大丈夫だよ、安心して。手術っていう名前がついてるから怖そうだけれど、これからやる治療は全然痛くないの。眠ってる間に全部終わっちゃうから、この治療で一番痛いのは点滴の針を刺すところかな」

澪は新火神細胞が注ぎ込まれている点滴ラインの刺入口を人差し指でさした。

「つまり、もう一番痛いところは終わったっていうこと。ちょっと安心した？」

「少し……」

友理奈の顔の硬度がわずかに緩んだ。

「でも、私の病気本当に治るの？　私、この病気だって半年前に言われたとき、治す方法はないって……」

胸の中に溜め込んでいたであろう不安を吐き出していく少女の唇に、澪はそっと指を当てた。

「大丈夫よ、私が友理奈ちゃんを治してあげる」

涙で潤んでいた友理奈の目が大きく見開かれる。

「友理奈ちゃんの体の中にある悪い細胞、私がこれから全部やっつけてあげる。だからあなたは元気になる。これからいっぱい勉強して、いっぱい遊んで、いっぱい恋をして、そして幸せな人生を生きるの。分かった？」

医療に絶対などないことは誰より分かっている。治すと断言することは医療者にとって、訴訟リスクすら孕んでいる危険な行為だとは理解している。しかし、いまはそんな自己保身より、目の前で怯えている少女を安心させ、手術に臨んでもらう方が重要だった。

私なら、オームスなら絶対に友理奈ちゃんのシムネスを治すことができる。炎が灯ったような感覚が胸の奥に湧き上がる。じわじわと体温が上がっていくのを感じながら澪が微笑みかけると、友理奈はかすれ声で「うん……うん……」と何度も頷いた。

「じゃあ準備をはじめるね」

友理奈の柔らかい髪を一撫ですると、澪は踵を返しオームスオペレーティングユニットへと近づいていく。

さっきまで胸の中で嵐のように吹き荒れていた負の感情は、今は完全に凪《な》いでいた。代わりに腹の底から力が湧き上がってくる。

私が本当に大切にしていること。目の前の患者に寄り添いその命を救うこと。

オームスによるシムネスの根治手術という大舞台に、いつのまにか自分の本分を忘れかけていた。

未来の多くの患者を救うことは大切だ。けれどいま私が救うべきは、友理奈だ。あの少女の未来を紡ぐことこそ、私の任務だ。

だから、いまは余計なことは頭から捨てよう。

澪は再び手術着に包まれた胸元に手を当てる。さっきまで早鐘のように鼓動していた心臓が、いまはゆっくりと、しかし力強く脈打っていた。

「澪先生、大丈夫ですか」

タイルの床に座り込み、便器に向かって顔を突き出している澪の背中を、萌香が撫でる。

「大丈夫じゃない……。全然、大丈夫じゃ……うええ」

息もたえだえに声を絞り出した澪は、大きく嘔吐《えず》いた。口から、粘っこい黄色い液が零れ出す。

痛みにも似た苦みが口の中に広がっていく。

「もう胃の中空っぽですもんね。分かります。私も失恋とかしてひたすらお酒飲んだときとか、最終的に同じような状態になりますから」

「お酒の飲み過ぎと一緒にしないで……」

弱々しい声で反論した澪は、再び強い吐き気をおぼえ便器に顔を近づけて嘔吐く。

三枝友理奈のシムネスに対する根治手術は、三十分ほど前に終了していた。

完璧な形で……。

自らの原点を思い出し、そして熱い思いを胸にシムネスの根治手術に挑んだ澪は、これまでにないほど高いシンクロ率でオームスを操り、友理奈の全身にある腫瘍を潰していった。

オームスによって新火神細胞を巧みに操り、心臓、肺、腎臓《じんぞう》、膵臓《すいぞう》、大腸、胃、それらに巣食っている腫瘍を三時間以上かけて全てくまなく潰していった。

最後に残っていた大動脈の腫瘍を完全に除去して手術を終えた澪が、ふらふらしながら萌香の肩を借りてオペレーティングユニットから下りると、上の階の見学室からの音声が手術室内に伝えられ、シャワーのように拍手が降りそそいだ。パナシアルケミ日本支社長の薬師寺も満面に笑みを浮かべ、ガッツポーズをしていた。

澪は見学者たちに一礼したが、そこで限界が訪れた。胃から食道へと熱いものが逆流してくるのを感じた澪は、両手で口を押さえて小走りに手術室から脱出したのだった。

さすがにあまりにも深く、そして長時間オームスとリンクしてしまったようだ。脳への負荷が強すぎて、テキーラを何十ショットも呷ったあとのような気分だった。

「このあとマスコミ向けに顔出しできます？　いまは玲香さんが対応していますけど、さすがにオペレーターが最後まで姿を現さないんじゃまずいですよ」

萌香は手にしていたミネラルウォーターのペットボトルを差し出しながら、

「分かってる。もうちょっとしたら行くから」

澪は力なく頷くと、受け取ったペットボトルのミネラルウォーターで口をゆすいだ。

これまで誰も為《な》しえなかったシムネスの根治手術を成功させた。これ以上ないオームスの宣伝機会だ。この手術の成功は世界中に伝えられ、そして多くの投資家からオームス開発への投資の申し出が殺到するだろう。オームスの開発は一気に加速する。

スーパーコンピューターの性能が上がり、ＡＩによる新火神細胞を操作するためのサポートシステムの精度も一気に上がるはずだ。そうすれば私でなくてもオームスを操作することができるようになる。

胸に大きな達成感と、そしてわずかな寂しさが湧き上がってきた。

澪は天井を見上げた。これでテストオペレーターとしての役目は一段落した。けれど……。

「けれど、姉さんの死の真相は分からなかった……」

澪の口から胃液臭いため息とともに小さな声が漏れる。

「え、何か言いましたか？」

たずねてくる萌香に「何でもない」とごまかすと、澪はまぶたを閉じた。

やはり私は火神郁男に騙されていたのかもしれない。火神郁男は自分の悲願であったオームスを完成させるため、姉の死の真相という疑似餌で私を釣っただけなのかもしれない。

オームスの開発に力を貸せたことは、医師として満足している。しかし、自分の役目を終えたいま、虚《むな》しさをおぼえはじめていた。

なぜ最愛の姉が死ななくてはならなかったのか。姉が入院していた病院の屋上から転落し命を落としてからの約四年間、ひたすらその答えを求め続けてきた。

最初の一年間は、自分の責任だと思い込み、そのショックでメスを握れなくなりさえした。

そんな私をあの人が再び外科医へと戻してくれた……。

澪の脳裏に、精悍な顔に不機嫌そうな表情を浮かべた男の姿が浮かび上がる。

そういえば、あの人はもう帰ったのだろうか？

先々週、火神家の別荘の地下で大河と交わした会話を思い出す。

大河は金庫の中に入っていた資料を調べると言っていた。オームスの開発に携わっても、結局得ることのできなかった、姉の死の真相。もしかしたらその手がかりを大河が持っているかもしれない。

澪はわずかに胃液がついた唇を手の甲で拭う。

帰ってしまう前に大河に会わなければ。電話でもメールでも連絡が取れない彼を捕まえるチャンスはいましかない。

そう思った澪が立ち上がろうとしたとき、「お邪魔するぞ」という男性の声とともに、扉の開く音が響いた。

振り返ると、開いた扉の向こうに大河の姿があった。

「ちょっと！　ここ女子トイレですよ⁉」

メガネの奥の目を見開きながら、萌香が甲高い声を上げる。

「もちろん分かっている」

全く悪びれた様子もなく、大河はうなずいた。

「ふらふらになった桜庭が、アシスタントの肩を借りてこのトイレに入ったのを見たので三十分ほど扉の前で待っていた。その間、他の女性の出入りはなく、そして中からはひたすらガマガエルの鳴き声のような声が聞こえてきた。以上より、中にはオームス酔いで吐いている桜庭とそれを介抱しているアシスタントしかいないと判断し、入っても問題ないと考えた。極めて合理的な判断だ」

「合理的だから、女子トイレに入ってもいいってわけじゃ……」

萌香は戸惑い顔になる。

「こういう人なのよ。常識ってものが全くないの」

立ち上がった澪は、唖然《あぜん》としている萌香の肩を軽く叩いた。

「え、澪先生の知り合いですか？　なんか、よく見るとかなりイケメンじゃないですか。どういう関係なんですか？　ちょっと紹介してくれません？」

「……また今度ね」

澪は軽く頭を振ったあと、大河と視線を合わせる。

「なんのご用ですか、大河先生」

「見事だった」

大河の口から出た予想外の言葉に、澪は「へっ？」と呆けた声を漏らす。

「まさか本当に全身の腫瘍を潰せるとは思っていなかった。素晴らしい手術だった」

「え、ええ、この三年間でオームスは劇的に進化しましたから……」

全く予想していなかった手放しの称賛に、澪はなんと答えていいのか分からなくなる。

「システムの進化もあるのだろうが、それ以上にお前の腕に感服した。大使館での手術のときには自分の脳手術に集中していたため、お前の手術をしっかりと見る余裕はなかったが、今日その実力を見て素直に感動した。お前はオームスのオペレーターとして、そして外科医としてこの三年間で大きく進歩している」

そこで言葉を切った大河は、わずかに微笑んだ。

「よくやったな」

「えっと……ありがとうございます。あの……、このあとものすごい罵倒《ばとう》をされたりします？」

「何を言ってるんだお前は」

大河の眉間にしわが寄った。

「いえ、大河先生が普通に私を褒めるとか、嬉しいというより、どっちかというとちょっと不気味というか……」

澪が正直な気持ちを伝えると大河の眉間のしわが深くなる。

「あ、いえ、別に嬉しくないわけじゃないですよ。大河先生に認められるのは正直嬉しいです。ただ私を褒めるために、わざわざ女子トイレに侵入してきたのはさすがに変態っぽくないですか」

「お前がなかなかトイレから出てこないからだろ！　帰る前に、お前に伝えないといけないことがあっただけだ」

「伝えないといけないこと？」

澪が聞き返すと、大河は声を潜めた。

「金庫から見つけた資料を調べていて分かったことがある。多分、お前の姉の件についての手がかりになるはずだ。俺は先にアパートに戻っている。お前も用事が終わったらすぐに俺たちの部屋に来い」

そう言い残して大河はトイレから出て行った。足音が遠ざかっていくのを聞きながら、澪は呆然と立ち尽くす。

やっぱり別荘にあった資料の中に、姉さんの事件の真相を暴くための情報が隠されていたんだ。

すぐに大河のあとを追おうと足を踏み出しかけたとき、萌香が「えー！」と大きな声を出した。

「いま、俺たちの部屋に来いって言いましたよね。もしかしてあんなかっこいい人と同棲《どうせい》しているんですか。ずるいですよ。彼氏いないってずっと言ってたくせに。どこで見つけたんですか？」

「えっと……萌香ちゃん、そうじゃないの。それよりちょっと用事ができたんだけど……」

「まさかマスコミへの対応をサボって彼氏を追いかけたりしませんよね。そんなこと絶対させませんからね。ここで澪先生を逃がしたらアシスタントの私が叱られます」

萌香は通せんぼをするように、出入り口に両手を広げて仁王立ちする。

確かに、このまま大河を追って、オペレーターである自分がマスコミ対応をしなければ、オームスの安全性に疑問を持たれる可能性がある。少しだけでもマスコミの前に顔を出さなければ。

「大丈夫、ちゃんとマスコミの対応はするから安心して。じゃあ、行きましょうか」

澪が促すと、萌香はまばたきを繰り返したあと、にやりとどこかいやらしい笑みを浮かべた。

「なんか澪先生、急に顔色よくなりましたね。やっぱり彼氏の顔を見ると元気になるんですね」

「あー、ようやく来た。何やっているんだよ」

見学室の扉の前に立っていた猿田弥彦《やひこ》が、あごについた贅肉《ぜいにく》を震わせながらダミ声を出す。トイレでひとしきり嘔吐《おうと》した澪は、口をゆすいだあと、萌香とともにマスコミたちが詰めかけている見学室へとやってきていた。

「お前が来ないから、玲香先生が必死にマスコミ対応を続けているんだぞ。オペレーターの写真を撮らないと、マスコミも満足して帰ってくれないからな」

猿田はあごをしゃくると扉を開いた。澪は首をすくめながらそっと中に入る。三十人ほどの記者を相手に、玲香が質疑応答を行っていた。

「つまり、オームスに使われている新火神細胞は指令により、お互いが引き合うようにプログラミングされているということですよね？」

一人の記者が玲香に質問を浴びせる。

「はい、その通りです。その性質をオペレーティングシステムのＡＩの補助を受けてオペレーターがコントロールし、腫瘍に新火神細胞を集めます」

「では、新火神細胞が、血管内で大きな固まりになり、塞栓《そくせん》症を引き起こすリスクはないのでしょうか？」

「さっきご説明しましたように、そのようなことが起こらないよう、オペレーターが新火神細胞を操作します」

「今日のオペレーターはオームス手術の第一人者ですから、そのようなミスは犯さないでしょう。しかし、今後オームスが一般的に使われるようになれば、未熟なオペレーターが事故を起こす可能性も否定できない。そのようなリスクにはどのような対応をするのでしょうか？」

さすがに専門誌の記者だけあって、かなり鋭い質問をしてくる。しかし、玲香が動揺することはなかった。

「もちろん、十分に対応策を用意してあります。万が一塞栓症が起きた場合でも、すぐにそれを解除できるシステムが組み込まれています」

「解除できるシステムとは、具体的には？」

さらに質問を重ねる記者に、玲香は「それは企業秘密です」と妖艶《ようえん》な笑みを浮かべてはぐらかすと、柏手《かしわで》を打つように胸の前で両手を合わせた。

「それでは皆様お待たせしました。本日の主役の登場です。どうぞ後ろをご覧ください」

玲香の合図とともに、見学室にいた人々が一気に振り返り澪を見る。無数の視線が浴びせかけられ、思わずあとずさりをしそうになる澪の背中を、萌香が両手で押した。

「ダメですよ。ちゃんと対応しないと。私のボーナスがかかっているんですから」

「分かった。分かったから、押さないで」

あきらめて前に出た澪が首をすくめるように会釈した途端、記者たちが一気に迫ってくる。

「世界で初めてシムネスを治した医師になった気分はどうですか？」

玲香に厳しい質問を浴びせかけていた記者が、勢い込んで質問してきた。

「えっと……、治ったかどうかはまだいまの時点では断言できません。このあとの経過を見なければ……」

そこまで言ったところで、玲香がしきりにウインクをしていることに気づき、澪は口をつぐむ。

「これ、ヒーローインタビューみたいなものなんですから、もっと景気のいいこと言ってくださいよ。私のボーナスのためにも」

　萌香が耳打ちしてくる。

「……分かったわよ。半ば自棄になった澪は、無理やり笑顔を作った。

「ただ、腫瘍をすべて消し去ることに成功しました。患者さんの体にはまだシムネスによって生じたがん細胞が残っているかもしれませんが、それはいまも彼女の体の中に存在している新火神細胞によって除去されるはずです。つまり、彼女は初めてシムネスを完全に克服した人物になる可能性が高いということです」

　これくらいのリップサービスなら問題ないだろう。

「噂では、オームスはかなりオペレーターの心身に負担をかけ、現在は桜庭先生しか使用できないという話ですが、それについてはいかがでしょう？」

「確かにいまオームスを完璧に使いこなせるのは私だけです」

　記者たちの中からざわめきの声が漏れる。澪はすぐさま「ただ……」と続けた。

「その問題もすぐに解決します。オームスのＡＩシステムは改良に改良を重ねられていて、オペレーターの負担は格段に下がってきています。だからこそ、私は今日こうして長時間の手術に耐え、シムネスを治療することができました」

　澪は凜《りん》とした声を張り上げると、背筋を伸ばす。

「オームスは、開発の現場責任者である火神玲香先生を先頭にこれからも改良されていきます。近い未来、誰もが訓練を積めば少ない負担でオームス手術を行えるようになり、従来の外科手術に代わるがんの第一選択の治療法として医療を大きく変えるでしょう」

　澪は玲香の様子をうかがう。彼女は感極まったのか、目を潤ませ、胸に片手を当てていた。

演説を終えた澪が頭を下げると、記者たちが一斉に質問を浴びせかけてくる。

「あの繭のようなシステムに入っている間はどのような感覚なんですか？」

「オームスはいつ頃完成すると思いますか？」

「何か一言頂けませんでしょうか？」

複数のマイクを突きつけられた澪は、顔を引きつらせると、「猿田先生」と振り返る。

「な、なんだよ？」

突然声をかけられた猿田は軽くのけぞった。

「あとはお任せします」

猿田が「はぁ？」と口をあんぐりと開けるのを尻目に、澪は再び記者たちに向き直った。

「いま頂いた質問に関しては、私の上司であり、星嶺医大統合外科医局長である猿田弥彦先生がお答えします。ぜひどんどん質問をしてください。それでは失礼します」

澪は再度頭を下げると、猿田の脇をすり抜け、小走りに廊下を進んでいった。

オームスのテストオペレーターとしての役目は全て果たした。ならばもう自分のやりたいことをしていいはずだ。

「おい、ちょっと待てって。またこの役回りかよー！」

悲鳴じみた猿田の叫びを背中で聞きながら、澪は足を動かし続けた。

4

「よう、思ったより早かったな」

扉を開いた澪を、大河の声が迎える。

「……何してるんですか、大河先生」

手術用のトレーニング機器が大量に置かれた部屋で、寝袋に入って床に転がっている大河に、澪は冷たい視線を注ぐ。

猿田を犠牲にしてマスコミから逃れた澪は、築三十年を超える自宅アパートへ戻り、自分の部屋の二つ隣にある手術用トレーニングルームへとやってきた。

ここは、もともと三年前までこのアパートに住んでいた大河が、自らの手術のトレーニング用に使っていた部屋だ。とある事件をきっかけに日本での医師免許を剥奪され、海外へと移り住んだ大河がアパートを退去する際に、この部屋を好きに使っていいと澪は鍵を渡されていた。

「先生から譲り受けたんで、ここは私の部屋のはずですけれど。勝手に上がらないでもらってもいいですか？」

「固いことを言うな。ホテルより、ここの方が落ち着くんだよ。宿泊代も安くつくしな」

「裏の世界の人間の手術を引き受けて、大金を稼いでいるっていう噂じゃないですか。日本時代とやってること変わりませんね」

「よく知っているな。誰からその噂とやらを聞いたんだ？」

「分かっているでしょ、橘さんですよ。あの人、先生こそが姉さんの事件の真相を暴くための最大のキーマンだと思っているから、ずっとつけ狙ってますよ。気をつけてくださいね」

「まるでストーカーだな。なんで俺がお前の姉の事件に関係しているっていうんだ。邪推もいいところだ」

「へー、そうですか。ただ、私も先生こそが、真相に近づくための近道だと思っていますけど」

「お前まで俺のストーカーになるつもりか？　お前みたいな小便臭いガキに興味はないぞ」

「小便臭いガキ⁉」

澪の声が裏返る。

「私のこと言ってるんですか⁉　私はもう三年前とは違うんですよ。こう見えても結構同僚のドクターとかからアプローチされたりするんですからね！」

「見栄《みえ》を張らなくていい。こんな古びたアパートにずっと住んでいるってことは、この三年間、ずっと恋人もいなかったんだろう」

「ずっと、オームスのテストオペレーターとナースエイドと外科医の仕事を並行してやっていたから、恋人なんか作る暇なかったんですよ。私に魅力がないってわけでは……」

「分かった、分かった、そんなにムキにならなくていい。別にお前の男関係なんか興味ないからな。それより……」

大河の表情が引き締まる。

「さっき俺が事件の真相に近づくための近道だって言っていたな。それは間違っちゃいない」

うにうにと体を動かして寝袋から抜け出した大河は、床に置かれた二枚の折りたたまれた用紙を手に取る。

「もしかして、火神教授が遺したデータの解析が終わったんですか⁉」

「当たり前だ。だからこそお前をわざわざ呼び出したんだからな」

「教えてください！　あの資料は何だったんですか？　姉さんの事件と何か関係があったんですか⁉」

勢い込んでたずねる澪に「とりあえず落ち着け」と言いながら、大河は一枚の紙を広げていく。

Ａ３サイズほどの大きさの用紙には地図が描かれ、その様々な部分に赤い点が印されていた。

「これってどこの地図ですか？」

「シエラレオネだ」

澪の体に緊張が走る。

「シエラレオネ……シムネスが最初に発見された国……」

「ああ、そうだ。そしてこの赤い点こそが、火神教授が遺した資料に印されていた場所だ」

「この赤い点は何を示しているんですか⁉　ここで何かあったんですか⁉」

体を前傾させながら、澪は上ずった声でたずねる。

「ブライトフューチャーという製薬ベンチャー企業が『アルファプロジェクト』と名付けられた治験を行っていた場所だ」

「治験？　アルファプロジェクト？　アフリカの小国の、しかもこんなたくさんの場所で、治験を行っていたんですか？」

「ああ、そうだ。ただ火神教授が遺した資料を見たところ、そのアルファプロジェクトは、まともな治験とはとても言えないようなものだった」

「正式な倫理委員会を通していないということですか」

「それどころか、治験用の新薬を投与される被験者に十分な説明もせず行われたものらしい。地域の権力者にかなりの額の金を渡すことで、そこに住む人々に新薬を投与し、その反応を見たということだ」

「それってもう治験じゃなくて……」

「ああ、人体実験と言っても過言ではないものだな」

「人体実験……」

不穏な言葉に澪の声が震える。

「ああ、その通りだ」

「でもブライトフューチャーなんていう会社聞いたことないんですけれど。いくら非合法とはいえ、こんな広範囲で治験を行うなんて莫大な費用がかかるはずです。小さなベンチャー企業にそんなことが可能ですか？　それになんでその会社の機密データを火神教授が持っていたんですか？」

「ブライトフューチャーは、三十年ほど前から火神教授と共同研究を行っていた。そして、その研究が有望だということでとある企業から高額の投資を受けていた」

「とある企業……」

「ああ。そしてこのシエラレオネでの治験が一段落したあと、ブライトフューチャーはその企業に買い取られ吸収されている」

「その企業ってどこですか⁉　いったいその会社はシエラレオネで何をやっていたんですか⁉」

澪が声を張り上げると、大河はシニカルに唇の端を上げた。

「もう、お前も本当は気づいているんだろう。その企業がどこなのか、いったい何の治験を行っていたのか」

「パナシアルケミ……。火神細胞の治験……」

澪が喉の奥からその言葉を絞り出すと、大河は「その通りだ」と重々しく頷いた。

「ブライトフューチャーは新しいがん治療として、火神教授とともに火神細胞を開発した。がん治療は日進月歩だ。常に世界中で様々な新しい治療法が研究されている。しかし、その大部分は資金不足もあり、日の目を見ることなく消えていく。投資家たちも、有望な研究にだけ投資をしようとするのは当然だからな」

「だから、ブライトフューチャーはできるだけ早く良好なデータを出そうと、非合法の治験を行った……」

「その結果得られたデータは期待以上のものだったようだな。だからこそパナシアルケミはブライトフューチャーを買収し、火神細胞を完成させた。それは、がんの新しい治療法として、瞬く間に世界に広がり、そしてそれまでアメリカの中堅製薬会社でしかなかったパナシアルケミを世界最大規模のメガファーマへと成長させた」

喋り疲れたのか、大河は大きく息を吐く。

「その非人道的な治験が、火神教授が必死に隠そうとしていたことなんですか？　ジャーナリストとしてそのことに気づいたから、姉さんは火神教授に屋上から突き落とされて口封じされたんですか？」

胸の中で荒れ狂っている感情を必死に抑え込みながら澪がたずねると、大河は「いや、それだけじゃない」と首を横に振った。

「それだけじゃない？」

「火神教授は亡くなる前に、お前に言っていたんだろう？　そうしないと多くの人々が命を落とすことになるって」

「はい、そう言っていました。けれどきっと、あれは姉さんを殺した罪悪感をごまかすためのものだったんです。単に火神教授は自分が生み出した火神細胞を守りたかっただけなんです」

「それは違う」

「何でそう言い切れるんですか⁉」澪は噛みつくように言う。

「たとえ、アフリカでの非合法の治験が明らかになったところで、火神細胞自体が大きく貶《おとし》められるわけじゃない。実用化されてからすでに十数年経ち、多くのがん患者を救ってきた火神細胞は、開発時のスキャンダルなんかでその評価が変わったりはしない。主にダメージを受けるのはその治験を行ったブライトフューチャーだ。しかもその会社はすでに存在していない」

「でも、ブライトフューチャーを買収したパナシアルケミの信用が、大きく損なわれるんじゃないでしょうか？」

「そんなことにはならないさ」

大河は皮肉っぽく鼻を鳴らす。

「世界を股にかけるメガファーマの力を侮るな。そんなスキャンダル、軽く握りつぶす。買収前のベンチャー企業が非合法な治験を行っているなど知らなかった。自分たちも被害者だ。大金をかけてイメージ戦略を行って、そんなふうに世論を操作することぐらい、奴らにとっては赤子の手をひねるようなものだ」

「じゃあなんで姉さんは殺されなくちゃいけなかったんですか⁉　火神教授は何を隠そうとしていたんですか⁉」

「いまからそれを説明する」

大河はもう一枚の紙を広げていく。その用紙にもシエラレオネの地図が描かれていたが、もう一枚とは違い、そのうえには青い点が百個以上は印されていた。

大河は二枚の紙を重ねると両手で持ち、頭上に掲げる。蛍光灯の光で紙が透かされて見えた。

「この青の点、赤い点が多くある範囲に集中していますね。この点って、何を示すものなんですか？」

　澪が首をひねると、大河は低い声で答えた。

「……シムネス患者だ」

　澪の口から「……は？」という呆けた声が漏れる。

「シエラレオネは世界ではじめて、シムネスの患者が発見された国だ。その後、数年でシムネスはシエラレオネ全土で発生するようになった。その患者の発見された場所を示したのが、この青い点だ」

「シムネスの患者のほとんどが、火神細胞の治験が行われた場所で発生している……。それって……」

　恐ろしい想像が頭の中を駆け巡り、澪はそれ以上言葉を紡げなくなる。

「ああ、そうだ」

　ゆっくりと大河は首を縦に振った。

「火神細胞こそがシムネスの原因だ」

5

「そ、そんな……」

　十数秒呆然と立ち尽くしたあと、澪はかすれ声を出す。

「そんなわけありません。火神細胞のせいでシムネスが生じているなんて……」

「なぜ、あり得ないと言えるんだ」

淡々とした口調で大河が質問をぶつけてくる。澪は「それは……」とつぶやくと、ショックで麻痺《まひ》しかけている頭を必死に働かせ思考をまとめていく。

「そもそもシムネスの原因は、ウイルス感染のはずです。ＨＩＶに近いレトロウイルスであるシムネスウイルスに感染することで、ウイルス内に存在している発がん遺伝子が、全身の細胞のＤＮＡに逆転写により組み込まれ、各臓器でがん細胞が発生する。そういう疾患のはずです」

「初期はそう考えられていた。しかし、それは最初はシエラレオネのみでシムネス患者が発見されていたことから、未知のウイルスによる感染症が強く疑われていたからだ。だが、火神教授が遺したこのデータによってその前提条件が間違っている可能性が高くなった」

「それじゃあ、シムネスウイルスは何だったんですか？」

「俺の予想だとあれは完全に無害なウイルスでしかない」

「完全に無害なウイルス……」澪はその言葉を呆然と繰り返す。

「ああ。大部分のシムネス患者からそのウイルスが分離されたり、過去に感染した形跡があったため、それが原因だと考えられた。けれど実際は全く関係なく、人間に害を与えることなく社会に蔓延《まんえん》していたウイルスの一種でしかなかったんだ。病原性がないため、誰にも知られていないウイルスなどいくらでもあるからな」

「シムネスウイルスもその一種だということですか？」

「そうだ、現にその後の調べで、シムネス患者以外も調べればほとんどの人間が、すでにシムネスウイルスに対する抗体を持っていたということが判明しているだろう。つまり昔から社会に存在している無害なウイルスを、スケープゴートにしたわけさ」

「スケープゴートにしたって誰がですか？」

「パナシアルケミに決まっているだろ」

大河は肩をすくめた。

「パナシアルケミほどの規模のメガファーマなら、有名なウイルス学者や感染症の専門家たちに研究資金という名目で金をばらまき、シムネスの原因がそのウイルスであると示唆させることぐらい簡単だからな」

「そんな……。それじゃあ、パナシアルケミはもともと火神細胞が原因でシムネスが生じることを知っていて、それを隠蔽《いんぺい》しようとしていたということですか？」

「だろうな。パナシアルケミがここまでの成長を遂げたのは、一にも二にも火神細胞のおかげだ。現在のパナシアルケミの経営の柱も、その大部分は火神細胞と、それに関連した薬剤の売り上げが占めている」

「でも、たとえごくまれにシムネスが生じるリスクがあったとしても、ほとんど副作用なくがん治療に有効だという火神細胞の利益の方が大きいはずです。今後も変わらず使われていくんじゃないですか？」

「確かにリスクとベネフィットを冷静に比べれば、火神細胞は今後もがん治療で使用されていくべきだろう。しかし、人間は理屈よりも感情で動く生き物だ。わずかとはいえ、全身の臓器に悪性腫瘍が発生する不治の病に冒されるリスクがあると聞かされても、火神細胞による治療を受けると思うか？」

「……いいえ、思いません」

澪は唇を噛むと、ゆっくりと首を横に振った。

「ああ、間違いなく患者は火神細胞の使用に恐怖を抱くようになるだろう。それにマスコミが、火神細胞を投与されるとシムネスになると鬼の首を取ったかのようにそのリスクを大々的に喧伝《けんでん》し、そしてシムネス患者が苦しんでいる映像をお茶の間に流して人々の恐怖を煽《あお》るだろう。そうなったら誰も火神細胞による治療を受けようとしなくなる。下手をすればパナシアルケミはこれまでのシムネス患者から訴訟を起こされ、莫大な賠償金を支払うことになるだろうな。何にしろパナシアルケミは終わりだ」

「姉さんが気づいたのはこれだったんですね。だからこそ、火神教授は火神細胞を守ろうと姉さんの口封じをした」

その最中に命を落とすこととなった手術が始まる寸前、火神郁男が口にしていた。「この秘密が暴かれたら、多くの人々が命を落とす」という言葉の意味がようやく理解できた。

火神細胞による万能免疫細胞療法は、いまやがん治療の基礎となり、多くの人々を救っている。それが使用できなくなったとしたら、今後多くの助かるはずの無数の命が消えていってしまうだろう。

だからといって、姉さんを殺したことは許せない。けれど……。

混沌《こんとん》とした思いが胸を満たし、脳みそを素手でかき混ぜられているかのように、思考がまとまらなくなる。頭を抱える澪を尻目に、大河は淡々と話を続けた。

「火神細胞の元である万能細胞は、もともと悪性化するリスクを孕んでいる。臨床で使用する際にはそのリスクをいかに下げるかが問題になってくる」

「けれど、火神細胞は悪性化しないように処置をしているはずです」

「その通りだ。しかし、悪性化リスクをゼロにすることはできなかったんだろう。投与された者の体質なのか、それとも製品の品質に問題があり、遺伝子変異を起こしている火神細胞があったのかは分からないが、一部の患者の体内で火神細胞が悪性化を起こした」

「投与された火神細胞は一定期間、ナチュラルキラー細胞のようにがん細胞を貪食《どんしょく》したあと、各臓器に定着して、そこの細胞に分化するはずです。それが、もともと悪性化していたとしたら……」

「そう。各臓器でがん細胞として分化することになる。肝臓なら肝がん細胞、胃なら胃がん細胞、皮膚なら皮膚がん細胞、そして心臓の横紋筋に定着した場合は心臓横紋筋肉腫細胞として増殖していくんだ」

「だからシムネスでは、全身に、同時多発的に、各臓器由来の悪性腫瘍が生じるんですね……」

澪の言葉に大河は、「ああ」と頷いた。

軽いめまいをおぼえた。澪はそばにあるパイプ椅子に倒れ込むように腰掛ける。

「大丈夫か？」

「大丈夫じゃないです。なんか一気に全てが分かって、混乱して……」

「姉が何を突き止めたのか、どうして火神教授に殺されなければならなかったのか、知りたかったんじゃないのか」

「もちろん知りたかったですよ。そのためにこの三年間必死にオームスのテストオペレーターを務めたんですから。でも、あまりにも大きな話で理解が追いつかないというか……」

頭痛をおぼえた澪は額を押さえる。

これからどうしたらいいのだろう。姉がジャーナリストとして命をかけて調べ上げた情報を、できれば世間に明らかにしたかった。けれど、それをすればパナシアルケミは破綻《はたん》し、火神細胞が使用できなくなって、本当なら救えるはずの患者の命が奪われることになるかもしれない。それに……。

「それに、オームスのプロジェクトもダメになる」

澪の口から弱々しい声が漏れる。

オームスのオペレーティングシステムが操作しているのは、火神細胞にバイオコンピューターを組み込んだ新火神細胞だ。火神細胞が使えなくなるなら、当然オームスも使えなくなる。

がんという疾患を人類が克服する可能性を秘めた夢の新技術。それが完成間近にして水泡と帰してしまうかもしれない。

「……大河先生がシエラレオネに何回も行ったのは、このことを調べるためだったんですね」

「いや、正確には違う。ここに印している、以前のシエラレオネのシムネス発生例は、俺が主に調査した内容の副産物として分かったものだ」

大河はテーブルに置かれた地図に印してある青い点を指さす。

「主に調査した内容って何なんですか？」

「シムネスの発生例だ」

「え？　ですからこの地図の青い点がシムネスの発生例ですよね」

「これはあくまで十数年前のシムネス発生例を示したものだ。俺が調べていたのは、最近発生したシムネスだ」

「最近発生したシムネス？」

意味が分からず、澪は首を傾ける。

「シエラレオネでは十数年前に百例前後のシムネスが発見され、そのあとはほとんど発生しなくなっていた」

「それって、火神細胞がシムネスの原因だからですよね。大量生産されているとはいえ、火神細胞はかなり高価な医薬品です。発展途上国ではあまり使われていません」

「そうだ。最初に治験で大量に投与されて以来、シエラレオネではほとんど火神細胞は使われていなかったはずだ。もともと国民の平均寿命が低いシエラレオネでは、がん患者自体が少ないからな」

「なのに、最近になってまたシムネス患者が発生しはじめたっていうことですか？」

「そうだ」一度言葉を切った大河は、低い声で付け足す。「しかも普通のシムネスじゃない」

「普通のシムネスじゃないってもしかして……」

澪が言葉を失うと、大河は小さくあごを引いた。

「ああ。急速進行性シムネス、火神教授の体に生じた異常な疾患だ」

三年前に目撃した異様な光景が澪の脳裏に蘇った。シムネスに冒された火神教授の手術。大河が心臓に食い込んだ巨大な腫瘍を切除したあと、突然そこに現れた腫瘍がまるで火山の火口から溶岩が噴き出すかのように急速に増大していき、そしてついには心臓が破裂した。

「腫瘍が異常な速度で増殖する現象が、シエラレオネで起きているっていうんですか？」

澪がかすれ声でたずねると大河はその通りだと低い声で答えた。

「シエラレオネに入っている医療支援団体からの報告で、再び複数のシムネス患者が確認され、しかも姑息的手術として腫瘍の切除を行ったところ、爆発的にがんが増殖し、患者が術中死するという症例が複数報告されたらしい」

「間違いないんですか？　シムネスの患者は全身状態が悪化していることが多いです。単に外科医の技術不足で術中死したんじゃないですか？　発展途上国の医療支援では、十分に設備が整ってない環境で手術をしなくてはならないことも……」

「俺も二件執刀したんだ。二例ともシムネスによる腫瘍で腸閉塞を起こし、そのままでは死亡する症例だった。そのため、腸管の腫瘍を切除して腸閉塞を解除しようとした。しかし切除が成功してすぐに、下行大動脈に急に腫瘍が現れ、そこで破裂して患者は命を落とした」

大河のセリフに澪は言葉を失う。大河の超人的な手術の技術は何年も前から嫌というほど目の当たりにしてきた。彼ならばどんな過酷な状況であろうと完璧な手術を成し遂げる。そんな大河が二度も術中死を起こすなどありえない。やはりシエラレオネでいま生じているシムネスは特別なものなのだろう。

「その新しいシムネスにもパナシアルケミが関与しているんですか?」

「俺はそう考えている。ただし、それを証明するためにはお前の協力が必要だ」

そう言うと大河は澪の前に右手を差し出してきた。

「三十年前のシエラレオネに端を発し、そしてお前の姉を含む多くの人々が巻き込まれ、命を落としたこの事件に、俺とお前でピリオドを打とう」

普段通りの淡々とした大河の口調。しかし、澪はその言葉に火傷《やけど》をしそうなほどの熱い想いを感じ取った。

澪は差し出された大河の右手を力いっぱいに握りしめる。

「ええ、私たちでこの悲劇を終わらせましょう」

幕間 2

飛行機を降りた瞬間、まとわりつくような湿気を感じて男は顔をしかめた。

これが日本か。灼熱《しゃくねつ》の砂漠をラクダで横断した経験もあるが、この肌に張り付くような湿気の方が不快感は強い。

まだ到着したばかりだというのに、すでにベガスが恋しい。さっさと帰りたいところだが、そのためにはこの国での仕事を全うする必要があった。

男はビジネスバッグを片手に成田空港を闊歩《かっぽ》して入国審査へと向かう。

「Sightseeing or business?（旅行ですか？　それともビジネスですか？）」

入国審査窓口で人の好《よ》さそうな女性審査官が訊《たず》ねてくる。

「Business, of course.（ビジネスさ）」

男は作り物の笑みを顔に浮かべた。審査官は小さく頷《うなず》くとパスポートと書類を確認していく。

その姿を眺めながら、男は目を細めた。

普段から偽造パスポートを使ってターゲットがいる国に入国しているが、今回仲介屋から渡されたものは、これまで見たことがないほど精巧なものだった。おそらく雇い主が用意したものだろう。さらに就労用の書類に関しては偽造ではなく本物だ。これほどリラックスして入国審査を受けるのは初めてかもしれない。

よほど雇い主はあの男を警戒しているんだろうな。

男が口角を上げると同時に、審査官が笑みを浮かべ入国許可のハンコをパスポートに押した。

「You are working for Panacealchemi Corporation. Good luck with your work. Please, enjoy your stay in Japan.（パナシアルケミのお仕事をしているんですね。お仕事頑張ってください。どうか日本での滞在をお楽しみくださいね）」

「Thanks.（ありがとう）」

審査官が差し出したパスポートを受け取って入国審査を通過した男は、唇の端を上げた。

「Well, let's go see a friend.（さて、友人に会いに行くとするか）」

第三章
最終決戦

1

「まさか協力が必要だっていうのが、雑用の手伝いだとは思いませんでした」

助手席に腰掛けた澪は、運転席でハンドルを握っている大河に皮肉いっぱいの言葉をかける。

二時間ほど前、アパートにある手術トレーニング室で握手を交わしたあと、大河は「では行こうか」とあごをしゃくった。

「行くってどこにですか?」

澪が首を傾けると、大河はシニカルに微笑んだ。

「もちろん軽井沢にある火神教授の別荘だ。あそこにある資料はあまりにも大量で、調べるのに辟易《へきえき》していたところだ。お前が手伝ってくれてありがたいよ」

そうしてまんまと罠《わな》にはまった澪は、ふてくされながら大河につれられ、アパートの外に止めてあったセダンの助手席に乗せられ、軽井沢の外れまで来ていた。

すでに、おしゃれなカフェや雑貨店などが並んでいる軽井沢の中心部からはかなり離れている。

周りには点々と別荘が並んでいるが、冬が近づき、日に日に気温が下がっていっているこの季節に避暑地に来る者は少ないのか、それらの窓からはほとんど光が漏れていなかった。

「そういえば、前乗っていたあの高そうな車はどうしたんですか？」

澪は三年前大河が乗り回していた黒いＳＵＶを思い出す。あの車には様々な医療器具が積み込まれており、さらに後部座席が改造されて、簡単な手術ならそこで行えるようになっていた。

「あの車なら三年前に売った。海外に活動拠点を移すのに、車だけ置いておいても仕方ないだろ。駐車場代もバカにならないしな」

「けど、大河先生がこんな普通の車に乗っているのなんか違和感あります。レンタカーを借りるにしても、目立ちたがり屋の大河先生ならもっと派手な車を選びそうなものなのに」

「誰が目立ちたがり屋だ」

大河は顔をしかめる。

「それに三年前とは違うんだ。この国で俺は目立つわけにはいかないだろう」

「橘さんとか大河先生のこと、付け狙ってますしね。この前会ったときなんて、大河先生がなんかちょっとでも法律に違反することしたら、すぐにでも逮捕しそうな勢いでしたよ」

からかうような口調で言うが、大河の表情は緩むことはなかった。

「俺は自分が法を犯して捕まることを危惧《きぐ》しているんじゃない。一番警戒しているのはその逆だ」

「その逆？」

澪が目をしばたたく、大河は「本当に能天気な奴だな」と、これ見よがしにため息をついた。

「能天気って誰がですか？」

「お前に決まっているだろう。俺たちはいま、世界最大規模のメガファーマの闇を暴こうとしているんだぞ。火神細胞と、その関連医薬品が生み出す利益は、小さな国の国家予算に匹敵するものだ。奴らは手段を選ばず、それを守ろうとしてくるはずだ」

「手段を選ばずって例えば……」

澪の声が震える。

「一番簡単なのは、秘密を知ってしまった俺たちの口封じだろうな」

「口封じって、殺すってことですか。いくらなんでも製薬会社がそんな……」

「製薬会社は人を救うための薬を作っているから人道的であるとでも？　お前、奴らがシエラレオネで何をしたのかもう忘れたのか？」

「忘れてはいませんけれど、ここは日本ですよ。そんな口封じなんて乱暴な手段をとることができるんですか？」

「できるさ。奴らは何でもできる。ヒットマンでも雇って俺たちの命を狙いに来る可能性は十分にある」

「ヒットマンってそんなハリウッド映画みたいな」

少しでも恐怖を紛らわせようと、澪はおどけるように言う。しかし、大河の表情が緩むことはなかった。

この人は三年間、どんな世界にいたのだろう。どれだけの修羅場をくぐってきたというのだろう。それだけの経験をしてきた男が、いま自分たちに危険が迫っていると言っている。心がじわじわと恐怖に染まっていく感覚に、澪は頬を引きつらせた。

「そういうわけでお前も警戒を……」

大河がそこまで言った瞬間、薄暗かった車内がいきなり明るく照らされる。光が差し込んできた方向に顔を向けた澪は目を剝《む》く。

サイドウィンドウの向こう側に、ヘッドライトをハイビームにした大型のＳＵＶが、猛スピードで迫ってくる光景が広がっていた。

「頭を守れ！」

大河の言葉が車内に響き渡ると同時に、澪は両手で頭を抱える。次の瞬間、激しい衝撃が全身を襲う。澪の悲鳴が衝突音にかき消される。

頭蓋骨《ずがいこつ》の中で脳がシェイクされる感覚をおぼえながら、澪は必死に歯を食いしばり遠のきそうになる意識をつなぎとめた。

「大丈夫か？」

焦りの滲《にじ》んだ大河の声を聞き、澪はおずおずと顔を上げると、自分の体を両手でまさぐるように触る。首と腰、そしてシートベルトが食い込んだ胸に鈍痛が走るが、出血や骨折などはないようだった。

「なんとか大丈夫みたいです。でも何が起こったんですか？」

「いきなりＳＵＶに横から突っ込まれた」

「居眠り運転ですか？」

「いや……、違うな」

大河は声を低くすると、フロントガラスの奥を指さす。

衝突の勢いで、乗っていたセダンは車道からはじき飛ばされ、脇にあった路肩を越え、その奥に植えられている街路樹に当たって止まっていた。そしてセダンに突っ込んできたＳＵＶは、ヘッドライトをハイビームにしたまま車道に停車している。さすがにいくら頑丈な大型車とはいえど、無傷では済まなかったようでフロント部分が大きくへこんでいた。

「あのSUVは直前までライトをつけず、向こう側の街路樹の陰に潜むようにして停車していた。つまりいまの衝突は、俺たちを狙って意図的にやったものだ」

「意図的にって、まさかさっき言ったヒットマンですか⁉」

怯《おび》える澪の問いに答えることなく、大河は「もうこの車は動かない。出るぞ」と促す。

「は、はい！」

澪は慌ててシートベルトを外し、ドアを開けて車から出ると、大河とともに車の後ろ側に回り込み、わずかに顔だけ出して様子をうかがう。

SUVの扉が開き、二人の若い男が姿を現す。一人は百九十センチはありそうな大男だった。遠目でも腕が丸太のように太く、羽織っている革ジャン越しに胸から肩周りの筋肉がはち切れんばかりに発達しているのが見て取れる。もう一人は金髪の、いかにもチンピラといった雰囲気の男だった。

男たちの手に金属バットが握られていることに気づき、澪の口からうめき声が漏れる。

「やっぱりヒットマンですよ。私たちを殺そうとしているんです。どうするんですか？」

声を押し殺して澪が言うと、澪と同じように顔を覗《のぞ》かせていた大河が急に立ち上がって、車の陰から出た。

「あんた竜崎大河ってやつだよな」

金髪の男が、大河を見て笑みを浮かべる。

「だったらなんだ」

「あんたに伝言があるんだよ。これ以上、調べ回るのはやめろってな」

「誰からの伝言だ？」

「言えねえな。守秘義務ってやつだ」

何がおかしいのか、金髪の男はくくっと忍び笑いを漏らす。

「拒否したらどうなる？」

「おいおい、バカじゃねえんだ。それくらい想像つくだろう。大怪我する前に大人しく従えよ。一応殺すなっていう指示は受けてるけどな、勢い余ってってことがあるからな」

金髪の男は鼻を鳴らすと、そばに立つ大男を親指で指す。

「こいつは力が有り余っててな。手加減したつもりでも、不幸な事故が起こっちまうかも……」

金髪の男が楽しげにそこまで言ったところで、唐突に大河が体を前傾させ、地面を蹴《け》って走り出す。

不意を突かれた二人の男は、目を見開いて体をこわばらせた。

「舐《な》めるな！」

大男がダミ声を上げながら金属バットを頭上高く振り上げる。しかし、それが振り下ろされる前に、大河は男の懐に低い姿勢で入り込んだ。

自分より二回りは大きな男の顔面に向かって、大河は伸び上がるようにして勢いよく手を振り上げた。大河の掌底打ちが男のあご先に炸裂《さくれつ》し、鈍い音が響く。

あごを撥《は》ね上げられた衝撃で、星が煌《きら》めく夜空を見上げた大男は、糸が切れたかのように膝《ひざ》から崩れ落ちた。

「どんなにでかくても、あご先を打ち抜かれたら、脳震盪《のうしんとう》を起こす。そうなれば筋力なんて何の役にも立たない」

足元に倒れる大男を見下ろしながら言うと、大河は横目で金髪の男に視線を向ける。

相棒を一瞬で無力化された男は、半開きの口から「あ、あ……」と言葉にならない声を漏らすと、大河に襲いかかろうとする。しかし金属バットを振り上げ終える前に、大河は男に向かって蹴りを放った。革靴のつま先が男のみぞおちに食い込む。手にしていたバットを放し、みぞおちを押さえて膝をついた男の口から、粘着質な液体が地面に向かって滴り落ちた。

「すごい、大河先生、すごい！　初めて手術以外で大河先生のこと、かっこいいと思いました！」

「初めて？」大河は眉《まゆ》をピクリと上げる。

「大河先生、基本的にダメ人間じゃないですか。片付けもできないし、コミュニケーション能力ゼロだし、金の亡者だし。でも、まさかヒットマンを一瞬でやっつけられるぐらい強いなんて思ってもいませんでした」

「こいつらはヒットマンなんていう大層な奴らじゃない」

「え、パナシアルケミが雇ったヒットマンじゃないんですか？」

「メガファーマがこんな低レベルなチンピラを雇うわけがないだろ。本当のヒットマンなら、最初の一撃で俺たちを確実に殺していたはずだ。そもそもこいつらは俺を殺さないよう指示されていたみたいだしな」

「じゃあ、誰が依頼を……」

「見当もつかないな。だが手がかりならある。……こいつらだ」

大河は薄い唇の両端を上げると、しゃがみ込んで、いまも腹を押さえたまま膝をついている金髪の男と目線を合わせる。

「さて吐いてもらおうか。お前らに俺の襲撃を依頼したのは誰だ」

「……言えない。そういう約束で金をもらっているから」

さっきまでとは打って変わって、怯えた表情を浮かべながら金髪の男は言う。

「喋《しゃべ》らないならお前の体に聞くことになるぞ」

「体に聞くってどういう意味だよ⁉」男は悲痛な声を上げる。

「俺が外科医だってことは知っているな？」

「あ、ああ……」

「つまり、俺は日常的に人間の体を切り開いている。だからこそ知っているんだよ」

大河は目を細める。

「どうやったらできるだけ相手の命を奪うことなく、強い痛みを与えることができるかをさ」

男の顔からみるみる血の気が引いていくのを眺めながら、澪は苦笑する。三年前、家族のように思っていた少女を助けるために新興宗教団体の本拠地に忍び込んだときも、同じような脅し文句を口にしていた。

あのときは本当に相手に拷問をしかねない勢いだったが、いまははったりを口にしているのが一目瞭然《りょうぜん》だ。それに、生まれたての子鹿のようにガタガタと震えだしている金髪の男を見れば、彼がすぐにでも口を割ることは火を見るより明らかだった。

「お、俺たちは……」

予想通り、金髪の男があっさりと依頼者の正体をバラそうとしたとき、風船が割れたような音があたりにこだました。次の瞬間、大河に倒されて地面に横たわっていた大男の頭部が、ザクロのように弾《はじ》け飛ぶ。

あまりにも現実味のない光景に、澪は硬直する。

「逃げるぞ！　車の陰だ！」

呆然《ぼうぜん》と立ち尽くしていた澪は、大河に手をつかまれると、引きずられるようにセダンへと向かっていく。そのとき、再び破裂音があたりに響き渡った。振り向いた澪の網膜に、金髪の男の腹部で血しぶきが上がる光景が映し出される。

「振り向くな！　隠れるんだ！」

大河が澪をかばうように抱きしめると、そのままセダンの陰へと飛び込んだ。

地面に座り込み、セダンのボディに背中を預けて荒い息をつきながら、澪はそばで片膝立ちになって辺りを警戒している大河を見る。

「何なんですか⁉　一体何があったんですか？」

「周りの丘のどこかに潜んでいるやつに狙撃されたんだ」

「狙撃って、誰がそんなことを」

混乱と恐怖で強張《こわば》っている舌を必死に動かして訊《たず》ねると、大河は押し殺した声で告げた。

「ヒットマンだ。銃声と着弾にだいぶ差があった。かなり遠方から狙撃しているということだ。本物のプロの殺し屋だ」

「プロの殺し屋……」

澪はかすれ声でその言葉を繰り返す。この平和な国で、殺し屋から遠距離狙撃をされている。あまりにも異常な状況に現実感が希釈され、地面が崩れていくような錯覚をおぼえた。

再び銃声があたりの山々にこだまする。澪は「ひっ」と悲鳴を上げると両手で頭を抱えた。

こんなことに関わるんじゃなかった。甘く考えすぎていた。こんなの夢だ。きっと悪い夢に決まっている。

激しい後悔に胸を焼かれながら現実逃避する澪の耳に、かすかなうめき声が届く。澪ははっと息を呑《の》むとセダンの陰からおそるおそるわずかに顔を出し、さっきまで自分たちが立っていた場所を見る。

腹から血を流している金髪の男が、絶望に満ちた表情でこちらに手を伸ばしていた。

まだ生きている。いまなら救命できるかもしれない。医師としての本能が澪を現実に引き戻す。

「大河先生、あの人を助けないと！」

「何を言っているんだ。いま出て行ったら間違いなく狙撃される。相手は本物のプロだ。容赦なく射殺されるぞ」

大河は早口で言うと、背後の歩道の奥に広がる雑木林を親指で指さした。

「あの雑木林にさえ入れば、俺たちの姿は遠くから見えなくなる。合図をしたら走って林の中に逃げ込んで、隠れながら軽井沢の中心街まで歩いて向かうぞ」

「ダメです！　あの金髪の男の人を助けましょう！」

「そんなことをすれば、俺たちが殺されるかもしれないっていうのが分からないのか！」

声を荒らげながら睨《にら》みつけてくる大河に、澪は「分かっています！」と鋭く言った。

「分かっているけど、助けないといけないんです。だって、私たちは医者じゃないですか」

澪と大河は至近距離で視線をぶつけ合う。

先に目をそらしたのは大河だった。

「……分かった」

「理解してくれて、ありがとうございます。大河先生は一人でその林から逃げてください」

「何を言っているんだ。二人であの男を何とかこの車の陰まで運び込むぞ」

「え？　協力してくれるんですか？」

澪が目を大きくすると、大河は「当然だろ」と肩をすくめた。

「あの男は腹部を撃たれている。まだ生きているところを見ると、重要な臓器や大血管は運良く外れている可能性があるが、どこかの医療施設まで連れて行って、緊急手術をしなければ救命はできない。ただ、お前一人の体力では、いくら小柄とはいえ、あの男を抱えて移動することはできないはずだ。違うか？」

「……違いません」

澪が首をすくめると、大河はこれ見よがしにため息をついた。

「まったく、一人でどうやって助けるつもりだったんだ。相変わらず、闘牛みたいなやつだな。何も考えず突っ込んで行ったら、闘牛士に刺されるように銃殺されるのがオチだぞ。少し落ち着いて、状況を考えてから行動しろ」

三年ぶりに浴びせかけられる大河の悪態に、澪は唇をへの字に歪《ゆが》める。

ああ、そういえばこういう人だった。三年間も海外にいたっていうのにまったく口の悪さが直っていない。

「俺の合図で飛び出すぞ。いいな？」

大河が表情を引き締める。澪は「はい！」と大きく頷《うなず》いた。

恐怖はまだ胸にはびこっている。しかし、医師としての使命感がそれを薄めてくれていた。

「行くぞ！」

澪と大河は同時に車の陰から出ると、倒れている金髪の男に向かって走る。同時にまたあの破裂音が連続して響き渡った。

足がすくみそうになるのを腹に力を込めてこらえ、澪は大河とともに男のそばに駆け寄る。狙撃が外れたのか、澪たちが倒れることも、金髪の男の体に再び血しぶきが上がることもなかった。

「俺が背負うから補助をしろ！」

大河が早口で言いながら、うつ伏せに倒れている金髪の男の体を引き起こし、しゃがみ込んで背中に乗せようとする。澪は脱力している男の体を後ろから支えた。

「このまま雑木林に逃げ込むんだ！」

金髪の男を軽々と背負い上げながら、大河は指示を飛ばす。澪は金髪の男の背中に手を当てて支えながら、大河とともに雑木林へと走った。林に入り、二十メートルほど進んだところで、大河は足を止める。

「ここまで来れば大丈夫だ。もう狙撃手から俺たちの姿は見えない」

「運が良かったですね。ヒットマンが何発か撃ってきましたけれど、当たりませんでしたし」

「運が良かった、か。どうかな。……俺には銃声が二種類、聞こえた」

「え？　どういうことですか？」

「なんでもない。それよりこの男を病院へ連れて行かないと。傷はどんな感じだ？」

澪は目を凝らし、大河が背負っている金髪の男の傷口を観察する。ハイビームになっているSUVのヘッドライトの光が差し込むので、暗いながらも傷の状況を確認することができた。

「右側腹部が、銃撃により負傷しています。皮下組織と筋肉がえぐれて、肋骨《ろっこつ》がわずかに露出しています」

「弾が肋骨に当たって軌道を変えたおかげで、腹腔《ふくくう》内臓器は致命的な損傷を受けずに済んだというところか。悪運の強いやつだ」

「けど、かなり出血があります。傷は腹腔内に達していて、肝臓や腸管をいくらか損傷していると思います。出血もかなりの量ですぐに処置をしないと救命できません」

「分かっている。行くぞ」

　金髪の男を背負ったまま、大河は雑木林の奥へと進んでいく。

「行くって、どこにですか？」

「ここに来る途中に、小さな外科の診療所が見えた。そこなら最低限の処置はできるだろう。三キロくらい先のはずだ」

「この雑木林の中を三キロ歩くんですか？」

「それ以外にこの男を助ける方法はない。目の前に助けを求める患者がいたら、全力を尽くすのが医者なんだろう？」

　大河は唇の片端を上げる。

「私は何をすればいいですか？」

「傷口を圧迫して、少しでも出血を抑えてくれ。それじゃあ行くぞ」

「はい、行きましょう！」

　腹の底から出した澪の声が、雑木林の木々にこだました。

2

「すみません！　急患なんです！　開けてください！」

　血で汚れた拳《こぶし》を、澪は何度も扉に叩《たた》きつける。すぐそばには、金髪の男を担いだまま片膝をついて俯《うつむ》いている大河がいた。

狙撃され、雑木林へ逃げ込んでから、すでに一時間以上経過していた。

澪は疲労困憊《こんぱい》の様子の大河に視線を送る。

暗くて足場の悪い林の中を、脱力した男を背負って一時間近く歩いたのだ。いくら日頃鍛えている大河先生とはいえ、体力の限界のはずだ。もしここで治療することができなければ、金髪の男の命を助けることはできないだろう。

ひときわ強く扉を叩こうと血のついた拳を振り上げたとき、勢いよく扉が開いた。

「何なんですか、こんな時間に。患者さんが寝ているんですよ！」

夜勤の看護師らしい中年女性が、怒りで紅潮した顔を覗かせる。

「ああ、よかった！　急患なんです！」

「急患？」

訝《いぶか》しげにつぶやきながら、澪が指さした方に視線を向けた看護師は、血まみれの男を背負った大河の姿を見て小さく悲鳴を上げた。

「かなりの出血量で危険な状態なんです。すぐに手術が必要です。どうか治療させてください！」

「え、えっと、当直の先生に確認を……」

「そんな暇はない」

しゃがみ込んでいた大河はすくっと立ち上がると、金髪の男を背負ったまま体をねじ込むようにして院内へと入る。

「あ、ちょっと待ってください！　勝手に入らないで！」

「手術室はこっちだな」

看護師の抗議の声を無視して、大河は暗い廊下を進んでいくと、『手術部』と記された標識が指す方向に向かう。澪は慌ててそのあとを追った。

手術エリアの扉を無造作に足で蹴り開けた大河は、靴を脱いで置かれていたスリッパに履き替えると、手指消毒用のシンクが備え付けられている短い廊下の先にある手術室へと向かった。

大河に続いて手術室へ入った澪は部屋を見回す。

古くて狭い手術室だった。手術台や麻酔器、無影灯などの機器もかなりの年代ものだ。銃創患者に対する緊急手術という大きなオペを行うにはやや心もとない。だが、最低限の設備は揃っている。ここで執刀するしかない。

澪は覚悟を決めると、大河を手伝って手術台に金髪の男を横たえた。

「脈拍が微弱だ。出血性ショックを起こしている。まずは静脈ルートを確保して、生理食塩水を急速静注するぞ」

「分かってます」

澪は医療器具が収められている棚から、点滴セットと五百ミリリットルの生理食塩水のバッグを二つ取り出し、大河へと次々と放っていく。

それらを受け取った大河は、金髪の男の手背静脈に点滴針を穿刺《せんし》し、そこに生理食塩水の満たされた点滴チューブを接続する。全開で滴下をはじめた生理食塩水がみるみる手背静脈へと吸い込まれていく。そのとき、背後から大きな足音が響いてきた。

「何なんだ、これは⁉」

手術着の上に白衣をまとった男が、啞然《あぜん》とした表情で手術室の出入り口に立ち尽くす。

よく見ると、白衣のネームプレートに『小林《こばやし》外科病院院長　小林拓也《たくや》』と記されている。当直をしていたこの病院の院長が、看護師からの報告を受けて慌ててやってきたのだろう。

「見た通りです。銃撃を受けて重症になっている。患者に対して手術を行います。なので、この手術室を使わせてください」

「ま、待ってくれ！　銃撃ってどういうことだ！　ちゃんと説明してくれ！」

「そんな時間はありません。出血性ショックを起こしている。すぐに治療しないと救命できない」

大河は淡々とした口調で状況を説明する。

「出血性ショックって。それなら街の中心部にある総合病院の救急部に連れて行くべきじゃ……」

「それじゃ間に合わない。圧迫止血で出血量は抑えたが、銃撃を受けてから一時間ほど経って、もはや虫の息なんです。総合病院まで搬送する途中に命を落とす」

「一時間……なんでそのときに救急車を呼ばなかったんだ」

「いまは議論をしている余裕はありません」

ほとんど手元を見ないで、男の静脈に新しい点滴針を刺しながら、大河は首を横に振った。

もちろん、救急車を呼ぶことは考えた。しかし、ヒットマンがどこに潜んでいるか全く分からないところにサイレンを鳴らした救急車がやってきたら、せっかく雑木林に逃げ込んだのに自分たちの居場所を知らせるようなものだ。自分たちの命が危険なだけではなく、救急隊員たちも殺される可能性さえあった。

だからこそ澪と大河は、暗く足場の悪い雑木林の中を必死に移動してここまでやってきていた。

「しかし、ここの病院は重症患者はほとんど診ていない。手術もヘルニアや虫垂炎などの簡単なものだけだ。大きな手術なんて二十年近く執刀していないんだ。ましてや、銃創手術なんて初めてだから、できるわけがない」

「大丈夫です。執刀は俺がします」

大河は血で汚れたジャケットを脱ぎ捨てると、「手術着を貸してもらえるか」と小林に言う。

「君は外科医なのか。医師免許を持っているのか」

「この国の医師免許なら持っていましたよ。三年前に剝奪《はくだつ》されましたけどね」

「三年前に剝奪……」小林は大きく息を吞む。「君は、竜崎大河……」

「おや、俺のことをご存じですか」

「当たり前だ。この国の外科医で君のことを知らないやつなんてもぐりだよ」

「なら話が早い。俺がすぐに執刀すれば、この男を助けることができる。だから、この手術室を使わせてもらえませんか」

「君が執刀？　けれど君は医師免許を……」

「関係ありません。この男からは聞き出さなくちゃいけない話がある。それに目の前に助けを必要としている患者がいるなら、全力を尽くすのが医者という生き物です」

覇気のこもった口調で言う大河に、手術に必要な器具の準備を整えながら澪は横目で湿った視線を投げかける。

「……なんか私の決めゼリフ、パクってない？」

釈然としない思いを抱きながら、澪はいつでも手術が始められるように麻酔器を稼働させると、金髪の男の胸に心電図の電極を貼り、腕に血圧計のマンシェットを巻いた。

古びたモニターに心電図が表示され、自動的に男の血圧も測定していく。そこに並んだ数字を見て澪の頰が引きつった。

収縮期血圧は八十を下回っており、心拍数が毎分百二十回以上を記録している。大量の出血により血圧が保てなくなりつつあり、必死に心臓が動いてなんとか必要な酸素を全身に届けようとしているのだ。

もう本当に時間がない。いつ出血性ショックで死亡してもおかしくない。その前に開腹をして出血を止めなければ。

「けれど、医師免許のない人物のオペに手術室を使わせるのは……」

小林の顔に戸惑いが浮かぶ。

医師免許を持たないものが手術をすれば、明らかな犯罪行為だ。医師法に違反しているだけではなく、傷害罪に問われる可能性も高い。院長という責任ある立場としては、そう簡単に認めることはできないだろう。

「大河先生、私が執刀します。それなら何も問題はありません」

これが一番いい方法だ。そう思ってすぐにでも手術をはじめようと、澪は器具台の上に置かれている滅菌手袋を手に取った。

「いや、執刀は俺がする。お前は第一助手としてサポートしてくれ」

「なんでですか？　大河先生は手術をしたら捕まるかもしれないんですよ。先生が執刀したなんて知られたら、橘さんが喜び勇んで逮捕しにきますよ。なんでそんなリスクを負う必要があるんですか？」

「俺が執刀することで、この男の助かる確率が上がるからだ。俺は銃創の手術に慣れている」

大河の言葉に、澪ははっと息を呑む。

「お前は命がけでもこの男を救うと決め、俺はそれに協力した。そして奇跡的に命を絶やすことなく、ここまで連れてくることができたんだ」

そこで言葉を切った大河は視線を澪へと向けた。

「お前がいつもしていることだろ。患者を助けることを何よりも優先させる。この場で一番優先させるべきは、俺が逮捕されないようにすることよりも、せっかくつなぎ止めたこの男の命を救うことだ。違うか？」

「いいえ、違いません」

「ならやるぞ。すぐに麻酔をかけて開腹し、出血を止める。お前はそのサポートをしてくれ」

「はい！」

もはや迷いはなかった。澪は拳を握りしめて、力のこもった返事をする。

「院長先生は麻酔の管理をお願いできますでしょうか？」

慇懃《いんぎん》な態度で大河に依頼された小林は、大きく息をつくと「分かったよ」と皮肉っぽく口角を上げた。

「私も医者だ。若いドクターがリスクを取って患者を助けようとしているのに、こんな老いぼれが怖がってたらかっこ悪いよな」


「お疲れ様でした」

ベンチに腰掛け俯いている大河に、澪は缶コーヒーを差し出す。

小林外科病院にやってきてから、すでに三時間ほどが経っていた。金髪の男は一時間半ほど前に手術を終え、いまは病室に移っている。

ついさっきまで澪は、病棟で金髪の男の術後管理を行っていた。大河の手術によってなんとか腹腔内の出血が止まり、一命を取り留めた男だったが、いまも予断を許さない状況が続いている。その全身状態を安定させるため、昇圧剤や輸液の投与、わずかにストックされていた濃厚赤血球製剤の輸血などできる限りの処置を澪と小林で行った。

大河は手術を終えた時点で消耗しきっていたので、一階の外来待合室で休んでもらっていた。渡した缶コーヒーをすするように飲む大河を、澪は見つめる。

一時間以上暗い林の中を金髪の男を背負って移動した上、十分な設備の整っていない場所で、瀕死《ひんし》の患者に緊急手術を行ったのだ。疲労困憊するのも当然だろう。

けれどさっき見た手術は凄《すさ》まじかった……。

缶コーヒーを飲んでいる大河を眺めながら、澪はさっき助手として目の当たりにした手術を思い出す。

一瞬で開腹を終えると、銃弾で損傷した腸管と肝臓をまたたく間に修復していった。その手の動きは素早いと同時に滑らかであり、まるで一流ピアニストの演奏を見ているかのようだった。手術台を挟んで向かいの位置で高度な技術に魅了されながら、澪はそのスピードに遅れないように必死に補助を務めた。

三年前に何度も大河の手術を見た。しかし、その頃には感じなかった凄《すご》みが今日の手術には存在した。

缶コーヒーを飲み終えた大河は顔を上げ、澪を見上げる。

「あの男の容態、どんな感じだ？」

「まだ昏睡《こんすい》状態ですけれど、血圧はかなり安定してきました。ドレーンからの出血もないので、問題はないでしょう。院長先生、術後管理に関してはしっかりしていて、かなり細かく調整してくださっていますから任せて大丈夫だと思います」

「そうか、それで迎えはどうなっている？」

「手術終わってすぐに連絡しましたから、多分あと二、三時間で来てくれると思います。すごい文句言われましたけれど……」

　そのときのことを思い出し、澪はこめかみを搔《か》く。手術を終えた金髪の男を病室まで移動させたあと、澪はアシスタントの萌香に連絡を取った。何も訊《き》かずに、軽井沢にある小林外科病院というところまで迎えに来てくれないか、と。

　車を乗り捨ててきてしまったので、移動手段がなくなってしまった。こんな深夜ではタクシーを捕まえるのも困難だろうし、火神の別荘がある山奥まで行ってもらったとしても、帰りの足がなくなってしまう。あそこまで山奥だとスマートフォンの電波も入らず、タクシーを呼ぼうにも連絡が取れなくなってしまう可能性が十分にあった。

「それじゃ、その迎えが来るまで。俺はもう一休みさせてもらう」

　空になった缶を床に置いた大河は、ベンチに寝そべった。澪もそれに倣ってそばのベンチに横たわる。大河ほどではないが、澪も疲れ果てていた。

　シムネスに対するオームス手術という大仕事を終えてすぐ、火神細胞の闇を知り、さらには狙撃され殺されかけたのだ。全身の血管に水銀が流れているかのように体が重かった。

「そういえば頭を撃たれて亡くなった人の遺体って、もう見つかってますかね？　大騒ぎになっていて、警察が捜査しているかも。だとしたらここに来たりするんじゃないですか」

　そうなれば面倒くさいことになる。なぜ警察に通報しなかったのか、説明しなければならないだろうし、大河が手術をしたこともばれてしまうだろう。この国での医師免許を取り消されたにもかかわらず、手術をしたとなれば、大河は間違いなく逮捕される。

「いや、その可能性は低いな」

まぶたを閉じたまま大河は答える。

「襲われた場所は中心街から離れたかなり寂しい場所だ。近くに避暑用の別荘がいくつかあったが、この季節なら使われていないだろう」

「でも、いくら夜中で、寂れて人通りが少ないところとは言っても、最低限の車通りはありますよ。道の真ん中にフロントがめちゃくちゃになった車と死体があったら、当然通報されるんじゃないですか？」

「あんなもの、すぐに片付けられたさ」

「片付けられた……？」

「俺たちを狙撃したのは、世界有数のメガファーマが雇ったプロフェッショナルのヒットマンだ。当然証拠隠滅までしっかりとするはずだ」

「証拠隠滅って、死体と車を隠したということですか」

「当然だ。この日本でライフルで狙撃された死体なんか出たら大騒ぎになる。俺たちを殺したあと、全てを闇に葬る準備までして襲ったに決まっている。逆にそれができなければ、殺したりなんかしないさ」

自分がいま、いかに危険な状況に追い込まれているのか理解し、澪は震え上がる。

「じゃあここにいるのも危ないんじゃないですか。早く逃げないと」

「いや、ここにいる方が安全だ」

大河の答えに澪は「どういうことですか？」とたずねる。

「ここには医療スタッフや入院患者などたくさんの人々がいる。ここで俺たちを襲ったら大騒ぎになる。おそらくヒットマンは、誰にも気づかれずに俺たちを始末しろという命令を受けているはずだ。だからこそこんな山奥で襲ってきた」

「じゃあこのあと、火神教授の別荘に行くのは危険じゃないですか。あそここそ人目につかずに襲うのに最適の場所ですよ」

「だから予定は変更だ。迎えが来ても別荘には向かわない」

「別荘に向かわないって、じゃあどうするんですか。あそこにある資料を精査して、急速進行性シムネスに対する決定的な証拠をつかむんでしょ」

「そのつもりだったが、本気でパナシアルケミが俺たちの命を狙ってきた以上、もう悠長に構えている時間はない。一気に勝負を決めに行く必要がある」

「……何をするつもりですか？」

　不吉な予感をおぼえた澪がたずねると、大河は目を閉じたままにやりと口角を上げた。

「いまは内緒だ、それよりお前も疲れているだろう。しっかり仮眠を取っておけ。これからが本番になるぞ」

　仰向けに寝ていた大河はそれ以上の質問を拒むように、ベンチの上で回転し、こちらに背中を向けて小さな寝息を立てはじめる。

　明らかな狸寝入りだが、この様子ではいくら問い詰めても答えそうにはなかった。それに、疲れ果てているのは確かだ。大河が何を企《たくら》んでいるにしても、いまはまず体を休めて、少しでも体力を回復する必要があった。

　澪はゆっくりと目を閉じる。

体が沈むような感覚とともに、すぐに意識が深いところへと吸い込まれていった。

3

遠くから人が言い争うような声が聞こえてくる。

澪はやけに重いまぶたを開いた。暗い天井が網膜に映し出される。

ここは……？　上半身を起こした澪は辺りを見回す。テニスコートほどの広さの部屋に、ベンチがいくつも並んでいた。

ああそうか、小林外科病院の外来待合室で寝てしまったんだ……。

軽く仮眠を取るだけのつもりだったが、心身ともに疲れ果てていたせいで、深い眠りについてしまったようだ。

澪は目を凝らして壁時計を確認する。時計の針は二時過ぎを指していた。

術後管理を終え、この待合室にやってきたのが午後十一時くらいだったから、三時間以上も寝てしまったらしい。おかげで眠る前は漬物石でも詰まっているかのように重かった頭が、いまはだいぶスッキリしている。

澪はすぐ近くのベンチを確認する。半分ベンチからずり落ちながら竜崎大河が気持ちよさそうに寝息を立てていた。

こんな状況なのによく熟睡できるものだ。ベンチから立ち上がった。澪は大河の体を揺する。

「大河先生起きてください。何かトラブルっぽいですよ」

「うう……、上腸間膜動脈を結紮《けっさつ》し、クーパーで……」

目をつぶったまま大河はうにゃうにゃと呟《つぶや》く。

「この人、夢の中でも手術しているの？」

呆《あき》れと感心がブレンドした思いを抱きながら、澪は「さっさと起きてくださいよ」とさらに強く大河の体を揺すった。

「……ん？　桜庭か？　どうしてお前がアメリカにいるんだ？」

目を半開きにした大河は呂律《ろれつ》が回っていない口調でつぶやく。

「寝ぼけないでください。私がアメリカにいるんじゃなくて、先生が日本に来ているんです。火神教授の別荘に行く途中で襲われたの忘れたんですか？」

「火神教授の？」

ようやく身を起こした大河はしきりに目を擦《こす》ると、「ああ、そうだった。そうだった」と両手を合わせた。

「それでどうした？　金髪の男の意識が戻ったのか？　それだったら俺たちの襲撃を依頼したやつの名前を吐かせないと」

「そうじゃないんです。なんか出入り口付近で言い争っているような声が聞こえて。もしかしたら、ヒットマンが押し入ってこようとしているんじゃないでしょうか？」

「そんなわけないだろう」

大河は大きくあくびをする。

「もし本当にヒットマンがなりふり構わず俺たちを殺しに来たんだとしたら、逆に騒ぎなんか起こるはずがない。邪魔するやつはナイフかサイレンサー付きの拳銃《けんじゅう》で声を上げる間もなく始末されるはずだ」

澪が顔を引きつらせると、「ああ、だめですってば、勝手に入っちゃ！」という女性の声とともに、カツカツという革靴の足音が近づいてきた。

一体誰がこの病院に入り込んだというのだろう。身をこわばらせていた澪は、廊下の奥から姿を現した男の姿を見て小さなうめき声を漏らす。大河が言ったように、それはヒットマンではなかった。ただ、この状況では極めて厄介な人物だった。

「橘さん……、何でここに？」

外来待合室へとやってきた新宿署刑事課の刑事、橘信也に向かって澪は驚きの声を上げる。

「ちょっとタレコミがあってね」

橘はすっと目を細めると、ベンチに腰掛けている大河に視線を送る。

「竜崎先生がここで違法な手術を行っていると」

「違法な手術なんて行っていません。重症の負傷者を緊急手術で助けただけです」

「澪ちゃん、君も医者なら分かっているだろう」

諭すような口調で橘は言う。

「その男は医師免許を持ってない。その状態で手術をしたら、それは傷害に他ならないんだよ」

完璧《かんぺき》な正論をぶつけられ、澪は言葉に詰まる。

「でも、誰が橘さんにそんな情報を」

「情報源を明かすことはできない」

取り付く島もなく告げられ、再び澪は固く口をつぐんだ。

「なるほど、こうきたか……」

橘には聞こえないほどの小声で、大河がつぶやいた。

「どういうことですか。誰が橘さんに情報を漏らしたのか分かっているんですか」

「もちろんだ。パナシアルケミの関係者さ」

「パナシアルケミの⁉　どういうことですか⁉」

「簡単なことだ。ここのように人目につくような場所で、俺を殺すことはできない。だとしたら警察官を使って逮捕させればいい。特に俺に執着している刑事にな。そうすればかなり長い期間、俺の動きを封じることができる。下手をすれば年単位でな」

「年単位って……」

澪が言葉を失うと、大河はおどけるように肩をすくめた。

「俺には医業停止の状態で、執刀をしたという前科があるからな。裁判になれば執行猶予はつかないだろ」

「あれは小夜子ちゃんを助けるために仕方なく……」

「関係ないさ。無免許で手術をしたことには違いないんだ。それに俺は日本にいた時代から裏社会と関係していた。しかも今回の患者は銃撃されている。おそらく警察も検察も、俺と裏社会の関係を勘ぐり、厳しい処分を下そうとするはずだ。懲役二、三年といったところかな」

「二、三年……」澪は呆然とつぶやく。

大河がいなければ三十年前から続く火神細胞とシムネスの関係、そしていま、シエラレオネで発生している急速進行性シムネスの謎を暴くことなど不可能だ。大河が刑務所に入れられている間に、パナシアルケミは全ての証拠を消し去ってしまうだろう。

そうなれば姉さんが命がけで告発しようとしていた真実は、完全に闇に葬られてしまう。

どうすればいい？　どうすれば……。

「竜崎先生、お前が手術をしたんだろ？　どうなんだ？」

橘は一歩踏み出してくる。

「大河先生は手術をしていません！」

とっさに澪はそう口走った。橘が「ほう」っと目つきを鋭くする。

「つまり、澪ちゃんはこの病院で緊急手術が行われたことは認めるということだね」

かまをかけられた。まんまとハマってしまった。澪の鼻の付け根にしわがよる。

「た、確かに緊急手術はしました。けれど、大河先生は関わっていません。私が執刀したんです」

「澪ちゃん、君、最近はあのオームスとかいう機械のテストオペレーターばかりしているはずだよね。この病院の外には、林から転々と血痕《けっこん》が続いていた。つまり、かなり重傷だったと思われる……」

橘は視線を上げ、『手術部』と書かれた標識を見つけると、それが指す方向へと革靴の足音を響かせながら進んでいく。

「あ、ちょっと待ってください！」

澪が慌てて止めようとするが、橘は手術エリアへとつながる扉を勢いよく開いた。

短い廊下の向こうに、扉が開いたままの手術室が見える。その床には、手術の際に止血に使用した血液を吸ったガーゼが大量に落ちていた。

「これだけの出血をするような大手術を、こんな古い病院で、君がやったっていうのか？」

「……そうです」

澪は小さな声で答える。もはやそれで押し通すしかなかった。

金髪の男を助けようと言い出したのは私だ。私が説得したからこそ、私が絶対に助けると言い張ったからこそ、大河先生はメスを握って手術に臨んだ。

男を助けたことに後悔はない。けれど大河まで巻き込んでしまったことが悔しかった。

「鬼の首を取ったような騒ぎようだな」

皮肉っぽく言いながら、ゆっくりと大河が近づいてきた。

「そりゃそうさ。お前を逮捕できるんだからな」

「逮捕できる？　その根拠は？　桜庭には大きな手術ができないはずだからか？」

大河は挑発的に鼻を鳴らす。

「もしそうだとしたら、あんたは大きな勘違いをしている。桜庭はあんたが考えているよりもはるかに優秀な外科医だ」

自信に満ち溢《あふ》れた反論に、橘の眉間《みけん》に刻まれたしわが深くなった。

「そもそも竜崎、なんでお前がこんな軽井沢の古ぼけた病院にいるんだ？　どうせ、また大金をふんだくって非合法な手術でもしているんだろう」

「警察が何の証拠もなく決めつけていいのかな？」

「なら説明してみろ。どうしてここにお前がいるんだ？　お前はここで何をしているんだ？」

「私が呼んだんだよ」

不意に背後から声が響く。澪が驚いて振り返ると、白衣姿の小林がいた。おそらくは、看護師から警察官が押しかけてきているという報告を受けてやってきたのだろう。

「どなたですか？」警戒心に満ちた声で橘がたずねる。

「院長だよ。この古ぼけた病院のね」小林はいたずらっぽく言った。

「……それは、失礼いたしました。私は東京の新宿署で刑事をやっております、橘と申します」

橘は慇懃に頭を下げたあと、

「それで、あなたが呼んだというのはどういうことですか？　あなたと竜崎先生はどのような関係なんですか？」

「竜崎？　そんな男は知らないよ」

芝居じみた仕草で、小林は大きく肩をすくめた。

「知らないって、いまあなたが言ったんでしょう、自分が竜崎を呼んだって……」

「何を言っているんだ、刑事さん。私が呼んだのは桜庭澪先生だよ」

「え？　私ですか」

目を大きくして自分を指さす澪に、小林は思わせぶりにウインクをしてきた。

「いやー、桜庭くん、急に呼び出して悪かったね。いきなり血まみれの男が助けてくれってうちに押しかけてきたんで、パニックになっていたんだよ。私ではそんな重症患者の手術はできないし、すぐにでも緊急手術をはじめないと命を落とすような状態だった。そこで、君が軽井沢に旅行に来ていることを思い出し、藁《わら》にもすがる気持ちで助けを求めたってわけさ」

「なぜ軽井沢の小さな病院の院長であるあなたが、澪ちゃん……桜庭先生と知り合いなんですか？」

探るように橘は訊ねる。

「刑事さん、医者の世界は狭いんだよ。同じ外科を専門としていれば学会などで顔を合わせることは少なくないんだ。数日前に桜庭先生から、軽井沢に旅行に行くからおすすめの場所を教えて欲しいと連絡が来ていたのを、とっさに思い出したんだよ」

「そ、そうです。急に小林先生から連絡が来てびっくりしました」

うわずった声で話を合わせる澪に、橘は疑念で飽和した視線を向けてくる。

「それが本当だとしても、なぜ竜崎大河がここにいるのかの説明にはなっていないない」

「そんなの決まっているじゃないか」

大河は勝ち誇ったような笑みを浮かべると、唐突に澪の肩に手を回した。

「俺が澪と一緒に旅行に来ていたからだよ」

「ちょっ⁉　何を言い出すんですか？」

目を白黒させる澪に、大河は「いいから話を合わせろ」と耳打ちする。

「お前と澪ちゃんが一緒に軽井沢旅行を？　なんでそんなことを」

「野暮なことを聞くなよ。男と女だ。そういうこともあるだろう」

「な、なにを……」

反射的に反論しようとした澪の口を大河がサッと押さえる。

「そんなに恥ずかしがるなよ。お互い独身なんだ。別に隠す必要なんかないだろ」

肩に回された手で引き寄せられ、澪は顔が赤くほてっていくのをおぼえる。

混乱している澪の前で橘は、苛立《いらだ》たしげにかぶりを振った。

「二人で旅行に来ていると言ったな。それじゃ、どうやってこの病院までやってきたんだ。見たところ、外には車も止まってなかったぞ」

痛いところをつかれ、ヘラヘラとしていた大河の顔から余裕が消える。

この病院から旅館やホテルなどがある場所まではかなりの距離がある。車がないというのは確かに不自然だった。

澪が何と言い訳をしようか思考を巡らせたとき、急に「澪センセー」という、どこか間延びした声が聞こえてきた。小林のさらに後ろに、大きく手を振っている萌香の姿が見えた。

「なんとか着きましたよ。何度も言ってるじゃないですか？　私は運転手とか小間使いじゃないって。変な雑用させないでください。ここまで来るのにどれくらい時間がかかったのか……」

「ありがとう、萌香ちゃん。わざわざ旅館まで服を取りに行ってくれて」

「え、服？」

萌香はメガネの奥の目をパチパチとしばたたく。

「さっきの患者さんの血液で服が汚れちゃったから、どうしても着替えたかったのよね。助かった。それじゃあ帰りましょう」

余計なことを言わせないよう、早口でまくしたてた澪は、萌香に近づくとその肩に腕をかけて
「行こう行こう」と出入り口へと向かう。

「待て、澪ちゃん。まだ話は終わってないぞ！」

引き止めようとした橘の手を、大河が無造作につかんだ。橘は殺意すらこもっていそうな眼差《まなざ》しを大河に向ける。

「なんだ、この手は？　公務執行妨害で逮捕するぞ」

「公務？　これのどこが公務だっていうんだ」

大河は小馬鹿にするような口調で言う。

「あんたは警視庁の刑事だろう。ここは長野県警の管轄だ。いくら俺を逮捕したいからって、令状もない状態で病院に押し入るのはあまりにもやりすぎじゃないか。下手をしたらあんたが不法侵入で逮捕されるぞ」

橘の喉《のど》から「ぐっ」と、ものを詰まらせたような音が漏れる。

「あの患者の術後管理、お任せしてもよろしいでしょうか」

小林とすれ違うとき、大河は小さな声で囁《ささや》いた。

「ああ、任せておいてくれ。こう見えても昔は大病院で、バリバリ手術をこなしていたんだ。オペの腕は落ちても、術後管理に関してはまだまだ現役さ」

「ありがとうございます、先輩」

大河は柔らかく微笑んで会釈すると、「ケリを付けに行くぞ」と澪に声をかけた。

憎々しげにこちらを睨みつける橘の歯ぎしりの音を聞きながら、澪は「はい！」と大きく頷いた。

4

「澪先生、これまで何度も『私は運転手じゃない』って言ってきましたよね」

運転席に座っている萌香が低い声で言う。

軽井沢の小林外科病院をあとにして三時間近く経っている。車はすでに都内へと入っていた。やはり病院のベンチでの仮眠だけでは足りず、軽井沢を出てからいつのまにか助手席で眠ってしまい、三十分ほど前、自宅アパートについてようやく目を覚ました。

澪は自室で、大河は寝床に使っている手術トレーニング室で血のついた服を着替え、軽くシャワーを浴びたあと、再び車に乗っていた。

「ごめんね、萌香ちゃん何度も何度も急に呼び出したりして。これで最後だから」

助手席に座った澪は、運転席の萌香に両手を合わせて平謝りする。

「いいえ、いいんですよ。気にしないでください。もう私はタクシー運転手でも何でも構いません」

萌香は投げやりな口調で言うと、「ただし……」と横目で澪に視線を送ってきた。

「これから呼び出されるときは、しっかりタクシー料金をお支払い頂きます。今回は軽井沢までの往復ですから、十万円といったところですかね」

「じゅ、十万円……」澪の頰がひきつる。

「まあ、特別に今回だけはどこかのいいレストランでディナーを奢《おご》ってもらうだけで手を打ちます。ただし、次回からは本当にタクシー代とりますからね」

「分かった。本当にごめんね」

澪が再び平身低頭で謝ると、萌香はふぅと息を吐いて表情を緩めた。

「とりあえず交渉成立ですね。というわけでもう謝らなくていいですよ。それより説明してください。どうして東京でシムネスの手術を終えた数時間後に、軽井沢の病院にいたんですか？」

「それは……」

何と説明すればいいか分からず、澪は言葉に詰まる。

赤信号で車が止まった。澪は振り返って後部座席を見る。そこでは大河がだらしなく寝そべって、大きないびきをかいていた。小林外科病院で「どこでもすぐに寝られる」と言っていたのは嘘ではないらしい。

「澪先生、この人と恋人じゃないって昨日言ってましたよね」

「え、うん。言ったけどそれがどうしたの？」

「嘘じゃないですか。あれでしょ、すごく大きな仕事を終えたから、一刻も早く恋人とお祝いしたかったんでしょ。だからって軽井沢旅行に二人で行くなんてずるくないですか。私だってイケメンの彼氏捕まえてしっぽりと温泉旅行したい！」

「だから違うってば。私と大河先生はそんな関係じゃないの」

「そんなこと言ったって、もうごまかされませんからね。私、あの軽井沢の病院で聞いたんですよ。その人が澪先生と男女の関係だって言っているの」

あれを聞かれたのか。面倒くさいことになった……。

頭痛をおぼえて澪はこめかみを押さえる。

「どこで捕まえたんですか？　こんないい男。私にも誰か紹介してくださいよ。このレベルのイケメンを紹介してくれたら、私ずっと澪先生にタクシー運転手として使われても文句言いませんから」

「分かった。誰か紹介できる人いないか検討してみる。それより信号青になったわよ。とりあえずまずは指定した場所まで、パナシアルケミの本社まで私たちを連れて行って」

萌香は「約束ですよ」と念を押すと、アクセルを踏み込んで車を発進させる。

「けれど、こんな時間に本社に行ってどうするんですか？　まだ六時前ですよ。ほとんど誰も出勤してませんよ」

「それでもいいの。ちょっと調べたいことがあるだけだから」

「調べたいこと？　それって何ですか。私もパナシアルケミの社員ですから、知っていることかもしれませんよ」

ハンドルを握ったまま、萌香は横目で視線を送ってくる。

「えっと……それじゃあ、萌香ちゃんパナシアルケミがシエラレオネでやっていること知ってる？」

「シエラレオネ？　なんだかおしゃれな名前ですね。どこか綺麗《きれい》なカフェか何かですか？　でも、パナシアルケミはカフェ事業には参入していないはずですけど」

「……なんでもないの。気にしないで」

萌香がパナシアルケミの裏の顔までは知らないことに安堵《あんど》して、澪は胸をなでおろす。

「何ですか？　秘密はやめてくださいよ。私、澪先生のアシスタントなんですから」

「ごめん、まだ話せないの。全部終わったらしっかり説明するから、いまは何も聞かずに私たちを本社まで送って」

「……分かりました」

不満げな表情を浮かべながらも小さく頷くと、萌香は「そろそろ着きますよ」とあごをしゃくった。澪はフロントガラスの向こう側に視線を向ける。江東《こうとう》区の東京湾沿いを走る車道の数百メートル先に、見慣れた高層ビルが立ちはだかっていた。

萌香は車をビルの裏手にある駐車場へ止める。

「着いたか」

唐突に後ろから声が上がり、澪は驚いて後部座席を見る。さっきまで浜に打ち上げられた魚のように力なく横たわっていた大河がいつのまにか腕を組んで後部座席に座っていた。

「いつ起きたんですか？」澪は目を大きくする。

「お前のアシスタントが『そろそろ着きますよ』と言ったときだ」

「さっきまで死体みたいに爆睡していたのに、よくそんな一瞬でしゃっきりできますね」

「どこでもすぐに眠れるのと、必要になったらすぐに起きられるのがいい外科医の条件だ。俺は一流の外科医になるために、睡眠に関してもトレーニングを積んでいる。具体的には、立ったままでも仮眠をとって脳を休ませることができるように、ベッドの角度を少しずつ上げて……」

「はい、はい、すごいですね。また今度聞きますから、いまはやるべきことに集中しましょう」

大河は一瞬不満そうに唇を歪めるが、そびえ立つパナシアルケミ本社ビルをサイドウィンドウ越しに見上げ、「そうだな」と表情を引き締めた。

「二人ともちょっと待ってくださいよ！」

車から降りて本社ビルへと向かおうとする澪と大河に、萌香が慌てて声をかけてくる。

「私はどうすればいいんですか？　一緒に行くんですか？」

「ううん、萌香ちゃんはここまでで大丈夫。今夜はありがとう。本当に助かった。今日は特にお仕事ないでしょ。自宅に帰ってゆっくり休んでいて」

これから行うのは、パナシアルケミの機密情報を奪うという犯罪行為だ。見つかれば警察に突き出されるかもしれないし、下手をすればそのまま拘束され闇に葬られる可能性だってないとは言えない。萌香をこれ以上巻き込むわけにはいかなかった。

「……澪先生、何をするつもりなんですか？」

澪の言葉に含まれる覚悟を感じ取ったのか、少女の幼さを残す萌香の顔に不安の色が走った。

「知らない方がいい。本当にこの三年間ありがとう」

「ちょっと、やめてくださいよ。なんかこれでお別れみたいじゃないですか。私、澪先生のアシスタントとして雇われているんですからね。先生に何かあったら私、無職になっちゃうんですよ」

「大丈夫よ、言ったでしょ。萌香ちゃんに大河先生みたいないい男を紹介するって。ちゃんと約束を守るって」

「絶対ですよ。私、待ってますからね」

澪は「うん。待っていて」と微笑むと、大河と一緒に本社ビルの夜間出入り口へと向かおうとする。

「あ、澪先生はともかく、彼氏さんは入れませんよ」

萌香が声を上げると、大河は「彼氏さん？」と顔をしかめた。

「あー、気にしないでください。ちょっとした誤解です。萌香ちゃん、大河先生が入れないってどうして？」

「当たり前じゃないですか。いまは始業時間前ですよ。社内に入れるのはパナシアルケミの社員だけです。この社員証がないと入り口の警備員に止められますよ」

萌香は穿《は》いているジーンズのポケットから、パナシアルケミの社員証を取り出した。

「澪先生は非常勤社員ですから社員証を持っているでしょうけど、彼氏さんは違いますよね。午前九時の始業時間のあとなら申し込めばゲストとして入ることはできますけれど、それまでは三時間以上ありますよ」

萌香の言う通りだ。非常勤社員として日常的に本社ビルに出入りしていたので、そのことに思いが至らなかった。

どうしよう。始業時刻になれば、大勢の社員たちが出勤してくる。警備員の数も増えて、警備体制は夜間よりもはるかに厳しくなるだろう。

澪が悩んでいると、「それなら問題ない」と大河が萌香に近づき、メガネの奥の瞳《ひとみ》を覗き込む。

「え、な、何ですか。私の顔に何かついてます？　なにかご用ですか？」

外見だけならかなり整っている大河に見つめられた萌香は、頬を赤らめて声を上ずらせた。

「用があるのは君じゃない。これだ」

大河は素早く手を伸ばし、萌香が持っている社員証を奪い取った。

「あ、何するんですか⁉」

「少しだけ君の社員証を貸してもらうだけだ。協力に感謝する」

大河は微笑を浮かべると、大股《おおまた》に夜間出入り口に向かって歩き出した。

「ちょっと待って。私の社員証返してくださいよぉ」

萌香の抗議を黙殺した大河が出入り口の扉のそばにあるカードリーダーに奪った社員証をかざした。軽い電子音に、解錠されるガチャッという音が続いた。

大河は迷うことなくノブをつかんで扉を開けると、中へ入っていく。

「なんなんですか、あの人？　私の社員証を勝手に」

唖然としている萌香に向かって澪は両手を合わせる。

「萌香ちゃん本当にごめん。ああいう人なの。唯我独尊というか、子供というか……。萌香ちゃんには迷惑かからないように、ちゃんとするから……」

「澪先生」

うなだれた萌香が低い声で言う。澪は「なに？」と怯えながら聞き返した。

「さっき言ったこと訂正します。彼氏さんみたいな男じゃなくて、あれくらいのルックスで、中身がまともな男を紹介してください。約束ですよ」

ああ、萌香ちゃん、もう大河先生がダメ人間だって気づいたんだ……。

頬を引きつらせながら「分かった、約束する」と言うと、澪は大河を追って夜間出入り口へと向かった。

建物内に入ると、大河が待っていた。

「遅かったな。何をしていたんだ」

「先生のフォローをしていたんですよ！」

声を荒らげると、大河は唇の前で人差し指を立てた。

「大きな声を出すな。ここから先は隠密行動だ。できるだけ目立たないようにしろ」

……誰のせいだと思っているのよ。

胸の中で悪態をつきつつ、澪は正面を見た。ロビーへと続く長い廊下、その途中に駅の改札にあるようなゲートが設置されており、その脇に警備員控え室があった。

「それじゃあ行くぞ」

大河に促された澪は、小さく頷いて足を踏み出す。果たして問題なくゲートを通過できるのだろうか。緊張が全身の筋肉をこわばらせていく。

「そんな小便を必死に我慢しているような顔をするな。警備員に不審に思われるだろう。笑顔を見せるんだ」

「それが女性にかける言葉ですか！　相変わらずデリカシーがないんだから！」

反射的に言い返すと、大河は足を止め、再び唇の前に人差し指を立てた。

「大きな声を出すなと言ったばかりだろう。ニワトリじゃないんだから、三歩進んだだけで言われたことを忘れるんじゃない」

勝ち誇るような口調に、大河の整った顔の横っ面を叩きたいという衝動に襲われる。無意識に動きそうになる右手を澪が必死に押さえていると、大河は「少しは緊張が解けたようだな」と皮肉っぽく言って、再び歩きはじめる。

確かに怒りのせいか、さっきまで硬くこわばっていた全身の筋肉が緩んでいる。おそらく大河を殴ろうと戦闘態勢に入ったからだろう。

わざと憎まれ口を叩いて、私の緊張を解きほぐしたのだろうか？　一瞬そんなことを考えるが、単に口が悪いだけの可能性の方が高い。

澪は怒りを息に溶かして吐き出しながら、大河に続く。

大河は全く躊躇《ちゅうちょ》するそぶりも見せず、萌香の社員証をゲートのパネルに当てた。行く手を遮っていたパッドが左右に開くと大河は胸を張ってゲートを通過した。警備員控え室にいる年配の警備員が、「お疲れ様です」と小窓からかけてくる声に、大河は鷹揚《おうよう》に頷いた。

不法侵入しているのに何であんな堂々としていられるのよ……。

呆れつつ、澪もゲートをくぐる。

「おはようございます」

警備員に声をかけられて、澪の体がビクリと震えた。

「お、おはようございます」

「こんな朝早くからお仕事ですか？　大変ですね」

警備員は笑みを浮かべながら軽い口調で話しかけてくる。おそらく単に早朝からの勤務を労《ねぎら》っているだけなのだろうが、舌がうまく回らず、言葉が出なくなってしまう。そんな澪を見る警備員の目に、わずかに疑念の光が宿った気がした。

「失礼ですが、どちらの部署にお勤めですか？」

さっきより明らかに硬い口調で警備員が問いかけてくる。

「え、どちらの部署……？　えっと……」

しどろもどろになっている澪の肩に、不意に手が置かれる。体を大きく震わせた澪が振り返ると、いつの間にか背後に大河が立っていた。

「桜庭先生、何をしているんですか。時間がないんですよ。行きましょう」

「あの、すみませんがどちらの部署に行かれるのでしょうか？」

警備員は大河にも疑念のこもった声をかける。

「警備員さん、あなた桜庭先生をご存じないんですか⁉」

大河はわざとらしく目を大きくすると、警備員は「え、え……？」と困惑の表情を浮かべる。

「オームスプロジェクトのテストオペレーターです。本当に知らないんですか？　このパナシアルケミが世界有数の製薬会社として、今後も君臨できるかどうかがかかっているプロジェクトですよ。そしてこの桜庭先生こそ、そのプロジェクトの命運を握っているんです」

大河は澪の手から社員証を奪い取ると、ぶつかりそうな勢いで警備員の顔の前に突きつけた。

「ここに書いてあるでしょう？『オームス開発プロジェクト特別チーム』って。桜庭先生は昨日、世界初の手術を成功させ、今日の昼から多くの報道陣を集めての会見を行います。その準備をするために、わざわざこんな早朝から来て頂いたんですよ。それなのに桜庭先生の顔を知らないなんて、あなた本当にパナシアルケミの警備員ですか？」

逆に疑われはじめた警備員は目を泳がせる。

「す、すみません……。私は一介の警備員で、会社の事業内容については疎いもので……」

「今後もこのパナシアルケミが好調な業績を続け、あなたもそれなりに良い給料をもらって警備員として働けるかどうかは、今日の会見にかかっていると言っても過言ではないんです。だから万全の準備を。もういいですかね」

「も、もちろんです。お呼び止めして申し訳ありませんでした」

警備員は立ち上がると、直立不動になる。

「いえいえ、謝る必要はありませんよ。怪しい人物を社内に入れないよう警戒するのがあなたの仕事ですからね。ただ、桜庭先生の顔ぐらいはおぼえておいてください」

警備員にそう言い残すと、大河は澪の手を引いて廊下を進んでいく。

やがて三階まで吹き抜けになっている広々としたロビーへと辿《たど》り着いた。いつもはライトが灯《とも》り、全面ガラス張りの巨大な窓から入ってくる陽光に明るく照らされているロビーも、いまは非常灯の明かりが灯っているだけで、薄暗く不気味な雰囲気を醸し出していた。

「……よくあんなにペラペラとでまかせが出てきますね」

澪はあきれ声で言う。

「あれくらいの臨機応変な対応はできて当たり前だ。そうじゃなきゃ、裏の世界で仕事なんかできない」

大河は得意げに説明をはじめた。

「出まかせの中に、ある程度の真実を混ぜることがコツだな。そして自分は間違っていないという態度を取る。そうすれば、相手は自分の方が間違っているのではないかと自らの判断を疑い出す」

本当に神経が図太いんだから……。澪が呆れていると大河は表情を引き締めた。

「本番はここからだ。油断はするなよ。サーバールームはどこにあるか知っているか」

「確か地下三階です。エレベーターはあっちです」

エレベーターホールへ向かおうとする澪の手を、大河がつかむ。

「エレベーターを使うと、防犯カメラで警備員に気づかれる。あそこから行くぞ」

大河はロビーの隅にある、『非常階段』と書かれた扉を指さした。

二人は目立たないよう、腰を低くして足早にロビーを横切る。扉を開けて中へと入ると、この高いビルを貫くように、螺旋《らせん》状の非常階段があった。

大河とともに階段を地下へと下りていく澪は、これから違法行為をすることも相まって、洞窟《どうくつ》の奥深くに下りていくような心地になる。

地下三階まで下り、階段室の扉を開くと天井の低い廊下が奥へと続いていた。重低音が、わずかにカビ臭い空気を揺らしていた。

地下三階フロアへと入った澪と大河は、機械室や倉庫の扉が左右に並ぶ廊下を進んでいく。やがて行く手に鉄柵《てつさく》が立ちはだかった。鉄柵の格子の向こう側に、複数の防犯カメラや果ては赤外線センサーのようなものまで仕掛けられている短い廊下が延び、その奥に『サーバールーム』と記された扉がある。

「これ、無理じゃないですか。鍵《かぎ》がありませんよ」

鉄柵の一部が扉状になっていて、そこにはノブと錠が取り付けられている。澪はノブをつかみ、引いたり押したりしてみるが、鉄柵はびくともしなかった。

「それにもし開いたって、あんなに防犯カメラとか警報装置とかあったら、どうしようも……って何してるんですか？」

諦《あきら》めかけている澪の傍らで、大河が片膝をついて鍵穴を覗き込んでいた。

「古いタイプの錠だな。これなら何とかなるはずだ」

「なんとかなるって……」

澪が呆然としていると、大河はナップザックの中から二本の細い針金とバネを組み合わせたような小さな道具を取り出し、その先端を鍵穴に差し込む。目を閉じた大河は、バネが仕込まれた二本の針金を、カスタネットのようにカチカチと開閉し続けた。

「何をしてるんですか？」

澪が訊ねるが、大河は答えることなく針金を鳴らし続ける。次の瞬間、大河は大きく目を見開いた。

「ここだ！」

大河が手首をひねると同時に、錠のシリンダーがカチャという小気味良い音とともに回転する。

「え、まさか」

絶句する澪に「開いたぞ」と得意気に言うと、大河はノブを引く。さっきは全く動かなかった鉄柵の扉状の部分が滑らかに開いていく。

「なんでこんなことできるんですか⁉」

啞然としながら澪が訊ねると、大河は「裏の世界で生きるなら、これくらい当然身につけるべき技術だ」とウインクをしてきた。そのキザな態度に顔を顰《しか》めながら、澪は鉄柵の向こう側にある廊下を指さした。

「でも、あれだけ防犯カメラとかセンサーみたいなものがあるんですよ。あれを避《よ》けてサーバールームまで行くのは不可能ですよ」

「ああ、避けるのは不可能だな」

大河はナップザックの中から懐中電灯のような筒状の装置を取り出した。

「何ですか、それ？」

「指向性のＥＭＰ装置だ。ここから照射される強力な電磁波が、機械の電子回路を破壊する」

大河はそう言うと装置の後部にあるつまみを回した。懐中電灯のライトのような部分から赤いレーザーが照射される。

そのレーザーを一番手前にある防犯カメラへと向けると、大河は装置についているボタンを押した。同時に、それまでゆっくりと左右に動いていた防犯カメラが、まるで眠ったかのように力なく下を向き、動きを止める。

「このレーザーポインターで標的を定め、スイッチを押して破壊するんだ」

おもちゃを自慢するような口調で言うと、大河は次々に防犯カメラや警報装置にレーザーで狙いをつけ、電磁パルスで破壊していく。

「こんなものまで用意していたんですか」

呆然とつぶやく澪に、大河は「当たり前だろ」と流し目をくれた。

「世界をまたにかけるメガファーマの闇を暴こうとしているんだからな。ありとあらゆるパターンを予想し、臨機応変に最善の手段を取っていくんだ。手術と同じさ」

「手術と同じ？」澪は首をひねる。

「術前にどれだけ検査をしても、術中に予想外の事態が生じることもある。最悪の事態を常に頭の片隅に入れておき、それが起きたときも冷静に対処する。一流の外科医なら誰でもやっていることだ」

全ての防犯カメラを破壊した大河は、床に置いているナップザックにＥＭＰ装置をしまう。

「でも、これはオペじゃないじゃないですか」

「いや、ある意味これもオペさ。パナシアルケミという、世界で多くの人々を救っているメガファーマから、その闇を取り去るという手術だ」

「でもそれをすることで、パナシアルケミ自体が潰《つぶ》れてしまうかもしれませんよ」

そうなれば、パナシアルケミの作っている医薬品で救われるはずの患者たちが命を落としてしまうかもしれない。

「オペというのは常に危険を孕《はら》んでいるものだ」

大河はナップザックを肩にかける。

「ただ、病巣はできる限り早く、小さいうちに切除する。それが治療の基本だ」

「早く切除できますかね。もう手遅れなぐらい、その病巣はパナシアルケミを冒しているんじゃないですかね」

「それをいまから確かめに行くんだろ」

大河は開いた鉄柵の扉をくぐり、廊下を進んでいく。澪もそれに続いた。

サーバールームの扉の横には、夜間出入り口と同じようなカードリーダーがあった。澪は自分の社員証をカードリーダーにかざす。ブザー音が鳴り響き、液晶画面に『ニュウシツ　フキョカ』と表示された。

「え、なんで？」

もう一度、社員証をカードリーダーに近づけるが、やはり結果は同じだった。

「……どうやら、サーバールームへの入室は、特別な社員にしか認められていないみたいだな」

大河が鼻の頭を掻く。

「分析してないでさっさと開けてくださいよ。なにか変な機械持ってきてるんでしょ」

澪が促すが、大河は無表情でカードリーダーを見つめるだけだった。

「もしかして……、なにも用意していないとか？」

澪の問いに大河はほんのわずかにあごを引いた。

「何してるんですか⁉　防犯カメラとかには、あんな大層な装置を用意してたのに！」

「オームスのテストオペレーターのお前の社員証なら、どこでも入れると思ったんだよ。お前があまり信用されてないのが悪いんだ」

「自分の準備不足を人のせいにするんですか。さっきは、ありとあらゆるパターンを予想しとかないとかなんとか、偉そうに言っていたくせに」

「うるさいな。全てを完璧に用意するなんてことできるわけないだろう。だから臨機応変にって言ったんだ」

「開き直らないでください。こんな危ない橋を渡ったのに、手ぶらで逃げ帰らないといけないんですか⁉」

澪は髪をかき乱す。

「まだそうと決まったわけじゃないだろう。そうだな……もしかしたらお前が信頼されてないだけで、このアシスタントの社員証ならどうにかなるとか」

大河は萌香から奪った社員証をカードリーダーに当てる。

「そんなわけないじゃ……」

軽い電子音が響き、解錠される音が続くのを聞いて澪は口をあんぐりと開ける。

「どうして……萌香ちゃんの社員証だと開くの……?」

「やっぱり、お前が信頼されていないだけじゃないか？　まあお前、外科医としての腕はいいけれど、猪突猛進なところがあって、結構なトラブルメーカーだしな」

「大河先生には言われたくありません！」

声を荒らげる澪を無視して、大河は扉を開いてサーバールームの中に入る。

テニスコートほどの広さの空間に、澪の背丈より高いコンピューターが左右に並んでいた。

澪はおずおずと左右にコンピューターが並んでいる通路を進んでいく。暗い部屋の中、コンピューターについているLEDライトが点滅し、まるで星空の中を歩いているかのようだった。

「ここがサーバールーム……」

「ああ、パナシアルケミの中枢だ。ここにパナシアルケミの全ての情報が集まっているはずだ」

大河はナップザックから、バレーボールを半分に割ったほどの大きさの半球にいくつかの突起がついている機器を取り出した。半球の機器を床に置いた大河は、その表面についている十数個の突起を次々に引き出していく。

「それってアンテナですか？　何かの通信機器？」

「超高性能データ通信装置だ。衛星回線を利用してどんな場所でも大量のデータをやり取りできるものだ」

アンテナを全て引き出し終えた大河は、通信機にUSBメモリーを差し込むと、今度はナップザックから長いコードと小型の液晶タブレットを取り出す。

「そのナップザック、何でも入ってますね。四次元ポケットみたい」

「くだらないことを言ってないで手伝え。これの電源を入れて、画面を確認していろ」

澪にタブレットを押し付けると、大河はポケットから小さなペンライトを取り出し、左右に並んでいるコンピューターサーバーを調べ出す。

「いったい何を調べているんですか？」

「俺たちが今調べようとしているのは、パナシアルケミの闇の中の闇だ。当然、外部からはアクセスできないように独立したシステムになっているはずだ。サーバーにつながっている配線を見れば、どこにその情報が隠されているかある程度は目星がつく」

説明しながら奥に向かってサーバー群を調べていった大河は、「おそらくこの辺りだ」と部屋の一番奥に置かれているコンピューターサーバーに、ケーブルの端子を差しはじめる。

「おい、ボケッとしてないで、そこにある通信機を持ってきてくれ」

「人のこと、小間使いみたいに命令しないでよ……」

指示を受けた澪は、愚痴りながら十数本のアンテナが伸びている通信機を抱えて大河に近づいていく。

大河はサーバーと通信機をケーブルで接続すると「さて、ハッキングをはじめるか」と楽しげに呟《つぶや》いた。

「え、先生ってハッキングまでできるんですか？」

澪が目を大きくすると、大河は「できるわけないだろう」と手を振った。

「でも、いまハッキングをはじめるって」

「人はどうして医者にかかるんだ？」

「どうしてって、専門家に治療してもらうためじゃないですか」

「その通りだ。困ったときは専門家を頼る。それが正しい方法だ」

そう言うと、大河はスマートフォンを取り出し、どこかに電話をかけ、「Please start. Go ahead.」とだけつぶやいて、通話を終える。

「いまのって」

「ああ、専門家、アメリカにいる凄腕のハッカーだ。前もって雇っていたのさ。準備は抜かりない」

入り口のカードリーダーの前でおたおたしていたくせに……。

澪が内心でツッコミを入れていると、床に置かれていた通信機が低い駆動音を上げ、手に持っていたタブレットの画面にプログラムらしき英字が、滝のように上から下へと流れていく。

「ハッキングの様子はそのタブレットに映るようになっている。この十年間、パナシアルケミがシエラレオネで行っていた事業、それについてのデータをアメリカのハッカーが見つけ出し、それらしきファイルがあったらこのタブレットに表示してくれるはずだ」

「データはあのUSBメモリーに保存されるんですか」

大河が「ああ、そうだ」と頷いたとき、タブレットの画面が切り替わり、十数個のファイルが表示された。

澪と大河は口をつぐむと、そのファイルの名称と概要を一つ一つ確認していく。それらは大部分が、シエラレオネで行っている医療支援の詳細についてだった。数分かけて表示されているファイルのチェックを終えた大河が、「くそっ！」と舌を鳴らす。

「うまくデータを隠しているのか、思ったより時間がかかっている。このままだとよくない」

「よくないって、どういうことですか？」

「もうすぐ警備員がここにやってくる」

「え、警備員が⁉」澪の声が大きくなる。

「防犯カメラが急に動かなくなったんだぞ。映像が映し出されていないことに気づいたら、確認しに来るに決まっている」

「私たち、捕まっちゃうじゃないですか？　どうするんですか？」

「捕まりはしないさ。もしものときは、俺が不意をついて警備員を無力化する。締め落としたあと、鎮静剤を打てば逃げる時間は十分に稼げるはずだ」

「そんなことしたら大騒ぎになるじゃないですか！　しかも、私たちの入館記録があるんですよ！　すぐに私が犯人だってばれて捕まっちゃいますよ！」

「俺はあのアシスタントの社員証を使っているから、すぐには身元はバレない。その間に十分に海外に逃亡する余裕があるはずだ」

「大河先生！」

「冗談だよ。ゆでだこみたいに真っ赤になるなって。大丈夫、もしものときは、お前は俺に脅されて、連れて来られたと言えばいいんだ」

「脅されて？」

澪はまばたきをして、その言葉を繰り返す。

「ああ、そうだ。俺に拉致《らち》され『協力しなければ殺す』と脅され、仕方なく行動をともにしていた。そう言えば、お前が罪に問われることはなくなる」

「そんなの、信じてもらえるわけないじゃないですか」

「いや、信じてもらえるさ」

大河は自虐的に唇の端を上げた。

「警察にとって俺は、公安がマークをするほどの危険人物だ。女をさらって脅迫するぐらい、やってもおかしくないと判断される。だから、万が一のときはうまく演技しろよ。俺を極悪人に仕立て上げ、命の危険をおぼえて従わざるを得なかった哀れな被害者を演じきるんだ」

「そんなことできるわけ……」

「やるんだ！」

強い口調で諭され、澪は体を小さく震わせる。

「俺が捕まったら、急速進行性シムネスの真実を突き止められる人物はお前だけになる。だから手段を選ぶな。二人とも長期間拘束される事態だけは防ぐんだ。それだけの覚悟を持たなければ、一連の事件の裏に横たわる闇を暴き、お前の姉の無念を晴らすことはできない。分かったな」

大河は澪の目をまっすぐに見つめてくる。その視線を正面から受け止めた澪は、力強く頷いた。

「分かりました」

「それならいい」

表情を緩めた大河は再びタブレットに視線を落とした。その口から「あっ」という声が漏れる。

「これだ」

大河はタブレットに表示されている無数のファイルのうちの一つを指さす。そこには『Project Ω』と記されていた。

大河はタブレットを操作してそのファイルを展開し、収められているＰＤＦデータを開いていく。英文で記された大量の資料がディスプレイに次々と表示されていった。

「プロジェクトオメガ……」

つぶやきながら資料を眺めていた澪は大きく息を呑む。資料の中にシエラレオネの地図が含まれていた。大河がせわしなく上下に動かしていた指を止め、その地図をじっと見つめる。そこには数ヶ所が赤い円で囲まれていた。

「大河先生、これって……」

「ああ、この資料によるとパナシアルケミは十年ほど前から、シエラレオネのこの円で囲まれた地域で『オメガ』というコードネームで呼ばれる医薬品の治験を行っている。おそらくは違法な治験を……」

「この円で囲まれた部分って、昨日、大河先生が言っていた急速進行性シムネスの患者が発生している地域ですよね」

「そうだ」大河は重々しく頷く。「つまりこのプロジェクトで投与された、オメガという物質こそ急速進行性シムネスの原因だ」

「オメガっていったい何なんですか？」

自分でもおかしく感じるほど震える声で澪が訊ねると、大河は小さく息を吐いた。

「もうお前も分かっているだろう」

澪は答えなかった。いや、答えられなかった。

オメガの正体は分かっていた。けれど、それを認めたくなかった。

口を固く結ぶ澪の前で、大河は淡々と言葉を紡いでいく。

「新しいがんの治療法を生み出すという意味で、火神細胞は『アルファ』と呼ばれた、ならば終わりを示す『オメガ』とはどういう意味だと思う」

「……がんを終わらせる。……全てのがんを治す治療法……」

やけに摩擦係数の高い言葉を澪は必死に喉から絞り出す。

「つまりは……オームス」

「その通りだ」

大河は静かに告げた。

「オームスに使用する新火神細胞、それこそが急速進行性シムネスの原因だ」

新火神細胞が急速進行性シムネスの原因。それを知った瞬間、澪は足元が崩れ空中に放り出されたかのような心地になり、その場に座り込む。

この三年間、テストオペレーターとして、オームスの開発に尽くしてきた。もちろん姉の死の真相を知りたいという気持ちもあったが、同時に画期的ながん治療の開発に携われるという医師としての喜びも強く感じていた。

しかし、オームスは福音と同時に呪いでもあった。

これまでは手の施しようがなかった多くのがん患者を救う代わりに、決して治すことのできない奇病を発生させるリスクを孕んでいた。

「……大河先生、これからどうすればいいんですか？」

澪は力なく大河を見上げる。

「オームスはもうすぐ完成するはずだったんです。がんに苦しめられているたくさんの人たちを助けるはずだったんです。なのに……」

「これまでのデータを見ると、新火神細胞が癌化する確率は、一般的な火神細胞よりかなり高いと思われる」

大河は平板な声で呟く。

「何でそんなことに……」

「おそらく、新火神細胞に組み込まれたバイオコンピューターが原因だ」

「どういうことですか？」

「もともと火神細胞は問題点の一つとして、投与後、異物として白血球に貪食《どんしょく》されることがあった。新火神細胞ではそれが改善されているんじゃないか？」

「はい。白血球やその他の傷害から自動的に逃れるようにオートエスケーププログラムが組み込まれています。あと、他の新火神細胞が近くで白血球に貪食されかけている場合は、そこに自動的に遊走して固まり、コンピューターによる過熱作用で白血球を倒すことができるようになっています」

「きっと新火神細胞が悪性化した際、それが悪い方向に働いているんだ。癌化した新火神細胞は、組み込まれた逃避プログラムによって免疫系から逃れ、さらに遊走して一ヶ所に固まって急速に増大するようになったんじゃないか」

「じゃあ、手術で腫瘍を切除したら、急に腫瘍が増大するのは」

「そうだ」大河は重々しく頷く。「オペ自体を、自らを傷害する行為として認識し、全身を循環している新火神細胞が自分たちを守るために集合するんだ」

「でも、悪性化している新火神細胞は一部のはずです。たとえ、集まっても悪性腫瘍にはならないんじゃ」

大河の仮説を否定しようと、澪は必死に頭を働かせる。

「火神細胞はもともと万能性を持っている。だからこそ投与後、様々な臓器に辿り着き、そこの細胞に分化していく。もちろん新火神細胞もその性質を受け継いでいる」

「もしかして……」

恐ろしい想像に息を乱しながら、澪は唇を震わせる。

「分かったようだな」

大河は押し殺した声で説明を続けた。

「まずは悪性化した新火神細胞が集まり、そこに小さな腫瘍が生じる。その腫瘍にさらに全身の新火神細胞が集合していく。普通の腫瘍なら新火神細胞は、疑似ナチュラルキラー細胞としての貪食能で腫瘍を破壊するのだろうが、自分たちと同じ新火神細胞から生まれた腫瘍の場合にはそうならない」

「貪食するどころか腫瘍の一部として分化して取り込まれていく……」

「そうだ。それこそがあの急速に成長する腫瘍の正体だ。お前も火神教授の手術で見ただろう」

澪の脳裏に、腫瘍を切除したはずの火神郁男の心臓に小さな腫瘍が生じ、それが目視できるほどの異常な速度で増大して、ついには心臓が破裂した光景が蘇《よみがえ》る。

「でも、どうして火神教授が急速進行性シムネスになったんですか。あの病気は、新火神細胞を投与されないと生じないはずなのに」

「自分に新火神細胞を投与したからに決まっているだろ」

「それってまさか、自分を実験台にしたっていうことですか⁉」

澪が目を剝くと、大河は「そうだ」と目を伏せた。

「きっと火神細胞が実用化されて何年も経ってから、火神教授とパナシアルケミはそれがまれにシムネスを引き起こすと知ったんだ。しかし、彼らはそれを隠蔽《いんぺい》した。そして、シムネスはレトロウイルス感染によって起きると捏造《ねつぞう》して世界を騙《だま》したんだ」

「そうしないと、自分たちの立場が危なくなるからですね」

澪は両手の拳を握りしめる。

「確かにそれもあっただろう。ただ、事実を発表することで、救えるはずのがん患者が命を落とすことになると考えたのかもしれない。たとえまれにシムネスを引き起こす可能性があったとしても、火神細胞による万能免疫細胞療法のベネフィットは、そのリスクを大きく上回っているからな」

「だからって隠蔽するなんて……」

拳に込められていた力がさらに強くなり、ブルブルと震え出す。

「火神教授も強い罪悪感をおぼえていたんじゃないかな。だからこそ、あれだけ必死にオームスの開発に邁進《まいしん》していた」

「オームスの開発に？　どういうことですか？」

「たとえシムネスになっても、それを治すことができる治療法を開発しようとしたんだ。それこそが教授なりの贖罪《しょくざい》だったんだろう」

「けれど、オームスに使用する新火神細胞は急速進行性シムネスという更に恐ろしい病気を生み出した。そして、そのことが分かった頃に火神細胞の闇に気づいた姉さんを、病院の屋上から突き落とした」

胸の中でマグマのように湧き上がっていく怒りを、澪は必死に押し殺す。

「追い詰められ、正常な判断ができなかったのかもしれない。自らの贖罪のための最後の手段だったオームスに使用する新火神細胞が、さらに悪性度の高い急速進行性シムネスを発症するということを自らの体で証明してしまったんだから」

「なら、その時点でオームスの研究を放棄すればよかったんです。そうすれば、姉さんの口封じなんてする必要はなかった」

「オームスは将来のがん治療を根本的に変える可能性を秘めている。だから止まれなかったんだろうな。新火神細胞が癌化し、急速進行性シムネスを引き起こすという欠点、それさえ克服できたらきっと実用化に漕《こ》ぎ着けられる。けれど、自分には残された時間がない」

「だから私に『真実を知りたいなら、オームスのオペレーターになるんだ』と告げ、その上で自分が術中死することを承知で、私たちに手術をさせて急速進行性シムネスの恐怖を目の当たりにさせた。全ては自分の尻拭《しりぬぐ》いを私たちにさせるためじゃない！」

澪は奥歯をかみしめる。ギリギリという歯ぎしりの音が鼓膜に響いた。

「もうあのとき、教授の精神状態は破綻《はたん》しかけていたんじゃないか。わずかでもいいから、自らが生み出したシムネスという病気を克服する可能性を残したい。それと同時に、お前の姉の命を奪ってしまった罪を死をもって償いたい。もしかしたらそんな想いでお前を手術に入れ、自分が死ぬ瞬間を目の当たりにさせたのかもしれない。……いまとなっては分からないことだがな」

喋り疲れたのか大河は大きな息を吐くと、手元のタブレットへと視線を落とした。澪は目元を押さえて俯く。もはや怒りすら感じなかった。ただ、胸腔内の臓器がごっそりと抜き去られたような、胸に穴が空いたような虚無感をおぼえていた。

「……これからどうするべきなんでしょう」

「少なくとも現段階でオームスの実用化はあまりにも危険だ。オームスプロジェクトを延期、もしくは中止させる必要がある」

「中止……」澪は拳を握りしめる。「パナシアルケミは新火神細胞が急速進行性シムネスを引き起こすことを知っているんでしょうか？」

「いや、多分知らないいな」

タブレットを見つめたまま、大河は首を横に振る。

「そもそも急速進行性シムネスは、手術などにより腫瘍を取り除くなどしない限り、病態的には普通のシムネスと変わりない。パナシアルケミは『確かに新火神細胞は、一般的な火神細胞より高確率でシムネスを引き起こすが、オームスでシムネスが治療できるなら大きな問題ではない』と考えている可能性が高い」

「でも、火神教授は自分が急速進行性シムネスにかかっていることを分かっていましたよね。パナシアルケミに報告しなかったんですか？」

「火神教授はパナシアルケミにとって最重要人物だった。その火神教授が自らを実験台にすることなど、パナシアルケミが許すわけない。あれは火神教授が独断で行ったことに違いない。それに火神教授自身も、急速進行性シムネスがどのような疾患なのか、完全に把握していたわけではないはずだ。まあ、さすがに火神細胞の生みの親だけあって、あの事態を予想していたようだがな」

「予想していたって、腫瘍が急速に増大して自分が術中死することをですか？」

「そうだ。多分パナシアルケミに警告しても、最初にシムネスについて隠蔽されたように、今回も握り潰されると思ったんだろう。だからこそ俺たちに手術をさせた。自らの命を捨てて告発しようとしたんじゃないか。俺たちならパナシアルケミの闇を暴けると信頼して」

「私たちに急速進行性シムネスの実態を見せつけて、その解決を丸投げしただけじゃないですか」

「そうも言えるな。……くそっ！」

唐突に大河が舌打ちをした。澪が「どうしたんですか？」と訊ねると、大河は顔を顰める。

「プロジェクトオメガに新火神細胞が使われたというデータが欲しいんだが、そのファイルが見つからない。それがないと新火神細胞が急速進行性シムネスの原因であるという証拠にならない」

「どうするんですか？　さっき言ってたじゃないですか。そのうち警備員が……」

　澪が「やってくるって」と続けようとしたとき、遠くから軽い電子音が響いた。澪と大河は同時に振り返る。

「いまの音って、エレベーターですよね」

「多分な」

　大河は頷くと、足音を殺しながら小走りで出入り口のドアへと近づき、わずかに開いた隙間から部屋の外の様子をうかがった。大河と同じように廊下を覗いた澪の顔が引きつる。

　若くて体格のいい警備員が二人、廊下をこちら側にゆっくりと進んできていた。革靴が床を叩く音がカツカツと聞こえてくる。

「クソ、まだ完璧な証拠を手に入れられてないのに」

　悪態をつく大河に、「そんなこと言ってる場合ですか」と澪は声を潜めて言った。

「廊下からこの扉は丸見えだし、この部屋に隠れる場所なんてないんですよ。私たち袋のネズミじゃないですか」

「そういうことになるな。ここは窮鼠《きゅうそ》猫を嚙む作戦で行くか」

「本気で警備員と闘うつもりですか。相手は二人ですよ。無理ですって」

「それでも証拠を見つけないといけない。そのための時間を稼がないと」

　大河はジャケットの袖《そで》をまくる。引き締まった前腕が露《あら》わになった。

「だめです。逃げるんです。その方が確実な証拠をつかむチャンスがあります」

　じわじわと迫ってくる警備員の姿に焦燥をおぼえながら、澪は早口で言う。

「証拠をつかむチャンス？」大河が訝しげに聞き返した。

「そうです。プロジェクトオメガが行われた場所で急速進行性シムネスが発生しているのは間違いありません。十分な状況証拠です」

「状況証拠だけでは、パナシアルケミのような世界規模のメガファーマを告発することはできない。金と権力で握り潰されるのがオチだ」

「分かってます。だからその状況証拠を見せて、協力者に頼むんです。パナシアルケミを告発できるだけの十分な証拠を手に入れるように」

「協力者？　いったい誰のことだ？」

「パナシアルケミの極秘資料にアクセスできるだけの立場にいて、私が信頼する人です」

「そんなことが可能なのか？」

大河の顔に迷いが生じる。

「私が説得します。どうか私を信じてください」

二人の警備員の足音が近づいてくる。澪は身をこわばらせつつ、大河の決断を待った。数瞬のあと、大河は音がしないように静かに扉を閉めると、「ここで待っていろ」と言って身を翻して通路を戻る。サーバーから接続用のコードを乱暴に引き抜いた大河は、半球状の通信機とナップザック、そしてタブレットを持って戻ってきた。

「隠れるぞ」

「隠れるって、どこにですか？　この部屋に隠れる場所なんかないです」

澪は押し殺した声で訊ねる。足音は扉のすぐ外まで迫ってきていた。次の瞬間、澪は大河に強く抱きしめられた。

「何を……!?」

「静かにしろ。警備員に聞かれる」

　耳元で大河が囁く。警備員が近づいてきている緊張でか、それとも他の理由でか、心臓の鼓動が加速していくのを感じながら、澪は言われた通りに口をつぐんだ。

　扉越しにかすかな電子音が聞こえる。警備員がカードリーダーに社員証をかざして解錠したのだろう。

　扉がゆっくりこちら側に勢いよく開いていく。大河に抱きしめられたまま澪が体をこわばらせ、目を閉じる。

「ほら誰もいないじゃないか。俺の言った通りだろ。またシステムエラーだよ」

　警備員たちの声が聞こえて、澪は驚いて目を開く。

「声を出すなよ」

　再び耳元で囁かれる大河の声を聞きながら、澪は眼球だけ動かして状況把握に努める。こちら側に開いた扉と、壁の間のわずかな隙間、そこに澪たちは身を潜めていた。

「奥まで調べる必要なんてねえよ。さっさと戻ろうぜ、面倒くさい」

「そう言うなって。マニュアルで決まってるんだから。これも仕事だよ」

　警備員たちは懐中電灯を灯すと、サーバールームの奥へと進んでいく。

「行くぞ」

　大河の小声の合図で、二人は息を殺して扉の陰から出ると、サーバールームを脱出した。

　そのまま足音がしないように気をつけながら廊下を進んでいく。非常階段へと辿り着いた大河と澪は同時に大きく息を吐く。

「なんとか気づかれなかったみたいですね」

「警備員が間抜けで助かった」

二人は足早に階段を上がり、一階に着くと夜間出入り口へと向かった。

「ああ、お疲れ様です。会見の準備は終わったんですか」

ゲートを通過する際、さっきと同じように脇にある小窓から初老の警備員が声をかけてくる。

「ええ、終わりました。ありがとうございます」

澪は作り笑いを浮かべると、そそくさとゲートを通過して大河とともにビルの外へと出た。

「もう朝か……」

大河が眩《まぶ》しそうに目を細める。ビルに入るときは夜明け前だったが、いまは遠くの水平線から太陽がわずかに顔をのぞかせていた。

「タクシーでも呼びますか？」

ビルから足早に離れながら、澪は隣を歩く大河に訊ねる。

「せっかく朝日が綺麗なんだ。少し散歩でもしよう」

パナシアルケミの敷地を出た二人は、人通りの少ない海辺の道を並んで歩き続けた。

冬の朝の澄んだ空気が、淀《よど》んだ気持ちをいくらか癒《い》やしてくれた。

十数分、大河と並んで無言で散歩を続けた澪は、ゆっくりと口を開く。

「これから……どうしますか？」

「さあ、どうするかな」

大河は明るくなっていく空を見上げる。

「少なくとも日本国内には、俺の命を狙っているヒットマンがいる。パナシアルケミの本社ビルに忍び込んで決定的な証拠をつかむという作戦も、残念ながら失敗に終わった。とりあえず数日以内に海外に行くつもりだ」

「オームス実用化の阻止は諦めるんですか？」

「俺が日本に戻った目的は、急速進行性シムネスの正体を暴くことだ。少なくともそれは達成できた。オームスの実用化を防ぐには、海外に出てジャーナリストなどと接触する方が効果的だ。日本国内は信頼する相棒に任せるよ」

「信頼する相棒？　そんな人がいるなら紹介してくださいよ」

澪が前のめりになると大河の顔に呆れが浮かんだ。

「何を言っているんだ。お前に決まっているだろう」

「え、私？」

「他に誰がいるっていうんだ」

大河はそう言うと、肩にかけていたナップザックに無造作に手を突っ込み、中からＵＳＢメモリーを取り出す。

「お前に預ける」

「いいんですか？　これって大切なデータなんじゃ……」

「大切なデータだからこそ、お前に渡すんだ。さっき言っていただろ、そのデータを見せれば協力してくれる奴がいるって。誰のことだ？」

「玲香さんです」

差し出されたＵＳＢメモリーを受け取りながら澪は答える。大河の顔に、かすかな動揺が走る。

「火神玲香か……」

「分かっています。火神教授のあとを継いでオームス開発の先頭に立っている玲香さんを信用できないんですよね」

「信用できないわけじゃない。あいつが優秀で誠実な外科医であることはよく知っている。ただ、同時に父親の悲願だったオームス開発に全身全霊をかけている。あいつがオームスの実用化の妨げとなるような証拠を、本当に見つけ出してくれると思うのか？」

「私は玲香さんとパートナーとして三年間、力を合わせて働いてきました。玲香さんはオームスの実用化に向けて邁進してきましたけど、それはあくまでがんで苦しんでいる患者さんを救いたいという純粋な気持ちからです。そばで見ていた私には分かります」

「……分かった」

先月、まだ早いと澪が躊躇するのにもかかわらず、強引にシムネスに対するオームス手術の実行を決めた際の、ただならぬ様子の玲香の姿が頭をよぎる。

軽く頭をふって、脳に浮かんだ光景を払い去った澪は、大河から受け取ったＵＳＢメモリーを力強く握りしめた。

「さて、これで俺の久しぶりの里帰りも終わりかな」

「大河先生はこのまま空港に行くんですか？　羽田《はねだ》ならだいぶ近いですけれど」

「いや、まずは軽井沢の小林外科病院に戻って、昨日手術した金髪の男に会いに行く。自分がオペをした患者は、容態が安定するまで責任を持ってみるのが執刀医の義務だからな。それに……」

大河の顔には不敵な笑みが浮かんだ。

「あいつが誰に依頼されて俺を襲ったのか、しっかりと吐いてもらわないとな」

「相手は術後なんですから、あんまり手荒な真似はしちゃだめですよ」

澪は釘《くぎ》を刺すと、視線を上げる。三百メートルほど先に晴海《はるみ》駅が見えてきた。

「私は電車に乗って都心に向かいます。白金《しろかね》のタワーマンションにある玲香さんの部屋に行って、事情を説明しないと」

「あいつ、いいところに住んでいるんだな」

「私たちのボロアパートとは、広さも設備も桁《けた》違いの豪華なマンションですよ。もちろん家賃も桁違いでしょうけど。大河先生も電車で行きますか？」

「いや、電車だとなかなか小回りが利かないからな。それにいざというときに逃げることもままならない。ということで、俺はあれで行くことにする」

大河はすぐそばにあるカーシェアリングの駐車場を指さした。そこには高級外車がいくつか並んでいた。

「前からチェックしていたんだ。この特別なカーシェアリングの駐車場をな。ここなら金さえ出せば性能のいい車が選び放題だ」

はしゃいだ口調で言うと、大河はポケットから出したスマートフォンを操作する。駐車場の一画に止められていた黒いミニのブレーキライトが光り、ピピッという電子音が響く。

「相変わらず派手な車が好きですね」

大河は軽い足取りでミニに近づくと、ドアを開いて乗り込んだ。その可愛らしいフォルムの車体には似合わない腹の底に響くエンジン音が響き渡る。

サイドウィンドウが下り、顔を見せた大河は軽く手を振る。

「じゃあな、桜庭。またどこかで会おう」

「また会えますかね？」

一抹の寂しさをおぼえながら澪は微笑む。

「会えるさ。お前が外科医でいる限りな。医者の世界は狭い。特に外科医の世界は。いつかまた俺たちの運命が交差するときが来るはずだ」

キザなセリフだが、なぜかすっとその言葉は胸に入ってきた。

「そうですね。さようなら大河先生。また会える機会を楽しみにしています」

「そのときはまた一緒にオペをしたいな。お前がどれだけ外科医として成長しているのか確認したいから」

「本当に手術の話ばっかり」

苦笑する澪に軽く手を振ると、大河はミニを発進させる。ほとんど減速することなく、駐車場から車道へと飛び出した車は、海沿いの大通りをぐんぐんと加速して行く。

視界から完全に消えるまで、澪は大河の運転するミニを見送り続けた。

5

「……玲香さん」

デスクに両肘《りょうひじ》をつき、頭を抱えている玲香に澪はおずおずと声をかける。

「待って、もうちょっとだけ待って。考えをまとめる時間を頂戴《ちょうだい》」

早口で言いながら、玲香は手を突き出す。その目にはうっすらと涙が浮かんでいた。

「そんなこと、あるわけがない。そう、絶対にあるわけがない……」

自分に言い聞かせるように玲香はブツブツと小声でつぶやき続ける。

早朝、大河と別れた澪は都心まで移動し、空《す》いているファミリーレストランに入り、そこでサンドイッチセットとドリンクバーを頼むと、それを食べながらこれから取るべき行動をシミュレーションし続けた。

そして昼が近づいて、店内にだんだんと客が増えてきたところで、澪は玲香に連絡を取った。大切な話があるからできる限り早く会いたいと。

シムネスに対するオームス手術という重要なイベントを終えた玲香は、今日は有給をとって、自宅で休養をしているということだった。

澪がいまから自宅に行ってもいいか訊ねると、玲香は「ええ、もちろん」と明るい声で言った。夢であるオームス実用化へ大きく近づいたことで喜びに溢れている相棒に、辛《つら》い事実を告げなくてはいけないことに強い罪悪感をおぼえつつ、澪は玲香の自宅マンションへと向かった。

そして部屋に入るなり、シャンパンを開けて乾杯しようとする部屋着の玲香を「その前に話したいことがあるの」と押しとどめると、説明をはじめた。

昨日から今日の間に知っているのか、あまりにも残酷な真実を。

最初、澪が冗談を言っていると思っていたのか、玲香は穏やかな笑みを浮かべていたが、説明が進むにつれ彼女の端整な顔はこわばり、そして青ざめていった。

「火神細胞がシムネスの原因……。そんなことあるわけない……」

両手で頭を抱え俯いたまま、弱々しい声を絞り出す。

「そもそもそれじゃあ、あなたのお姉さんがシムネスになったのはおかしいんじゃないの？　だって、あなたのお姉さんは昔がんになったこととかないんでしょ？　火神細胞を投与されたことはないはずじゃない」

「いいえ、あるんです」

過去を思い起こしながら、澪は硬い声で言う。

「ナチュラルキラー細胞に近い性質を持つ火神細胞は、がん患者だけではなく、重症感染症にも使われることがありますよね」

「ええ、がん細胞も病原体も、火神細胞は異物として貪食して消し去るから」

「姉さんは高校生のとき、陸上部で長距離走の選手をしていました。高三の最後の大会で姉さんは転んで大腿部《だいたいぶ》に大きな擦過傷を負いました。それだけなら良かったんですが、傷の洗浄が不十分な状態で包帯を巻いてしまったため、傷に感染を起こしたんです」

澪はそのときのことを思い出しながら説明を続ける。

「皮下の軟部組織に細菌が感染して、三日後には太ももが倍になるぐらいに腫《は》れ上がって、四十度近い発熱をしました。病院に行くとすぐに入院になりましたが、抗生剤を投与しても細菌の増殖の勢いを抑えきれず、敗血症になりました」

病原体やその毒素が血流に乗って全身に回り、様々な臓器に障害が出る敗血症。それが悪化すると、敗血症ショックと呼ばれる危険な状態になり、かなりの確率で命を落としたり、後遺症を患うことになる。

「だから、火神細胞による万能免疫細胞療法を受けたのね」

玲香の言葉に澪は「そうです」と頷いた。

「火神細胞の効果は抜群でした。翌日には解熱していき、さつまいもみたいな色をしていた姉さんの足も炎症が治まって、もとの綺麗で白い足へと戻っていきました。姉さんは火神細胞のおかげで助かったんです」

「けれど、その命を救ったはずの火神細胞は、何年もあとにお姉さんの全身の臓器で腫瘍化してシムネスを発症し、命を奪った。あなたはそう考えているのね」

玲香の顔に痛みに耐えるような表情が浮かぶのを見ながら、澪は唇を噛んだ。

姉の命を奪ったのはシムネスではない。火神細胞の秘密を守ろうとした玲香の父、火神郁男により口を封じられたのだ。

そのことを玲香に伝えてしまいたいという衝動に澪は必死に耐える。すでに火神細胞とシムネスの関係を知ったことで、玲香は強いショックを受けているはずだ。さらに尊敬し愛していた自分の父親が殺人者だなどと知れば、耐えがたい苦しみに苛《さいな》まれることだろう。

いま重要なのは、故人である火神郁男を糾弾することではない。新火神細胞の危険性を明らかにし、急速進行性シムネスを生じるという欠点を克服するまで、オームスの実用化を延期させることだ。そのためには、パナシアルケミの機密情報にアクセスできる玲香の協力が不可欠だった。

「玲香さんこれを見てください」

さらに辛い情報を玲香に伝えることに罪悪感をおぼえながら、澪はUSBメモリーを渡す。

玲香は「これはなに……？」と首をひねると、デスクにあったノートパソコンにUSBメモリーを差し込んだ。

「ちょっといいですか？　見て欲しいのはこのファイルです」

澪はマウスを操作し、数時間前にパナシアルケミから大河とともに盗み出してきた情報の閲覧をはじめた。パナシアルケミが行っていた違法な人体実験、『Project Ω』のデータがディスプレイに表示される。

「これこそがいま、シエラレオネでかなりの数生じている特殊な疾患の原因です」

「プロジェクトオメガ……。ここで投与されているオメガっていう物質は何？　特殊な疾患って、いったいシエラレオネでどんな病気が流行《はや》っているというの？」

ディスプレイを凝視しながら、玲香は不安な表情を浮かべる。

澪は乾燥している唇を舐めて湿らすとゆっくりと口を開いた。

「この『オメガ』というのは新火神細胞のことです。そして新火神細胞が引き起こす疾患、それこそが三年前火神教授の命を奪ったあの恐ろしい病気、進化したシムネス、急速進行性シムネスです」

「急速進行性……シムネス……？」玲香の眉間に深いしわが寄る。

「そうです。火神教授が術中死したのは、大河先生のミスなんかじゃありません。腫瘍を切除したはずの心臓に新しい腫瘍ができて、それがみるみる大きくなっていったんです。火神教授が心破裂を起こしたのは、その異常な腫瘍が原因なんです」

「お父さんが術中死したのは、肉眼で確認できるぐらいの速度で増殖する腫瘍のせい……？　あなた正気なの？」

「信じられないかもしれませんけど、本当のことなんです！　火神教授は自分に新火神細胞を投与して実験を行って、その結果生じた急速進行性シムネスで死亡したんです！」

「ふざけないで！　そんな馬鹿げたこと、あるわけないでしょ！　お父さんは、竜崎のミスで殺されたのよ！」

部屋に響き渡る玲香の怒声を聞きながら、澪は奥歯を嚙みしめる。

どうすれば玲香に急速進行性シムネスの存在を信じてもらえるのだろう。彼女の協力なしには、新火神細胞が急速進行性シムネスを引き起こすという確実な証拠を手に入れることは不可能だ。

澪が頭を悩ませているかのように、玲香が気を落ち着かせるかのように、数回深呼吸を繰り返した。

「急速進行性シムネスなんていう戯言《ざれごと》はいいから、まずは現実的な話からしましょう。このデータのコピーはあるの？　いまこの場でコピーしておいた方がいいかしら？」

「あ、コピーはありません。確かにバックアップとっといた方がいいですね」

そう答えたとき、澪は腰のあたりに振動を覚えた。ポケットからバイブモードにしたスマートフォンを取り出した澪は、画面に表示されている『大河先生』という文字を見てまばたきをする。

いったい何の用だろう？　もしかしてまたヒットマンに襲われでもしたのだろうか？

不安をおぼえた澪は、玲香に「すみません」と一言声をかけると、少し離れた位置に移動し、『通話』のアイコンに触れてスマートフォンを顔の横に当てる。

「どうしたんですか？　いまちょっと立て込んでいるんですけれど……」

『玲香に会うのはやめるんだ』

切羽詰まった竜崎の声が聞こえてくる。

「ちょっと待ってください。どういうことですか？」

澪は口元を覆って、小声で話す。

『ついさっき金髪の男が意識を取り戻したんで、聞きだしたんだ。俺たちを襲うよう依頼したやつの名前をな』

「誰だったんですか。やっぱりパナシアルケミですか？」

『いや違う』

そこで言葉を切った大河は、低い声で告げた。

『火神玲香だ』

一瞬、何を言われたか分からず、思考が真っ白に染まる。

「玲香さんが……私たちを襲わせた……？」

ゆっくりと振り返った澪は目を見開く。いつのまにか玲香がパソコンからＵＳＢメモリーを引き抜いて立ち上がっていた。

玲香はＵＳＢメモリーをデスクの上に置くと、脇にあった大理石製のブックエンドを手に取り、大きく振り被《かぶ》る。

「ダメ！　やめて！」

スマートフォンを手から落としながら澪が声を上げるが、玲香は迷うことなく、ブックエンドをＵＳＢメモリーへと振り下ろした。

ＵＳＢメモリーが粉々になり、内蔵されていた電子回路の破片が澪の足元まで飛んでくる。

「玲香さん……」

気怠《けだる》そうに髪を掻き上げながらブックエンドをデスクに戻す玲香を前に、澪はただ立ち尽くすことしかできなかった。

「玲香さんが私たちを襲わせたの？　私たちを殺そうとしたの……？」

「殺そうとした？　オーバーなこと言わないでよ。私はただ竜崎先輩を牽制《けんせい》したかっただけ。余計なことをして私の計画を邪魔しないようにね。もちろんあなたには怪我をさせないように、男たちにはしっかり釘を刺しておいた」

「怪我をさせないように？　あいつらはＳＵＶで私たちが乗っている車に突っ込んできたのよ。下手をすれば死んでた」

怒りを込めて澪が言うと、玲香は一瞬目を大きくしたあと、小さく舌を鳴らした。

「あくまで脅すだけって言ったのに……、勝手なことを……」

「橘さんを病院に送り込んだのも玲香さんなんですか？」

澪の問いに玲香は無言のまま微笑む。それは肯定に等しい沈黙だった。

「どうやって私たちがあの病院に行ったのに気づいたの？」

「そんなの簡単よ。昨日の手術の前、お守りを渡したでしょ」

澪ははっと息を呑むと、ポケットからお守りを取り出す。それを握り締めると、硬いものが入っている感触が掌《てのひら》に伝わった。

澪はお守りを開くと、指でつまんで中に入っているものを取り出す。それはボタン電池を薄く引き伸ばしたような物体だった。

「もしかして」

「ええ、ＧＰＳ装置を仕掛けておいたのよ。それであなたがどこにいるのかすぐに分かるようにしておいた。そして昨日あなたが歴史的な手術が終わったばかりだというのに、急に消えたのを見て、竜崎先輩と一緒に行動していることに気づいた」

「それで私たちが火神教授の別荘に向かっていることに気づいて、あの男たちを差し向けたんですね。……ひどすぎる」

「私からお父さんの形見を盗んで、その鍵を使って何かを調べたのはひどくないっていうの？」

「気づいて……いたんですか？」

「当たり前じゃない。あなたは自分がどれだけバカ正直か分かってないの？　何かやましいことがあったら、あなた、すぐに目が泳ぐのよ」

玲香は小馬鹿にするように鼻を鳴らした。

「それで、別荘の持ち主を調べさせたら、竜崎先輩が所有者になっているって知って驚いた。それで竜崎先輩を別荘で襲わせるつもりで、闇サイトで雇った男たちを軽井沢に待機させていたの」

得意げに玲香は説明を続ける。

「けれど、あなたたちがあの別荘じゃなく、小さな個人病院にむかったのにはびっくりしたわよ。竜崎先輩があの男たちに怪我でもさせたの？　どうせあの人のことだから我慢できなくて何かのオペをすると思って、あの刑事を送り込んだ。あの刑事、私のところにも竜崎先輩のことを何度も聞きに来ていて顔見知りになっていたから。彼なら竜崎先輩を逮捕してくれると思ったのに、見込み違いだったわね」

「大河先生が怪我をさせた？　何を言ってるんですか？　あの男たちは殺し屋に狙撃されて、一人は即死。もう一人も瀕死の重傷を負った」

「殺し屋に狙撃？　何の冗談……」

玲香は小さな笑い声を上げるが、澪が口を固く結ぶのを見て、その表情を曇らせる。

「まさか、本当に銃撃されたの？　この日本で」

「私も信じられませんでしたよ。まさか本当にプロの殺し屋が出てくるなんて。その反応を見ると玲香さんは知らなかったみたいですね」

「知らなかったに決まっているでしょう。そんな……本気で殺すなんて……」

「玲香さんは単に脅すつもりだったかもしれないけれど、パナシアルケミは違ったみたい。まあ、そうですよね。火神細胞はたくさんの患者の命を救っている。それを守るためなら、民間人を何人か殺して口封じするぐらい誤差範囲ですよね」

皮肉で飽和した口調で澪が言うと、玲香は唇を歪めた。

「どんなことをしても火神細胞は守らないといけないの。そうじゃないとオームスプロジェクトが破綻する。お父さんの罪を消すためのオームスプロジェクトが……」

「火神教授の罪を消す？　何を言っているんですか？」

「あなたが言う通り、火神細胞は一定の確率で癌化してシムネスを引き起こす。お父さんは十数年前にそれに気づいた。けれどもし公表すれば、火神細胞を使えば助かるはずの多くの人の命を奪うことになる。だからそれを隠したの」

「……そして、あなたも同じように、火神細胞とシムネスの関係を隠すという選択をした」

澪は感情のこもらない声で淡々と言う。

「そうよ。当然でしょう。三年前にお父さんが死んでプロジェクトを引き継いだとき、私はシムネスの正体についてパナシアルケミから聞いた。オームスプロジェクトの本来の目的とともに」

「オームスプロジェクトの本来の目的？」

澪が聞き返すと、玲香は「そうよ！」と大きく手を広げた。

「オームスはシムネスを克服するために生み出された。シムネスが不治の病ではなくなれば、火神細胞には何のリスクもなくなる。これからも多くの人がお父さんが生み出した細胞によって救われていく」

「だから真実を隠したっていうんですか？」

「患者を救うためなら、私はどんな手段でも使う。火神細胞を告発して、それが使えなくなれば、それで救われるはずだったがん患者さんたちから希望を取り上げることになる。そのうえ、火神細胞を進化させた新火神細胞を使うオームスプロジェクトまで破綻して、末期がん患者さえ完治させられる夢の治療法が消える。真実を暴くことに何の意味があるっていうの？　そんな自己満足のために、多くの人の命を奪ってもいいっていうの？　何で分かってくれないの！」

まるで子供が泣きじゃくるような口調で玲香はまくしたてる。

「……分かりますよ」

澪は静かに言う。

「私も医者です。患者さんの命を救う、それを最優先にする気持ちは痛いほど分かります。ただ悲しいのは玲香さんが相棒である私に本当のことを教えてくれなかった、私を信用してくれていなかったことです。もし話してくれていたら、私はもっと全力でオームスの開発に協力したはず」

……きっと姉さんもそう望んだはずだから。澪は心の中で付け足す。

「そうすればいま頃、オームスの致命的な欠点を克服できていたかもしれない」

「致命的な欠点？」玲香は唸るように言う。

「普通の火神細胞から発生するシムネスについては、オームスで治療できるかもしれない。けれど新火神細胞から発生するシムネス、火神教授の命を奪い、いまシエラレオネで発生している急速進行性シムネスについては、その保証はありません！」

「急速進行性シムネスなんて存在しない！」

「いいえ。急速進行性シムネスは存在する。私は火神教授の手術で間違いなく目撃したんです」

「嘘よ！　そんなもの、ミスを隠すための竜崎大河の作り話に決まっている！　あなたは彼をかばおうと、私に嘘をついているの！」

「……そう、思い込みたいだけじゃないですか？」

「なにを……言っているの？」玲香の顔に動揺が走る。

「玲香さん自身も気づいているんじゃないですか？　自分が大河先生への嫉妬《しっと》によって、冷静な判断ができなくなっていることに」

「私が竜崎大河に嫉妬している？　医療過誤と違法手術で訴えられて医師免許を取り上げられたような男に⁉」

玲香は笑い声を上げる。しかし、澪にはその笑いがやけに乾いて聞こえた。

「けれど、手術の腕では大河先生はあなたをはるかに凌駕《りょうが》していた。火神教授も娘であるあなたのことを愛してはいたけれど、外科医としては大河先生の方をはるかに評価していた。だからこそあなたは、手術の腕ではなく、オームス手術を完成させることに情熱を燃やした。そうすれば一般的な外科手術を過去のものにでき、決して手の届かない高みにいる大河先生を引きずり下ろせるから」

顔を紅潮させ、歯茎が見えるほどに唇を歪める玲香の前で、澪は淡々と説明を続ける。それがいかに残酷なことか理解しながら。

「三年前、火神教授が自分の手術にあなたを入れることを拒否し、大河先生に執刀を任せたことで、あなたの嫉妬心は頂点に達した。そして火神教授の術中死の原因を、すべて大河先生のミスだと思い込んだ」

「思い込んだもなにも、患者が術中死したならその責任は執刀医にあるのが当たり前でしょう」

「ええ、普通の手術ならそうです。けれど、あれは普通の手術じゃなかった。患者である火神教授は、最初から術中に自分が命を落とすことを予想していた。あり得ないほどの速度で腫瘍が増大し、自分の命を奪うことを知っていた。それを見せて、私たちに急速進行性シムネスの存在を知らしめ、そして、それを克服する方法を探すよう自分の命を捨てて促す。それこそが火神教授が強引に、大河先生に自らの手術を執刀させ、そして私にオペのサポートに入るように強要した理由よ」

「もし、もしよ。あなたが言っていることが本当だとしたら、どうして私をオペから追い出したの？　急速進行性シムネスなんていうものが本当にあったとしたら、オームスの研究を引き継ぐ私にも伝えるべきでしょ」

「ええ、そうするべきだった。けれど火神教授にはそれができなかった」

「なんで⁉　そこまでお父さんは私を医者として信頼していなかったっていうの⁉」

声を嗄《か》らしながら叫ぶ玲香に、澪は静かに伝える。

「あなたを愛していたからに決まっているじゃないですか」

「愛して……いた？」

まるで初めて聞く言葉のように、玲香はその言葉を繰り返した。

「そうです。尊敬する父親の心臓が破裂し、大量の血液が撒《ま》き散らされて死亡する。そんな光景をあなたに見せたくなかった。あなたを苦しめたくなかった。だからこそ、火神教授はあなたを絶対にあの手術に参加させなかったの。火神教授は自分の体を冒しているシムネスが普通のものではないと、急速進行性シムネスという恐ろしい病魔だと知っていたから」

「急速進行性シムネスなんてない！　そんなものは存在しないの！」

もはやだだをこねる子供のような口調で玲香が叫ぶ。そのとき、デスクの上に置かれていた玲香のスマートフォンが着信音を響かせはじめた。

澪と睨み合ったまま、玲香は着信音を無視していたが、しつこく鳴り続けるジャズミュージックに根負けしたかのようにスマートフォンを手に取る。

「猿田先生か。何なのこんなときに」

露骨に顔を顰めながら、玲香はスマートフォンを顔の横に当てる。

「ごめんなさい猿田先生。いま忙しいからまたあとに……」

吐き捨てるようにそこまで言ったところで、玲香の切れ長の目が大きく見開かれた。

「どういうこと？　再発したって……。だって、昨日は間違いなく全身の腫瘍が消えたと確認したじゃない……」

喘《あえ》ぐような口調で玲香がそう言ったのを聞いて、澪の頭に不吉な想像が走った。

玲香の手からスマートフォンを素早く奪い取った澪は、スピーカーモードに切り替える。

「何があったんですか⁉　教えてください！」

『え？　お前、誰だ？』

聞きなれた猿田のダミ声がスマートフォンから聞こえてくる。

「桜庭です。そんなことより早く教えてください。いったい何があったんですか？」

『だから腫瘍が再発したんだ！　昨日、お前がオームスを使ってシムネスの治療をしたあの女の子の腫瘍が。さっき急に咳《せき》をしだしたから、胸部のレントゲンを撮ったら、両肺にいくつもの腫瘍が確認できたんだよ！』

「しゅ、腫瘍は肺だけなんですか……？」

澪の息が乱れていく。

『……いや、違う』

猿田の声が低くなった。

『訳が分からなかったから、すぐに全身のＣＴを撮った。そうしたら、肺だけじゃなく、肝臓、腎臓《じんぞう》、脾臓《ひぞう》、膵臓《すいぞう》、大腸、小腸、胃、食道、子宮、卵巣……全身のありとあらゆる臓器で腫瘍が再発している。全身の臓器に、何年間もかけてでかくなったレベルの腫瘍が、一日で発生したんだ』
「常識外れの速度で増殖する腫瘍……」
澪の口からかすれ声が漏れる。
「……急速進行性シムネスだ」

6

「何なの……、これ？」

電子カルテのディスプレイを見つめる玲香の半開きの口から、弱々しい声が漏れる。隣に立っている澪も同じ気持ちだった。

全身を撮影した造影ＣＴ画像、頭頂部からつま先まで、その大部分のスライスに、白い腫瘍の陰影がはっきりと映し出されていた。

一時間ほど前、猿田から報告を受けた澪は玲香とともに、急いで星嶺医大附属病院へと向かうと、患者である三枝友理奈が入院しているＩＣＵへとやってきた。

そこで澪が見たのは、気管内挿管をされ、人工呼吸器に接続された友理奈の姿だった。

「呼吸状態が悪くなり、全身に強い痛みを訴え始めたので、鎮静をかけて人工呼吸管理にした。そうしないと、あんたたちが来る前に心肺停止になっていたかもしれない。それくらい症状が急激に悪化したんだ」

呆然と立ち尽くしている澪と玲香に近づいてきた猿田が低い声で言うと、「これを見てくれ」

と手招きして造影ＣＴ画像を見せてきたのだった。

「これ何かの間違いじゃないの？　完全に進行したシムネスの画像じゃない。これってオームス手術を受ける前に撮影したものじゃないの？」

玲香は振り向くと、硬い表情で後ろに立っている猿田に声をかける。

「俺もそう思って確認しましたよ。けれど間違いなく二時間前に撮ったものです」

猿田は力なく首を振る。普段は脂ぎって血色の良いその顔が、今は死人のように青ざめていた。

「そんな……、昨日の時点では間違いなく全身の腫瘍は消えていたのに。それにこの腫瘍……」

玲香は肝臓の中心部に存在する金平糖のようにギザギザとした白い陰影を指さす。

「腫瘍がこの大きさに成長するまで、少なくとも年単位の時間が必要のはず。たった一日でここまで巨大に成長するなんてありえない……」

「ええ、ありえませんよね……普通なら……」

押し殺した声でつぶやく澪に、玲香は「何が……言いたいの？」と怯えを含んだ視線を向ける。

「ちょっと来てください」

澪は玲香の手を摑《つか》むと、強引に引きずって奥にあるＩＣＵのナースステーションまで連れて行く。看護師たちは患者の対応にあたっているため、ステーション内には誰もいなかった。

「これでわかったでしょう。急速進行性シムネスが、存在するって」

「あれが急速進行性シムネスだっていうの？」

喘ぐように訊ねる玲香を、澪は「それ以外に何が考えられるっていうんですか？」と冷たく突き放した。

「けれど、いくらなんでもあんなに早く腫瘍が成長するなんてありえない。お父さんのシムネスも確かに進行が速かったけれど、こんな常識外れのスピードではなかった。

「いいえ、火神教授の手術中はこれよりも遥《はる》かに速く腫瘍が増大していった」

息を乱し、端整な顔からみるみる血の気が引いていく玲香を尻目に、澪は説明を続ける。

「従来のシムネスと違い、急速進行性シムネスはバイオコンピューターが内蔵された新火神細胞が癌化したもの。だから手術などで腫瘍が除去されたら、プログラムされている自己防衛機能により急速に増殖を開始し、さらに自動集合機能により増殖した細胞が一ヶ所に集まり、常識外れの速度腫瘍が増大する。それこそが急速進行性シムネスの病態なんです」

「で、でも友理奈ちゃんの腫瘍は一ヶ所じゃなくて全身で増殖している。あなたがいま言った病態とは合わない」

「それは多分、昨日シムネスの治療にオームスを、つまりは新火神細胞を使ったから」

「どういうこと？」

わけがわからないといった様子で、玲香は細かく首を振る。

「これは私の仮説ですけれど、もともと火神細胞だったシムネスの腫瘍細胞は、新火神細胞と親和性が高いんじゃないでしょうか」

「親和性が高い？」

「昨日オームス手術をしたとき、これまで手術していた普通の腫瘍と比べて、シムネスの腫瘍はやけに簡単に新火神細胞で貪食して除去することができました。だからこそ、あれだけたくさんある腫瘍を何とか全部消すことができた。けれど、実はあれは消えていたんじゃなくて、シムネスと新火神細胞が融合して、一時的に腫瘍が消えたように見えただけなのかもしれない」

「もし、もしあなたの仮説が正しかったら、そのあと何が起きたっていうの⁉」

玲香は声を上ずらせる。

「全身の臓器でシムネスの腫瘍細胞を取り込んだ新火神細胞は、癌化の原因となった遺伝子も一緒に取り込んで、そこで急速進行性シムネスの腫瘍細胞に変化した。だとすると、昨日オームス手術用に投与した大量の新火神細胞の大部分が癌化して、血流にのって全身を循環している可能性がある。それらの細胞は各臓器に定着すると、そこでその臓器特有の腫瘍へと分化していった」

自らの仮説を全て説明し終えた。澪は強い疲労を覚えつつ肩を落とす。

「これがきっと、友理奈ちゃんの体の中で起きていること」

「なら、どうすればいいの？　どうやったら友理奈ちゃんを助けられるの？」

摑みかからんばかりの勢いで差し出してくる玲香の手を、澪は無造作に払った。

「無理です。もうどうしようもありません。私たちにできるのは苦痛を取りながら、友理奈ちゃんを看取ることだけです」

「そんな……。まだ可能性はあるはず」

「可能性？　あんなに全身に腫瘍ができて、急速に増大しているのに、どんな可能性があるというんですか？」

「も、もう一度オームス手術をすれば……」

「オームス手術をすればどうなるっていうんですか？」

氷のように冷たい声で澪は言う。玲香は青い顔で口をつぐんだ。

「まだ分からないんですか？　シムネスに対してオームス手術をすれば逆に新火神細胞が取り込まれて腫瘍が増大するんです！」

声を荒らげる澪の前で、玲香は震える唇を開く。しかし、その隙間から言葉が漏れることはなかった。澪は大きなため息をつく。

「この期におよんで、まだオームスの実用化にこだわっているんですか。今回のシムネスの手術は、実用化のための試金石だったはずです。けれどそれは最悪の形で失敗した。もう諦めてください」

吐き捨てるように言うと、澪は身を翻して玲香から離れていく。

「違うの……。澪、待って。この子だけは、友理奈ちゃんだけはどうにか助けたいの」

涙混じりの声が背中から追いかけてくる。澪は足を止めて振り返った。

「玲香さんにとって、友理奈ちゃんは何なんですか」

「何なんですかって……？」

質問の意味がわからないのか、玲香はまばたきを繰り返す。

「玲香さんの友理奈ちゃんに対する態度は、明らかに普通の患者さんに対するものと違っていた。シムネスに対するオームス手術は、どう考えてもまだ早すぎた。なのに、いつもは慎重なあなたが、友理奈ちゃんへの手術は無理やりにでも強行した。友理奈ちゃんに対して、個人的に何か特別な感情を持っているとしか思えない」

澪は玲香の目を覗き込む。玲香は怯えるように視線を外した。

「ここまで来たのにまだ隠し事ですか。友理奈ちゃんを助けたいなら、そのために私の協力が必要なら全て教えてください」

十数秒の沈黙の後、玲香は目をそらしたまま蚊の鳴くような声で答えた。

「私が、友理奈ちゃんをシムネスにしたの」

「玲香さんが友理奈ちゃんを？　どういう意味ですか？」

澪は鼻の付け根にしわを寄せる。

「私が初期臨床研修で小児科を回っていたとき、白血病の友理奈ちゃんの担当になった……」

玲香はまるでひとりごつように、抑揚なく説明を始める。

「友理奈ちゃんと私はすぐに仲良くなった。白血病に対する化学療法は大変だったけれど、友理奈ちゃんはまだ小学生なのに弱音を吐くことなく、それに耐えて寛解になったの」

白血病において寛解とは、末梢血《まっしょうけつ》にも骨髄にも腫瘍細胞が全く見つからない状態を言う。現在、小児の白血病は、化学療法によって多くの場合は寛解に至ることができ、そしてその後も九割方、再発することなく治癒する。

「寛解したならよかったじゃないですか。それがどうして玲香さんが友理奈ちゃんをシムネスにしたなんていう話になるんですか」

「私が化学療法後に火神細胞による万能免疫細胞療法を勧めたから……」

痛みに耐えるような表情で玲香が絞り出した言葉を聞いて、澪はすべてを悟る。

寛解後の再発リスクを減らすために、白血病の化学療法の後の火神細胞の投与は、現在でも多くの場合行われている。ただ、玲香が研修医だった頃といえば、まだ火神細胞が今ほどメジャーな治療法として広がってはいなかっただろう。おそらく玲香が勧めなければ、友理奈が火神細胞を投与されることはなかったはずだ。

父親である火神教授が生み出した画期的な治療法、玲香は純粋に友理奈のためを思いそれを勧めたのだろう。

しかし、その数年後に、友理奈はシムネスを発症した。玲香の勧めに従って投与した火神細胞が原因で。

ようやくなぜ玲香がここまで友理奈にこだわるのか理解し、澪は大きく息をつく。

玲香はこの三年間、オームスでシムネスを治療することに邁進していた。特にこの半年の玲香の様子は鬼気迫るものだった。それはもしかしたら、自らがシムネスにしてしまった少女を助けたいという想いによるものだったのかもしれない。

「だからお願い、澪。友理奈ちゃんを助けて。もう一度、友理奈ちゃんにオームス手術をして」

すがりつくように懇願する玲香を前に、澪は両手を固く握りしめる。

「……ごめんなさい。無理です」

玲香の顔がみるみる絶望の色に染まっていくのを眺めながら、澪は首を横に振る。

「玲香さんの気持ちはよくわかる。私もできることなら友理奈ちゃんを助けたい。でも無理なんです。友理奈ちゃんの病気は急速進行性シムネスなんです。きっと手術をしたら、腫瘍は新火神細胞を取り込んでさらに増大する。友理奈ちゃんが術中死する。火神教授のときと同じように……」

「お父さんのときと同じように……」玲香は呆然とその言葉を繰り返す。

「だから友理奈ちゃんにオームス手術はできません。いえ、友理奈ちゃんにだけじゃない。オームスに使う新火神細胞が急速進行性シムネスの原因なら、私はもう二度とあれを使うことはできない」

三年前、異常増殖する腫瘍によって、火神郁男の心臓が破裂した光景、それは澪の脳裏に今も焼き付いている。

オームス手術のオペレーターとして、無数の新火神細胞を操るためには、深い精神集中が必要となる。新火神細胞に対する強い忌避感を覚えた自分には、もはやそれを操ることはできないだろう。

「でも、オームス手術以外に友理奈ちゃんを治せる可能性がある治療法はないの！　お願い。もう一度だけオームスを使って。なんとか奇跡を起こして！」

澪は離れた位置のベッドに横たわり、人工呼吸管理を受けている友理奈に視線を向ける。

あの子を助けたい。なんとか、あの子に未来をあげたい。

でも私には奇跡を起こす力なんてない……。

「ごめんなさい……」

喉の奥から声を絞り出すと、澪は身を翻して出入り口へ向かう。

背後から聞こえてくる玲香の嗚咽《おえつ》から逃げるように、澪はＩＣＵをあとにした。


防護キャップを外し、ＩＣＵ用のスリッパからスニーカーに履き替えた澪は、ふらふらと左右に揺れながら廊下を進んでいく。

まるで雲の上を歩いているかのように足元がおぼつかなかった。

長時間のオームス手術を行い、火神細胞の闇を知り、軽井沢まで移動して狙撃を受け、大河の手術の助手を務め、パナシアルケミに侵入し、そして信頼していた相棒に裏切られた。

この二日、あまりにも衝撃的で辛いことが重なりすぎた。自分がどこに向かっているかもわからないまま、枷《かせ》をつけられているように重い足を引きずりながら廊下を進む。そのとき、「澪先生」という声がかけられた。

うつむいていた顔をあげると、正面から小走りに萌香が近づいてきていた。

「萌香ちゃん、何でここに？」

「何か大変なことが起きているって噂を聞いたから来てみたんですよ。私は澪先生のアシスタントですからね。澪先生が辛い時はそばにいないと」

萌香はメガネの奥の瞳を細める。その姿を見て、鉛のように重くなっていた心が少しだけ軽くなった気がした。

「ありがとう、萌香ちゃん。おかげで少しだけ元気が出た。やっぱり辛い時は信頼している人がそばにいないとね」

信頼している人。その言葉を口にした瞬間、この三年間、最も信頼していた相棒の女性に裏切られたことを思い出し、刺すような痛みが胸に走った。

胸元を押さえる澪に、萌香が「大丈夫ですか？」と声をかけてくる。

「大丈夫。うん、私は大丈夫……」

自らに言い聞かせるように、澪は小声でつぶやく。

「全然大丈夫に見えませんよ。そうだ。信頼している人がいると楽になるなら、あの人を呼んだらどうですか」

「あの人？」

「決まってるじゃないですか。彼氏ですよ。彼氏さん」

「……それって、もしかして大河先生のこと？」

「あ、ようやく認めましたね。あのイケメンが彼氏だって」

「だからそんなのじゃないって」

「もう、ごまかさなくてもいいじゃないですか。やっぱり辛いときは男ですよ。それに彼氏さんなんだか頼りになりそうじゃないですか。連絡して来てもらった方がいいんじゃないですか」

「大河先生に来てもらう……」

隣に大河が立っていることを想像する。その瞬間、ふわっと体が軽くなったような気がする。あの人がいれば、あの人と一緒ならどんなことも乗り越えて行ける気がする。

いままでそうだったように。

「ほら善は急げですよ。さっさと彼氏さんに電話しちゃってください」

萌香に急《せ》かされた澪は、「だから彼氏じゃないってば」と言いながら、スマートフォンを取り出す。ディスプレイを見ると、大河から複数回の着信が入っていた。友理奈の件を聞いた後、急いで病院に向かうためマナーモードにしていたので気付かなかった。電話をかける。すぐに回線はつながった。

『どうした？　さっきは何があった？』

電話越しに聞こえてくる大河の声を聞いた瞬間、なぜか涙が溢れそうになった。

澪は両手でスマートフォンをつかむと、この二時間であったことをときどき声を詰まらせつつ、必死に説明していく。

十五分ほどほとんど無言で澪の言葉を聞いた後、大河はぼそりとつぶやいた。

『すぐに行くから、待っていろ』

その言葉を残して通話が切れる。同時に、その場にへたり込みそうなほどの安堵が澪の胸にわいてきた。

「やっぱり絶対彼氏だ。だって澪先生すごく嬉しそうな顔してますもん」

からかうような萌香の言葉に反論することなく、澪はただ柔らかくはにかんだ。

7

「ようやく動き出したか……」

大きくリクライニングさせた運転席に横たわっていた橘がつぶやく。

フロントガラスの向こう側、十メートルほど離れた小林外科病院の駐車場では、竜崎大河が黒いミニに乗り込もうとしていた。

昨夜、小林外科病院で竜崎が無免許で手術しているという匿名の情報を得て、ここまでやってきた。しかし、院長の小林と桜庭澪が竜崎の執刀を否定したため、逮捕することはできなかった。

橘は病院をあとにした澪と竜崎を追うことなく、少し離れた位置の路上に車を止めると、そこから小林外科病院を監視し続けていた。

澪や小林院長が何と言おうと、竜崎は間違いなく執刀を行った。ならば、あの男は必ず戻ってくるはずだ。自分が手術した患者が本当に回復したかどうか確認しに来る。それこそが外科医の本能だと、これまで竜崎大河を追い続けた経験で知っていた。

刑事として張り込みは日常的に行っている。数日間はここで待機する覚悟だったが、その日のうちにあっさりと竜崎は小林外科病院に戻ってきた。

きっとあの男はこの病院で医療行為を行うはずだ。たとえ手術をしなくても、医療行為を行えば現行犯で逮捕することができる。問題はどうやって現場を押さえるかだ？

一番いいのは小林外科病院の医療スタッフに接触し、協力を要請することだ。しかし、うまく接触しなければ、逆に自分が監視していることが知られ、院長や竜崎は警戒を強めるだろう。慎重に行動しなければ……。

そんなことを考えていたとき、病院から竜崎が予想よりも早く出てきたのだった。

病院の駐車場に止めてあるミニに足早に近寄った竜崎は、車に乗るとエンジンをふかした。

何か重大なことがあったな。

せわしない竜崎の様子からそう気づいた橘は、追跡をしようと、リクライニングさせていた背もたれを元に戻し、イグニッションキーを回した。

座席を通じて臀部《でんぶ》にエンジンの振動を感じたとき、橘はサイドブレーキを解除しかけていた手を止めた。

ミニが発進すると同時に、林からフルフェイス・ヘルメットの男がまたがった大型バイクが姿を現した。闇に溶けそうなほど深い黒色のバイクのボディには、側面にアコースティックギターを入れるような、大きなケースが取りつけられていた。

「林の中に隠れていたのか……」

橘がつぶやいたと同時に、バイクが走り出した。明らかにミニのあとを追っている。

なんだ、あの男は？　いったい、竜崎のやつは何に関わっているんだ？

橘は舌を鳴らすと、サイドブレーキを解除し、アクセルを踏み込みながら、勢いよくハンドルを切った。

「星嶺医大……。最終的にここに戻るのか……」

路肩にセダンを止めた橘のつぶやきが、車内の空気を小さく揺らす。

数百メートル先には見慣れた巨大な建物、星嶺医科大学附属病院がそびえ立っている。十分前、その駐車場へと竜崎が運転するミニが吸い込まれていった。しかし、橘はすぐにその後を追うことはしなかった。

竜崎よりもさらに警戒すべき人物がいるから。

橘は前方を見つめる。大型バイクにまたがったフルフェイス・ヘルメットの男が、じっと星嶺医大附属病院の敷地にヘルメットのアイシールドを向けていた。

「さっきから何してやがるんだ……」橘は口の中で言葉を転がす。

軽井沢から約三時間、高速を飛ばして東京まで戻って来る間、ずっと橘は男の運転するバイクを追っていた。男は竜崎を尾行していたが、ギリギリ視認できるほどの車間距離を保ち、さらに車線を細かく変えて、常に竜崎からは他の車で死角になって見えないような位置取りをしていた。

明らかにプロの動き。あいつは何者だ。なぜ竜崎の後を追っているんだ？

フルフェイス・ヘルメットの男を尾行している間、橘はずっと自問し続けた。

竜崎大河は公安が警戒するような危険人物だ。しかし、バイクで長野から東京まで尾行するなど、公安警察の手口ではない。

他の国の諜報員《ちょうほういん》か何かだろうか。確かに日本はスパイ天国と揶揄《やゆ》されるほど多くの外国諜報員が跋扈《ばっこ》している。しかし、竜崎大河は裏の世界の人間ではあるが、しょせんは医者でしかない。やつができることは患者を治すことだけだ。そんな人物をわざわざ、外国諜報員がここまでしてマークするとも考えにくかった。

あの男の正体が分かるまで、不用意な動きはできない。そう判断した橘は、竜崎を追うよりもまずフルフェイス・ヘルメットの男を監視していた。

橘は腕時計を確認する。フルフェイス・ヘルメットの男が星嶺医大附属病院の敷地を眺め続けてから、既に二十分近く経っている。その間、彼はほとんど置物のように微動だにしなかった。

「何を待っているんだ……」

橘がそうつぶやいたとき、唐突に男はフルフェイス・ヘルメットを取った。街灯の光に夜風になびく金髪が浮かび上がる。

外国人？　やっぱり外国の諜報員か？

橘が鼻の付け根にしわを寄せると、男はバイクを降り、ヘルメットをサドルに無造作に置くと、バイクの側面にとりつけられていたケースを手にとって、小走りに星嶺医大附属病院の敷地へと入っていった。

何をするつもりだ？　橘は扉を開けて車の外に出ると、男の後を追って走り出す。敷地に入った橘は左右を見回す。そこはゆうに十台は止められるであろう広々とした駐車場になっていた。おそらくは職員用の駐車場なのだろう。十数台の車が止まっている。その中に竜崎が乗っていた黒いミニもあった。

橘は軽く目を凝らして駐車場を見回す。しかし、男の姿は見えなかった。

「どこに消えやがった？」

病院に入ったのだろうか。しかし、病院の夜間出入り口は警備員がいるはずだ。外国人で、しかもライダースーツを着て大きな荷物を持っている男など、目立って仕方ないはずだ。あの男が隠密《おんみつ》行動を旨とする諜報員だとしたら、そんな行動を取るとは思えない。

なら奴はどこに？　思考を巡らしている橘の耳に、小さな呻《うめ》き声のようなものが聞こえてきた。

橘は耳をすましながら、その声が聞こえてくる方向へと向かう。

駐車場の端に止まっている大型のバンに近づいた橘は、車の陰に人が倒れていることに気付く。

あの外国人か？　警戒しつつ人影に近づいた橘の口から、「何だこりゃ？」という言葉がもれた。予想に反してそこに倒れているのは日本人らしき男だった。腹の出た中年男がトランクス一枚で転がり、小さな呻き声を出している。

戸惑いながら男を見下ろしていた橘は、そばにライダースーツが無造作に脱ぎ捨てられているのに気づき目を剝く。

「おい、何が起こったんだ⁉」

跪《ひざまず》いて頰を叩くと、男は焦点の定まらない目を橘に向けた。

「急に襲われた……。外国人の男に……」

「お前、服はどうしたんだ⁉　お前は何でこの病院の駐車場にいた⁉」

「服はあの男に奪われた……。私はこの病院の警備員だ……」

8

ようやくだ。ようやくこれで借りを返せる。

バッグから取り出したライフル銃の部品を組み立てながら、男は胸の中でつぶやいた。

星嶺医大附属病院本院の備品倉庫。十数分前に巡回中の警備員を襲い、締め落として鎮静剤を打ったあと、制服を奪ってそれを着た男は、誰に見咎《みとが》められることもなく院内へと入ると、この部屋へと侵入していた。

この病院が仕事の舞台となることは想定していた。そのため、見取り図を前もって用意し、この部屋が最も仕事に適していると判断していた。

男はゆっくりと顔を上げて窓の外を見る。職員用の駐車場を挟んで二十メートルほど先に、五階建ての建物が見えた。

調べによると、三年前に命を落とした伝説的な外科医である火神郁男が、私財をはたいて建てたビルだということだ。そこには、この星嶺医大附属病院の象徴とも言える『統合外科』という診療科の全ての機能が集まっているということだった。

そして、あの男……、サーペントも三年前までその統合外科に所属し、メスを振るっていた。

三十分ほど前、軽井沢から尾行してきたサーペントがその統合外科のビルへと入るのを確認した男は、仕事場として前もって調べていたこの備品倉庫へと忍び込み、仕事の準備を整えていた。

ライフルを組み立てる手を止めることなく、男は二十メートル先にあるビルの窓を凝視する。

その一室にいる男の精悍《せいかん》な横顔を見た瞬間、一年ほど前の記憶が蘇ってくる。

イランの東部を支配していたイスラム原理主義テロリストの指導者を暗殺するという依頼を受け、その独裁者の宮殿へと忍び込んだ。

独裁者が心臓の冠動脈バイパス手術を受けている途中、医療スタッフと入れ替わり、医療ミスに見せかけて暗殺する予定だった。

しかし、第一助手の男に入れ替わりが気づかれ、仕方なくプランBとして用意していた強行手段へと移行し、隠し持っていた拳銃で独裁者を射殺しようとした。

だが結局、計画は一人の男のせいで失敗した。独裁者の執刀をしていたサーペントと呼ばれる裏の世界の外科医。その男が放ったメスが右腕に突き刺さり、拳銃を落とし、護衛の兵士に拘束されてしまった。

暗殺の失敗は死を意味する。特にイスラム原理主義テロリストに拘束されれば、死ぬまで拷問を受け、持っている情報を全て絞り取られるに決まっていた。

だからこそ男は奥歯に仕込んでいた毒薬のカプセルを嚙み砕いて、自らの命にピリオドを打とうとした。

しかしその前に、サーペントが信じられないことに、暗殺者である自分を、殺したり、拷問したりしないよう独裁者と交渉しだしたのだ。

独裁者の暗殺のため、必要なら医療スタッフの命も奪うつもりだった。それが暗殺者としての仕事だと割り切っていた。にもかかわらず、そんな自分を救おうとしているサーペントの意図が読み取れず、ただただ混乱し、毒を呷《あお》ることも忘れていた。

サーペントは巧みに独裁者を言いくるめ、そして命を奪ったり拷問をしないという約束を取り付けた。

プロとしての仕事を邪魔した男に命を助けられる。そのことに、心が腐り落ちそうなほどの屈辱を覚えた。しかし、その場で毒を飲まなかったのは、仕事を全うできる可能性がわずかながら残ったからだった。

拘束されているだけなら、いつか隙をつき脱出することも可能かもしれない。そうすれば再び独裁者を暗殺するチャンスが巡ってくるかもしれない。

そう思い、男はひたすら拘束生活に耐えた。

イスラム原理主義者としてアッラーに誓った約束を違《たが》えることはできなかったのか、男が殺されたり、拷問を受けたりすることはなかった。しかし、監禁された施設は狭く不衛生であり、また空調設備も全くないので、昼はサウナのように暑く、夜は冷蔵庫の中に閉じ込められているかのように骨の髄まで凍りつくような寒さだった。食事も家畜の餌のような、豆を煮込んだだけの粗末なものが一日二回与えられるだけだった。

そのような劣悪な環境で自らの命が削られていくのを感じながら、男は繰り返し自問をした。

なぜこんなことになったのか……？　その度に頭に浮かぶのは静かに自分を見下ろすサーペントの姿だった。

すべてあの男のせいだ。あの男さえいなければ、自分は今頃ベガスのホテルでシャンパンでも飲みつつ夜景を眺めていたはずだ。

消えそうになる命の灯火《ともしび》をサーペントへの憎悪でつなぎ止めていた男に、四ヶ月前大きな転機が訪れた。

米国の海兵隊がイランへと侵入し、独裁者とその側近たちの暗殺に成功したのだった。

ボスを失ったことでパニック状態になったテロリストたちは、拘束施設を放棄し、男はやってきた海兵隊員によって地獄から解放されることになった。

秘密裏に米国へと帰還し、医療施設で治療を受けている間も、退院後、ホームタウンであるベガスへと戻り、心身の傷を癒やしている間も、ずっと頭からサーペントのことが離れなかった。

あの男になんとか借りを返したい。かつてに近い状態にまで体力が回復していくにつれ、その思いはじわじわと強くなっていった。

そんなとき、エージェントから依頼が来た。とてつもなく大きな組織が、サーペントと呼ばれる裏の世界の外科医の暗殺を検討していると。

提示された通常の数倍の報酬から、依頼主がサーペントに対して強い危機感を持っていることがうかがわれた。

しかし、報酬など男には関係なかった。ずっと想い続けていた相手。その暗殺依頼が自分に舞い込んだのは運命に違いない。だから、男は胸の中でつぶやいた。

サーペントは俺の獲物だ、と。

二週間ほど前、依頼主から渡された偽のパスポートと書類で日本に入国してから、ずっとサーペントを追跡してきた。

昨夜、サーペントと連れの女がおかしな男たちに襲われたときも、必要な対処を行った。

そしてつい数時間前、エージェントから連絡が入った。

依頼主から正式に暗殺に対してゴーサインが出た。できる限り速やかにサーペントと、やつと行動を共にしている桜庭澪を暗殺しろと。

男は離れた位置に立つビルの窓を再び凝視する。

そこにはサーペントと桜庭澪の他に、野暮ったいメガネをかけた女がいた。

男は口をすぼめ深呼吸を繰り返す。そうやって興奮を息に溶かして吐き出していないと、心の熱が上がりすぎて手が震えだしてしまいそうだった。

狙撃に興奮は禁物だ。わずかな力みが狙いを狂わせ、標的から銃弾を外してしまう。

トリガーを引く時は植物のような心でいなければならない。

十数秒をかけて心の温度を下げた男は、ゆっくりとアサルトライフルを持ち上げると、そのスコープを覗き込んだ。

視界にサーペントの顔が大きく映し出される。一年前の屈辱的な記憶が脳裏によみがえり、男が奥歯を噛みしめたとき、背後から扉が開く音が聞こえてきた。

男はアサルトライフルを構えたまま勢いよく振り返る。そこに立っていた人物の姿を見て、男は小さく舌を鳴らした。

依頼主から渡された情報の中に、この男のことも詳しく記されていた。

橘。自分と同じようにサーペントを追い続けているこの国の刑事。

この刑事の存在がずっと邪魔だった。自分が仕事をしようとするとき、この刑事は障害になる。そんな予感を覚えていた。

可能なら前もって足でも撃って行動不能にしておきたいところだったが、拳銃すらもほとんど存在しない異様に平和な国で、刑事が狙撃されたとなれば大騒ぎになると、エージェントに強く止められていた。

軽井沢からこの男にずっと尾《つ》けられていたことには気づいていた。だからこそ、警備員の服を奪ってこの備品倉庫にやってくる際は、可能な限り素早く動いて捲《ま》いたはずだった。

なのに、ここまで追ってくるとは……。

「You're the assassin who's after Ryuzaki?（お前、竜崎を狙っている殺し屋か？）」

「So what?（だったらどうする）」

男は静かに答える。

「Ryuzaki is my prey. Don't get in my way.（竜崎は俺の獲物だ。邪魔をするな）」

橘が両手を胸の前に掲げて構えるのを見て、男は思い出す。この国の刑事は、特別な許可があるとき以外は拳銃すらも携帯していないということを。

なんて腑《ふぬ》抜けた国だ……。それとも、常に身近に銃がある世界で生きてきた俺の方がおかしいのか……。

そんなことを考えながら、男はアサルトライフルを床へと置く。素手の相手にライフルを使うなど、プロとしてのプライドが許さない。それにこの距離では銃身の長いライフルは逆に小回りがきかず、邪魔になる可能性の方が高かった。

男は胸の前で拳を上げる。

「ボクシングか……」

橘がつぶやく。次の瞬間、男は一気に間合いを詰めると、橘の鼻先に向けて左ジャブを放つ。橘は向かってきた拳を慌てて左手で叩き落とした。その対応は、男が予想した通りのものだった。がら空きになった橘の顔面を、男の右フックが襲う。ほぼ同時に飛んできた二の矢に、橘はほとんど反応できなかった。男の拳が橘のあご先をかすめるように捉《とら》える。首を支点に橘の頭部が勢いよく振られ、脳がシェイクされる。

「あ……」

言葉にならない声を口から漏らしながら、橘は男にもたれかかるように倒れてきた。完全に脳震盪を起こしている。あとは、警備員に使ったのと同じように鎮静剤を打てば完全に無力化できるだろう。

男がそう思った瞬間、力なくしなだれかかっていた橘の右手が、男が着ている警備員の制服の襟をがしりとつかんだ。

気を抜いていた男の体がビクリと震える。橘は勢いよく顔を上げると、にやりと不敵な笑みを浮かべた。

「奥襟……、取ったぞ……」

焦点の定まらない橘の瞳に、自分の引きつった顔が映っているのを見た瞬間、重力が消えた。

視界が勢いよく回転し、天井が見えて、ようやく男は自分が柔道の払い腰で吹き飛ばされていることに気付く。

背中に激しい衝撃が走った。肺から強制的に空気が押し出され、大きく咳《せ》き込んだ男の体に、橘が馬乗りになってくる。

「ボクサーなんてな、倒しちまえばどうとでもなるんだよ」

橘は腕を交差させると、男の襟を掴み、思いっきり締め上げてくる。頸《けい》動脈が圧迫され、脳への血流が遮断されて視界が白く濁っていくのを感じながら、男はジャケットのポケットに手を入れる。

もはやすぐそこにあるはずの橘の顔も、はっきりと見えない。

男は歯を食いしばると、ポケットから取り出したものを目の前へと突き出し、指に力を込めた。

「ぎゃっ！」という獣じみた悲鳴が響き、頸部にかかっていた圧力が解除される。首元を押さえて激しく咳き込みながら、男はゆっくりと上体を起こす。奥の壁に体を預けた橘が、体を細かく痙攣《けいれん》させていた。

「Never thought I'd have to use this.（まさか、これを使うはめになるなんてな）」

男は手にしていた小型のテーザーガンを放り捨てる。

尖《とが》った電極を銃のように発射し、スタンガンのように強力な電撃を離れた位置にいる相手に流すことができる非殺傷性の武器。万が一の時のためにと準備していたものが、こんな時に役に立つと思わなかった。

ゆっくりと立ち上がった男は、橘を観察する。壁に体重をかけながらこちらに鋭い眼差しを向けている様子を見ると、かろうじてまだ意識はあるようだが、パンチによる脳震盪と全身を走った強い電撃により、当分は動くことはできないだろう。

少なくとも俺の仕事の邪魔はできない。

大きく息をつき、締め技により乱れた襟を整えると、男は床に置いてあるアサルトライフルを持ち上げ、窓枠に固定して構える。

さて、仕事の時間だ。

「やめろ……」

橘が弱々しく言うが、極限まで集中力を高めている男の耳にはその言葉が届かなかった。

男は呼吸を止めると、引き金を絞る。

銃声が部屋の埃《ほこり》っぽい空気を激しく揺らした。

9

「なんだ、これは……」

目を見開いて電子カルテのディスプレイを見つめながら、大河がかすれ声で呟く。

「本当にこれが、昨日手術した患者のＣＴなのか？」

「間違いありません」

澪が重々しく答えると、大河は「なんてことだ……」と片手で目元を覆った。

「オームス手術で使った新火神細胞が、シムネスの腫瘍を取り込むことで癌化して、急速進行性シムネスを発症したんだ」

アシスタントである萌香に促されて連絡を取った大河は、軽井沢から車を飛ばし、わずか三時間ほどでこの星嶺医大附属病院にやってきてくれた。

駐車場に止めた車から降りるなり「詳しい状況を説明しろ」と鋭く言った大河を、澪は、この統合外科の医局に設置されているオームス研究スタッフ用の休憩室へと連れてきて、つい数時間前に撮影した友理奈の全身ＣＴの画像を見せていた。

「あ、あの……」

それまで黙っていた萌香が青い顔で口を開く。

「新火神細胞が原因ってどういうことですか？　一体何が起こっているんですか？」

「シムネスの正体は火神細胞が全身の臓器で癌化したものだ。そしてバイオコンピューターを内蔵された新火神細胞が癌化した場合、プログラミングされている自己防衛機能が強く働き、従来のものよりはるかに悪性度の高いシムネス、急速進行性シムネスが発症する」

「ちょ、ちょっと待ってください！」

澪は慌てて大河を止める。

「なにも、萌香ちゃんにそんなことまで伝えなくても……」

「彼女はお前のオームスオペレーターとしてのアシスタント、つまりは、パナシアルケミの社員だろう。自分の会社の不祥事について知っておいた方がいい。どうせ、これから世間に公表する予定なんだからな」

「でも、下手にそのことを知っていたら、萌香ちゃんにも危険が及ぶかもしれないじゃないですか。私たちが撃たれたみたいに」

「撃たれた⁉　撃たれたってどういうことですか。澪先生たち、何に巻き込まれているんですか？」

甲高い声を上げる萌香を無視して、大河は「俺はこれから現地で欧米のジャーナリストたちに会うつもりだ」と、澪に告げた。

「本物のジャーナリストなら、どんな権力にも屈することなく命がけで巨悪を暴く。奴らはきっとパナシアルケミが隠蔽し続けている真実にたどり着くはずだ。そのためにも、できるだけ早く俺は日本から離れる。暗殺される前にな」

「暗殺⁉　まさかパナシアルケミがお二人を暗殺するっていうんですか⁉」

萌香がメガネの奥の目を剝いた。

「パナシアルケミは年間の売り上げが二百億ドルを超え、世界中に支社を持つ超巨大企業だ。そしてそのビジネスの中心となっているのが火神細胞であり、そしてこれからの中心としようとしているのが新火神細胞を使用したオームスだ。それらの致命的な副作用を隠蔽するためならどんなことだってするさ。実際にすでに暗殺者に狙われているし」

「いったい暗殺者ってどんなやつなんですか⁉　今のことを知っちゃったら、私も狙われたりするんじゃないですか⁉」

萌香は声が裏返る。

「安心しろ。ジャーナリストの中にはしっかりと取材をして重厚な記事を書くものだけではなく、眉唾《まゆつば》物のスキャンダルを取り扱う奴らもいる。そいつらはすぐに今の情報をネット上にばらまくだろう。二、三週間もすれば、確証はなくてもパナシアルケミの闇についての情報が、多くの人々に知れ渡るようになる。秘密を知っている俺たちを狙う意味もなくなるさ」

「でも、そんなことしたらパナシアルケミが……」

「ああ、窮地に陥るだろうな。場合によっては破綻するかもしれない」

大河の答えを聞いて、萌香の口から声にならない悲鳴が上がる。

「そんなことになったら、オームスだけじゃなく、火神細胞による万能免疫細胞療法も使えなくなるじゃないですか？　あれはもはやがん治療になくてはならないものになっているんですよ！」

「パナシアルケミが破綻しようが、火神細胞の製造権は世界中の製薬会社が喉から手が出るほど欲しているものだ。一時的に混乱があっても、火神細胞が医療現場から消えることはない。ごくまれにシムネスが生じるという副作用をしっかりと患者に伝えた上で、今後もがん治療に使用されていくだろう。消えるのはパナシアルケミだけだ」

「パナシアルケミが消える……」

萌香は呆然とつぶやく。

「早いうちに転職活動をすることを勧める。会社が破綻したら退職金も出ないだろうからな」

「そんな……」

口を半開きにしたまま固まってしまった萌香から澪へと、大河は視線を移した。

「で、お前はどうして俺を呼んだんだ？」

「それは……、友理奈ちゃんを治す方法がないかと思って……」

「ここまで腫瘍が全身の臓器で急速に増大しているんだ。もはや打つ手はない」

突き放すように大河は言う。

「でも、めぼしい大きな腫瘍を切除すれば延命効果が……」

「ない」

澪のセリフを、大河は一言で遮った。

「これは間違いなく急速進行性シムネスだ。三年前の火神教授の手術を忘れたのか。もし腫瘍を摘出したら、それを危機と捉えて新火神細胞に組み込まれている自己防衛プログラムが発動し、全身を循環している癌化した新火神細胞が一ヶ所に集まって急速に腫瘍が増大するはずだ。間違いなく術中死が起こる」

「術中死……」

外科医にとって忌むべきその単語を聞いた瞬間、澪は部屋の温度が下がったような気がした。

「そうだ。患者は家族に見守られることもなく、手術室でその命を落とすんだ。そして最期の時に立ち会うこともできなかった遺族は悲しみにくれ、行き場のない怒りを執刀医へと向ける。火神玲香がそうであったようにな」

この三年間、大河に対する激しい玲香の怒りをそばで目の当たりにしてきた澪は、唇を噛んだ。

「この患者はいま鎮静をかけられ、人工呼吸管理になっているんだろう。つまり意識がなく、痛みや苦痛を感じていないということだ。このまま看取るのが最善の手段だ」

「でも私は友理奈ちゃんを助けたいんです。目の前にいる患者さんを救うために全力を尽くしたいんです。大河先生だって、ずっとそうしてきたじゃないですか」

「自惚《うぬぼ》れるな。医者は神じゃないぞ」

平板な口調で発せられた大河のセリフが、やけに強く澪の心に響いた。

「俺たちはあくまで患者が治る手伝いをするだけだ。オームスという最新の治療法を手に入れたことで、自分がどんな患者でも助けられるような錯覚に陥っているかもしれないが、それは大きな間違いだ。俺たちには限界がある。それをしっかり理解しなければ、患者を救うどころか、逆に苦しめることになりかねない」

一分の隙もない正論に、澪はただ黙りこむしかできなかった。

「急速進行性シムネスは治療不可能だ。家族と一緒に看取る。それこそが正しい選択だ」

「……急速進行性シムネスの恐ろしさは、三年前に火神教授の手術に立ち会った私もよく知っています。けど、それでも奇跡を願って挑んでみたい。友理奈ちゃんに未来を届けてあげたいんです。私、一つだけ奇跡を起こせる可能性に気づいたんです」

大河を待っている間、ずっと友理奈を救う方法を考え続けていた。そして、大河が到着する直前、あるアイデアが浮かんでいた。

それを説明しようと前のめりになるが、大河は痛みに耐えるような表情で掌を突き出して、それを遮った。

「なにをしようが、急速進行性シムネスは治療できない。手術をしても無駄だ」

「無駄かどうかなんて、やってみないと分からないじゃないですか！」

澪は力強く言う。

「どんなに難しい状況でも諦めることなく、全身全霊で手術をして患者さんを救う。私はそんな大河先生の姿を見て学んできました。だから私は諦めたくない」

澪は大河の瞳を見つめる。大河は口を開くことなく、その眼差しを正面から受け止め続けた。言葉を発することなく、二人は視線を合わせ続ける。時計の針が時を刻む音が、やけに大きく澪には聞こえた。

どれだけ時間が経ったのだろう。数十秒か、それとも数分か、部屋に降りていた沈黙は唐突に、大きな拍手の音で破られた。

驚いてそちらに視線を向けると、萌香が大仰な仕草で両手を鳴らしていた。

「いやー、澪先生かっこいいですね。なんか映画に出てくるヒーローみたいですよ」

萌香は小馬鹿にするような口調で言う。

「萌香……ちゃん？」

普段とは違うアシスタントの態度に澪が戸惑っていると、萌香はトレードマークのメガネを外し、それを床に落とした。

無造作にメガネを踏み砕く萌香を、澪は呆然と見つめる。

「けれど澪先生、残念だけど、手術はできないよ」

萌香はスーツの懐に手を忍ばせる。突然、大河が唇を歪め、萌香に向かって飛びかかろうとするかのように重心を落とした。しかし、萌香の方が一瞬早かった。懐から素早く手を抜いた萌香は、「動くな！」と大河を一喝する。

床を蹴る寸前だった大河は小さく舌を鳴らして、動きを止める。

「さすがはサーペント、裏の世界の人間だけあっていい判断ね。もし避けようとしたりしたら、後ろに立っている澪先生に弾が当たっただろうし」

「……お前がヒットマンか」

大河がにくにくしげに呟くのを聞いて、澪の口から「は？」という呆けた声が漏れる。

「何言っているんですか、大河先生。萌香ちゃんは私のアシスタントです。この三年間ずっと一緒にいたんです」

「確かに、三年間一緒にいたんだろうな。ただ、それはお前のアシスタントとしてではない。お前をずっと監視し、そして、いざという時はお前の命をいつでも奪えるように準備していたんだ。パナシアルケミの依頼でな。そうだろう？」

水を向けられた萌香は、小さな忍び笑いを漏らす。

「本当にあなたはよくわかっている。よっぽど裏の世界にどっぷり漬かっているのね」

「そんなわけない……。萌香ちゃん……」

澪が小さく首を横に振ると、萌香は大河に拳銃の銃口を向けたまま忌々しげに鼻を鳴らした。

「本当にお人好《ひとよ》しね、澪先生。火神教授に姉を殺されたあなたが、オームスのテストオペレーターになる。そんなのをパナシアルケミが警戒しないわけないでしょ」

「じゃあなんで、私をオームスのテストオペレーターとして認めたの⁉　そんなのおかしいじゃない！」

澪は叫ぶ。三年間、辛いときも楽しいときも、ずっとそばで支えてくれてきた信頼すべき友人。それがスパイだったという事実に心が拒絶反応を示していた。

「あなた以外にオームスを操作できる人を見つけられなかったんだから、パナシアルケミに選択肢なんかなかったんですよ。オームスを実用化しないと早かれ遅かれパナシアルケミはじり貧なんだから」

「じり貧って、世界最大規模のメガファーマが何を言ってるの⁉　オームスがなくたって、ずっとやっていけるでしょ！」

澪が両手で頭を抱えていると、萌香の代わりに大河が「そんなことはない」とつぶやいた。

「パナシアルケミは世界的な製薬会社だが、その主力商品の大部分は万能免疫細胞療法に使用する火神細胞と、それを補助する医薬品だ。しかし、それらの特許は間もなく切れ始める。そうなれば多くの製薬会社がジェネリック医薬品の販売を始め、パナシアルケミの収益は大きく減少するだろう。そのために何が何でもオームスを実用化させ、新火神細胞とオームスのオペレーティングシステムを新しい主力製品にして、世界中で販売しなければならないんだ」

「その通りよ、サーペント。全く澪先生は本当に察しが悪いんだから。三年間、あなたの相手をしているのは本当に疲れましたよ。でも今日でおしまい」

芝居じみた仕草で、萌香は肩をすくめた。

「嘘よ！」

澪は刃《やいば》で刺されたように心臓が痛む胸元を押さえながら叫ぶ。

「嘘じゃない。私の任務はアシスタントを装ってあなたをそばで監視し、あなたがどこまで火神細胞とシムネスの秘密について気づいているのか、随時報告すること。そして、場合によってはあなたの命を奪うこと」

「あなたが本当にパナシアルケミのスパイなら、どうして今朝、本社に忍び込む時止めなかったの⁉　それどころか、大河先生に社員証を取られても、そんなに抵抗しなかったじゃない‼」

「言ったじゃないですか、あなたの相手をするのは疲れるって。だから、わざと新火神細胞と新しいシムネスの情報を、あなたたちが手に入れられるようにしたの。それを報告すれば、パナシアルケミはあなたたちを始末せざるを得なくなる。あなたたちを殺して、私は多額の報酬を得て、このうんざりするような仕事からおさらばすることができる」

蔑《さげす》むような笑みが萌香の顔に浮かんだ。

「澪先生、私はね、ずっと裏の世界ではいずり回って生きてきたんですよ。ちょっと気を抜けば、すぐに誰かに裏切られて命を落とす、そんな汚い世界でね。そんな私にとって、あなたは本当にうざかった。何の疑いもなく私を受け入れて、なついてきて。姉が殺された理由を探るために、オームスのテストオペレーターを受け入れたんでしょう？　それなのに事あるごとに『オームスを実現させてたくさんの人を救いたい』とか、『そのためならどれだけでも頑張れる』とか、ちょっと酔うと、いつも夢みたいなことばっかり私に語って。あなたみたいな前向きバカ、私は一番嫌いなのよ！」

萌香の表情が歪み、拳銃を持つその手が細かく震え始める。

「……なんだ、お前は桜庭のことが羨《うらや》ましかったのか」

大河がぼそりと呟く。その瞬間、萌香の頰にサッと赤みがさした。

「羨ましい⁉ 何ふざけたこと言っているのよ‼」

「ふざけてなんかいないさ。お前は桜庭が羨ましかったんだ。姉を殺され、そして裏の世界に片足を突っ込んだにもかかわらず、その闇に飲み込まれることなく前向きでいられ続ける桜庭が眩しかったんだ。自分もそんな風になりたい、けれどなれるわけがない、そんな思いがお前をイラつかせていたんじゃないか？」

そこで言葉を切った大河は、目を細める。

「こいつと一緒にいるとどんどん感化されちまうんだよな。屈託のない陽性の性格に引かれて、自分が変えられていくような感覚にとらわれるんだ。三年前、俺もそうだったからわかるよ」

「うるさい！　黙れ！　それ以上喋るな‼」

萌香の金切り声が壁に反響する。そのとき、大河が小声で囁いてきた。

「俺が動いたら、その場にしゃがみ込め。そのあとは這《は》ってでもすぐにこの部屋から出るんだ。分かったな」

大河が何をするつもりか気づき、澪は息を吞む。萌香を動揺させ、その隙をついて飛びかかるつもりなのだろう。しかし、萌香まではかなり距離があるし、相手は銃を持った暗殺者だ。無事で済むとは思えない。

「だめです、大河先生。そんなの……」

声を押し殺しながら、澪は必死に大河を止めようとする。

「それ以外、方法はないんだ。いいから言われた通りにしろ。大丈夫、この三年間、俺は何度もこんな修羅場をくぐり抜けてきた。なんとかなるさ」

ニヒルに唇の片端を上げると、大河は萌香に向き直った。

「何をごちゃごちゃ二人で喋っているんだ。言い残したいことでも……」

萌香ががなり立てるようにそこまで言ったとき、何の前触れもなく大河が床を蹴った。澪はその場にしゃがみこんで頭を抱える。

耳に痛みを感じるほどの破裂音が続けざまに鼓膜を震わせる。

そして……、何も聞こえなくなった。

大河先生、大河先生は無事なんだろうか？　恐怖を必死に押し殺しながら、這いつくばったまま澪は顔を上げる。目に飛び込んできた光景を見て、心臓が大きく跳ねた。大河が左腕を押さえていた。その指の隙間から血がしたたり落ちている。

「大河先生！」

反射的に立ち上がった澪は、ポケットからハンカチを取り出すと大河の腕に当てる。痛みが走ったのか、大河は小さくうめき声を漏らした。

「さっさと逃げろって言っただろ。大丈夫、かすっただけだ。俺よりも、いま治療すべきはあっちだな……」

あごをしゃくる大河の口調からは、さっきまでの緊迫感が完全に消えていた。

「あっち？」

視線を動かした澪は目を疑う。萌香がうずくまって、苦痛の声を上げていた。その右手首から先がなくなっていることに気づき、澪は小さな悲鳴をあげる。

萌香の周りには金属の部品が散乱していた。それがさっきまで萌香が構えていた拳銃の残骸《ざんがい》だと気づき、混乱がさらに強くなる。

「これ……、大河先生がやったんですか？」

「いや、俺じゃない。あいつだよ」

大河は腕を押さえていた手を離すと、窓の外を指さす。そちらに視線を向けると、向かいのビルに無骨なライフル銃を構えた白人男性の姿が見えた。なぜかその後ろには壁によりかかるようにして橘が立っている。

「あの人……誰なんですか？　大河先生の知り合いですか？」

かすれ声で澪が訊ねると、大河は目を細める。

「ああ、ちょっとした知り合いだ。借りを返しに来たみたいだな。命を救った借りを……」

大河は澪へと視線を戻す。

「ここのことは任せろ。お前は自分がやるべきことをやりに行け」

「やるべきこと？」

「奇跡を起こして助けたいんだろ、急速進行性シムネスの少女を」

「……大河先生は力を貸してくれないんですか？」

懇願にも近い澪の言葉に、大河は悲しそうに微笑むだけだった。

「分かりました。無理を言ってすみませんでした」

澪は頭を下げると胸を張って出入り口へと向かう。

「頑張れよ」

大河の声が背中を押してくれる気がした。

10

マスクと保護キャップを付け、専用のスリッパに履き替えると、澪は自動ドアを開きＩＣＵへと入っていく。

友理奈のベッドのそばで、玲香が力なくうつむいて佇《たたず》んでいた。

わざとスリッパの足音を鳴らしながら近づいていくと、玲香はゆっくりと顔を上げた。その目は虚《うつ》ろで落ちくぼんでいて、この数時間で十歳以上も老けたように澪の目には映った。

それも当然だろう。どんなことをしても救おうとした少女が、自分の決断のせいで、今夜にでも命を落とそうとしている。さらにこの三年間全てを注ぎ込んで開発してきたオームスの実用化は夢と消えたのだから。

「澪……？」弱々しく玲香はつぶやく。

「友理奈ちゃんのご家族はいないんですか？」

「さっきお母様に病状を説明したら、泣き叫んでパニック状態になったの。いまは鎮静剤を投与して違う部屋で休んでもらっている。お父様はそちらについている」

「そうですか……。友理奈ちゃんの病状は？」

「どんどん悪くなっている。さっきもう一回レントゲンを撮ったら、肺の腫瘍がこの三時間で倍ぐらいになっていた。このままだと朝までもたない。でもどうすることもできない」

自らの両肩を抱く玲香に、澪は「玲香さん」と柔らかい声で呼びかけた。

「ご家族に手術の許可は取れますか？」

「手術ってまさかオームス手術のこと？」玲香の切れ長の瞳が大きく見開かれる。

「はい、そうです」

「でも、さっきあなたオームス手術はもう二度とやらないって」

「そのつもりだった。ううん、いまだって本当はもう使いたくない。けれど、友理奈ちゃんを助けられる可能性があるのはオームスだけです」

「けれど、あなたの仮説なら急速進行性シムネスの腫瘍は新火神細胞で貪食しようとしても、逆に取り込まれるって……」

「貪食しようとしたら多分そうなります。ただ他の方法で腫瘍を攻撃できるかもしれない」

「他の方法？」玲香の眉間にしわがよる。

「新火神細胞には、出血を止めるために高熱を発して組織を凝固させるプログラムが組み込まれている。それを使うんです」

「腫瘍を体の内部から焼却するということ？　けれど貪食と違って、焼却の場合、新火神細胞自体も破壊されるから効率が悪くなる。それに、あくまで焼却作用は止血用で、大量にある腫瘍を全部焼却するなんていうマニュアルにない使い方をしたら、オペレーターであるあなたへの負担はとてつもなく大きくなるはず。奇跡でも起こらない限り、その方法で腫瘍を全部消すのは無理よ」

「でもやらなければ奇跡は起こらないでしょ」

澪は微笑むと右手を差し出した。

「オームス開発の責任者はあなた。あなたがやると言うなら、私はテストオペレーターとして全力を尽くす。だから決断して。賭《か》けに乗るのか」

玲香は差し出された手をじっと見つめる。表情筋が弛緩《しかん》していたその顔に、強い決意が浮かんでいった。

「私たちで、友理奈ちゃんの未来を紡ぎましょう！」

玲香は力強く澪の手を握りしめた。


「また猿田先生か……」

澪が小声でつぶやくと、手術着姿の猿田が「またとはなんだ、またとは！」と大股で近づいてきた。

「あ、ごめんなさい。別に猿田先生に不満があるというわけじゃなくて、単にバックアップ外科医が猿田先生だと頼りないというか何というか」

「完全に不満タラタラじゃないか」

猿田はあご周りに脂肪がついた顔をしかめる。

「そもそもな、こんな夜にオームス手術の準備ができたのは、俺のおかげだぞ。麻酔科とか手術部とか頭を下げまくって、超特急で準備してもらったんだ。少しは感謝しろよな」

「それについては、本当に感謝してます」

澪は首をすくめるようにして礼を言う。友理奈に対して再度オームス手術を行うと決めてからまだ三十分ほどしか経っていない。にもかかわらず、すでに手術の準備はほぼ整っていた。

当直の麻酔科が、手術台に横たわる友理奈の全身管理を行いつつ、いつでもオームス手術を開始できるように、新火神細胞を点滴で投与している。

昨日行ったオームス手術の時とは違い、友理奈の病状がかなり悪化している。不測の事態が起きたときのために、一般的な外科手術の執刀や、緊急蘇生《そせい》措置などを行えるよう、夜勤のオペナースたちが必要な器具の準備を進めていた。

すでに当直帯に入っている時間に、これほどスムーズにオームス手術の準備ができたのは、間違いなく猿田が統合外科医局長としての調整能力をフルに発揮してくれたからだろう。

「猿田先生って本当に実務能力は高いですよね。外科医としての腕も、最近上がってきているし」

「お前……めっちゃ上から目線だな……」

大きなため息をつくと、猿田は表情を引き締める。

「けれど本気で友理奈ちゃんにオームス手術をするつもりか？　それであのわけのわからない速度で増殖している腫瘍をどうにかできるのか？」

「分かりません」

「分かりませんって、お前……」

「けれど、このまま腫瘍が増殖していったら、友理奈ちゃんは今夜中に命を落とします。それに一般的な外科手術では、この腫瘍の成長スピードに対抗できません。唯一、友理奈ちゃんの命を救える可能性があるのが、もう一度オームス手術をすることなんです」

「そうかもしれないけど、俺はもう正直オームスを信用してない。あのわけのわからない腫瘍が生じたのも、昨日のオームス手術が原因なんじゃないかって思っている。きっと新火神細胞が何かシムネスにおかしな作用を起こしたんだ。まあ、これはあくまで俺の医者としての勘でしかないけどな」

「悪くない勘だと思いますよ。猿田先生本当に医者として成長しましたね」

「だから何で十歳以上年下のお前が、上から目線なんだよ」

澪にツッコミを入れた猿田は、「それより……」とつぶやく。

「玲香先生、大丈夫か？　本当に一人でオームスのオペレーティングシステムを準備するって……。あれ、いつもパナシアルケミの技術者たちが数人がかりでやっていたものだろ」

このオームス用の特別手術室の奥に並んでいるスーパーコンピューターの前で、せわしなく起動準備を始めている玲香に、猿田が視線を向ける。

「大丈夫です。玲香さんは、この三年間オームスに全てをかけてきました。世界の誰よりオームスプログラムに詳しい人です」

「けれど、なんで一人でシステムの立ち上げをしているんだ？　いつもみたいにパナシアルケミから技術者呼べばもっと楽にできるだろう」

「それは……」

澪が言葉に詰まると、猿田はすっと目を細めた。

「……この手術、パナシアルケミには伝えずに行うつもりだな」

澪はどう答えるべきか迷う。猿田は統合外科とパナシアルケミとの交渉を行ってきた人物だ。オームスの治験に全面的に協力をする対価として、高額の研究資金の寄付をパナシアルケミから引っ張ってきた手腕により、統合外科の医局長としての地位を確立してきた。

「そう、警戒すんなって」

猿田はふっと相好を崩すと、澪の肩をポンと叩いた。

「俺も医者だ。金と患者の命、どっちの方が大切かくらい分かっている。それにあいつら、我が物顔でうちの病院に出入りするし、色々な無理をふっかけてくるから正直辟易していたからな。お前たちの邪魔をしたりはしないよ」

猿田はキザにウインクをしてくる。

「ウインクは気持ち悪いですけど、ありがとうございます」

「気持ち悪いって、お前、マジで失礼なやつだな……。それより、気をつけろよ」

「気をつけろって何にですか？」

澪が首をかしげると、猿田は「これだから能天気なガキは……」とため息をつく。

「能天気なガキ……」

「いいか、パナシアルケミにとって、この手術は何としても止めたいもののはずだ。せっかく昨日の手術でシムネスを治したという、オームスのこれ以上ない宣伝ができたのに、翌日に再手術を行い、さらに万が一その間に術中死でもしようものなら、すべてが台無しになるからな」

「すべてが台無しって、今更じゃないですか。手術の翌日には術前よりも巨大な腫瘍が全身に発生して、そのままなら友理奈ちゃんはすぐにでも命を落とすんですよ」

「たとえ友理奈ちゃんが死亡しても、手術から二、三日経っていればごまかすことができる。きっとパナシアルケミならそう考えるはずさ」

「ごまかすって……」

絶句する澪の前で、猿田は皮肉っぽい笑みを浮かべる。

「それくらい、あのレベルの企業ならお手のものさ。マスコミに宣伝費という形で金をばらまいて黙らせようとするだろうし、もしそれに失敗しても、シムネスやオームス手術とは関係ない死因だと発表するはずだ。下手すればうちの病院が何か致命的な医療ミスをしたとでもでっち上げるかもな。あいつらとの交渉に当たった俺にはよくわかっている。今後、何十年も天文学的な収益をもたらすであろうオームスのためになら、奴らはどんな汚い手でも使う。お前みたいなお人好しには信じられないかな」

「いえ、そんなことありません……」

澪は首を横に振る。ほんの数十分前に、パナシアルケミによって暗殺されかけたのだ。彼らがどんな強硬手段をとってきてもおかしくないことは、誰よりもよくわかっている。

「まあ大丈夫さ」

一転して明るい口調で猿田は言った。

「パナシアルケミの奴らが邪魔してきても、俺が医局長としてちゃんと対処してやる。お前は大船に乗ったつもりで安心して手術に集中しろ」

「はい、タイタニック号に乗ったつもりで、猿田先生を信頼します」

「それ沈没するって言ったの、お前だろ」

猿田とくだらない会話を交わしていると、「澪！」と声がかけられる。玲香がＬＥＤライトが点滅するスーパーコンピューターの前で手を挙げていた。

「こっちの準備はＯＫ、いつでも執刀を始められる」

「分かりました」

澪はゆっくりと、巨大な黒い繭のような形をした金属の塊に近づいていく。異形の怪物が口を開くかのように、黒い繭が上下に割れて、中に収められているオペレーター用のシートが現れた。それと同時に手術室の明かりが落とされ、薄暗い手術室の空中にホログラムが映し出された。

「何だよ、これ……」

猿田が声をかすれさせる。玲香も口を半開きにして、怯えた表情でホログラムを見上げた。

空中に光で描かれた体の内部に、黒い光点の集まりとして映し出された腫瘍。肝臓、肺、大動脈、腸管など全身に存在するそれらが、まるで巨大な単細胞生物のように細かく蠢《うごめ》いていた。

「これ……、映写装置のバグとかじゃないよな？　本当に患者の体内で腫瘍がこんな風に蠢いているっていうのかよ」

息を乱す猿田に、澪は喉を鳴らして唾を呑み込みながら頷く。

「ええ、実際に腫瘍がこんな風に動いているんだと思います」

「訳が分からない。こんなのまるで、でかい生物に寄生されてるようなもんじゃないか」

「がんは『悪性新生物』とも言われてます。まさにこれは、友理奈ちゃんに寄生した、『悪性の新しい生物』なんです。それが友理奈ちゃんを内側から殺そうとしているんです。だから駆除しないと」

「駆除って、こんなの本当に治せるのか？」

「治します！　私が絶対に！」

澪は胸に手を当てて数回深呼吸を繰り返したあと、オペレーターシートに腰掛ける。

おそらく今日がこのシートに座る最後の機会になる。この三年間オームスのテストオペレーターとして全力を尽くしてきた。どうかその努力を、急速進行性シムネスという恐ろしい奇病に冒された少女を救うという形で結実させたい。

澪はシートの脇に置かれているヘルメット状のヘッドギアをかぶる。同時に、開いていたオームスオペレーティングユニットの蓋《ふた》がゆっくりとしまってゆく。

繭が完全に閉じ、辺りが闇に満たされる。ヘッドギアに内蔵されている装置から発生する複雑な磁場と、無数の電極から流れ出す微弱な電波によって、脳神経とオームスとが接続されていく感覚が走る。

同時に澪は小さくうめき声をあげた。

スーパーコンピューターと同期し、膨大な情報のやり取りを脳に強いるこのシンクロは、心身に強い負担がかかる。ただ適性のある澪は、これまでオームスとの接続にそれほど苦痛を覚えることはなかった。しかし今日は、脳の表面をヤスリでこすられているような不快感を覚える。

これはきっと、新火神細胞こそが急速進行性シムネスの原因だと知ったことで、無意識に心がオームスに対して拒絶反応を起こしているのだろう。

こんな状態でオームス手術ができるのだろうか？

いや、できるかできないかではない。やるんだ。そうしなければ、少女の命が数時間以内に奪われてしまうのだから。澪は奥歯を噛みしめると、漆黒の闇の中に光で描かれた友理奈の体に意識を向ける。

全身の血管、そこを流れる新火神細胞、そして様々な臓器で蠢いている腫瘍がそこには浮かび上がっていた。

澪は両手を軽く動かす。それまで血流に流されていくだけだった新火神細胞を示す黄金色の光点が揺れた。

オームスとのシンクロ率が下がっているせいか、普段よりもいくらか反応が悪いが、十分に操作できる。これなら問題なく手術を行えるだろう。

「行きます！」

闇の中で澪がつぶやくと、『お願い。友理奈ちゃんを助けて』という、玲香の声が返ってきた。

「もちろんです」

力強く答えると、澪は指揮者がタクトを振るように、両手を勢いよく動かした。それに呼応して、ホログラムの血管を流れる新火神細胞が、体の中心に近い部分を上下を貫くように走る下行大静脈に集まっていく。

澪は右手首から先をくるくると回転させて、新火神細胞を下行大静脈内で渦を巻かせていった。数十秒後、全身の血管を循環していた新火神細胞が一ヶ所に集まって来たのを確認すると、澪は両手をぐっと握りしめた。同時に渦巻いていた新火神細胞が凝縮され、一つの塊となる。

澪は拳を握りしめたまま両腕を複雑に動かした。塊となった新火神細胞は、蛇のように細長く形を変えると、下行大静脈から心臓へと進入していく。右心房から右心室へと抜けた新火神細胞の塊は、そのまま肺動脈へと突入し、友理奈の右肺に巣食っている腫瘍塊へと向かった。

いつもと同じように腫瘍を新火神細胞で覆い尽くし、貪食ではなく焼却によって治療する。だが、これまで腫瘍を焼き潰したことなど一度もない。果たしてこれほど巨大な腫瘍を焼いて消すなど、可能なのだろうか？　頭に湧いてきた不安を必死に振り払うと、澪は祈りを捧《ささ》げるように両手を組み合わせた。

ホログラムの中で黒く光る腫瘍を、光の塊が包み込んでいく。

あとは焼き尽くすだけだ。

澪は腫瘍と接している部分の新火神細胞に対して、熱破壊の指示を出す。

貪食よりは効率が悪いだろうが、これでジリジリと焼いていけばいい。呼吸状態を悪化させている肺の巨大腫瘍さえ潰せば、手術の安全性は一気に上がるはずだ。まずはこの腫瘍を消さなくては。

澪は歯を食いしばると、組んでいる両手にさらに力を加えながら、ホログラムに映し出されている腫瘍と新火神細胞を凝視する。

焼けろ！　友理奈ちゃんの体から消えるんだ！

消えろ消えろ消えろ消えろ……。

澪は胸の中で呪文《じゅもん》のように唱え続ける。しかし、普段のオームス手術のように光の塊が腫瘍を削り取っていく現象は起きなかった。

やっぱり焼却作用では不十分なのか。それでも時間をかければ……。

そこまで考えたとき、澪は大きく息を呑む。精神統一が乱れたのか、操っている新火神細胞の塊が大きく震えた。

腫瘍は小さくなっていない。それどころか、わずかに、ほんのわずかにだが、少しずつ膨らんできているように見える。

澪は慌ててまばたきを数回繰り返す。それに合わせてホログラムがみるみる拡大されていった。腫瘍を表す黒い光の塊と、新火神細胞を表す黄金色の光が重なる部分が、澪の前に大きく映し出される。

喉の奥から呻きが漏れた。

予定なら黄金色の光の塊が細かく弾け、腫瘍を示す黒い光の塊を表面から削っていくはずだった。しかし、現実に起きていることはそれとは全く逆の現象だった。

「新火神細胞が取り込まれている……」

自分でもおかしく感じるほど弱々しい声が、澪の半開きの口から漏れる。

焼却の指示を受けたはずの光点が、熱を発して弾ける前に黒い光に少しずつ吸収され、飲み込まれていっていた。

新火神細胞と急速進行性シムネスの腫瘍の親和性は、想像よりもはるかに高かった。腫瘍に近づいた新火神細胞は、もはやオームスの指令よりも、腫瘍との融合を選択している。

『澪、新火神細胞を腫瘍から離して！　腫瘍が増大している。友理奈ちゃんの呼吸状態がさらに悪化しているの！』

澪と同様に事態に気づいた玲香の悲鳴じみた声が、ユニット内にこだまする。澪は反射的に組んでいた両手を解《ほど》いた。肺の腫瘍塊を取り囲んでいた黄金色の光が一気に弾け、再び血流に乗って全身の血管を循環し始める。

両手をだらりと下げながら、澪は荒い息をつく。

少なくとも時間をかければ、腫瘍を縮小させることはできると踏んでいた。肺や大動脈など、呼吸循環に関わる臓器の腫瘍さえある程度小さくできれば、友理奈が今晩中に命を落とすような事態は回避できると考えていた。しかし、それが甘い見通しであったことを、これ以上ない形で突きつけられてしまった。

急速進行性シムネスの腫瘍に近づいた新火神細胞は、そのまま吸収されてしまう。腫瘍を消すどころか、増大させてしまう。オームスで急速進行性シムネスを治療することはできない。

もはや、友理奈の命を救う手はない……。

「けれど、ここで諦めたら友理奈ちゃんが死んじゃう。何とかしないと……」

自らを鼓舞するようにつぶやくと、澪は再び両手を複雑に動かす。しかし、友理奈の全身を循環している光点の反応は鈍かった。動揺により明らかにシステムとのシンクロ率が下がっている。この状態でオームスの操作を続けることは神経系に強い負担を強いることになる。

「けど、やるしかない……」

額のあたりが発熱しているような感覚を覚えながらつぶやいた澪は、必死に新火神細胞を操り、それらを肝臓へと集めていく。

『澪、何をするつもり？』

焦りを含んだ玲香の声が聞こえてくる。

「もう一度チャレンジします」

『あなたも見たでしょ。急速進行性シムネスの腫瘍に近づいた新火神細胞は、オームスの命令から外れて、逆に取り込まれていくのを』

「まだ何か方法があるかもしれません。肝臓の腫瘍なら少しぐらい増大してもすぐには致命的にはならない。腫瘍を消す、いいえ小さくする方法だけでも見つけないと」

『でも……』

強い逡巡《しゅんじゅん》を含んだ玲香のつぶやきを聞きながら、澪は操作性が悪くなっている新火神細胞を必死に操って、肝臓に食い込んでいる大きな腫瘍の周囲に集めていく。

その時、『何⁉　あ、待って！』という玲香の悲鳴のような声が、数人分の大きな足音とともに響いてきた。

唐突に、目の前に浮かんでいた友理奈の体のホログラムが消え去る。あたりが完全な闇と沈黙で満たされた。

「ちょっと、玲香さんどうしたんですか⁉」

叫ぶが、返答はなかった。澪はいつのまにか、額のあたりにわだかまっていた熱が消えていることに気づく。

「オームスとの接続が途絶えている……？」

システムトラブルだろうか。それとも、これ以上の手術は逆効果だと思った玲香がシャットダウンしたのだろうか？　混乱しているうちに重い駆動音が響き、漆黒に満たされた空間に光が差し込んでくる。オペレーティングユニットの蓋が開き始めている。

暗順応した目には強すぎる光に視界が白く染まる。目を細めて眩しさに耐える澪の視界に、数人の人影が言い争っている光景が飛び込んできた。

明るさに目が慣れ、辺りの状況を把握した澪は啞然とする。

手術室の奥にあるスーパーコンピューターの前で、数人の男が玲香を取り囲んでいた。

スーツに革靴という、清潔が不可欠である手術室にはありえない服装をしている男たちには見覚えがあった。パナシアルケミの社員たちだ。その中に、オームス開発プロジェクトに関わっている社員だけではなく、会社のＶＩＰが見学に来る時にいつもついてきていたボディガードたちの姿もあった。

「ここは手術室です！　しかも重症患者の手術中なんですよ、すぐに出て行ってください‼」

玲香が強い口調で抗議をするが、男たちが動くことはなかった。

一人の長身の初老男性が前に出る。その男のことはよく知っていた。パナシアルケミ日本支社長の薬師寺だ。パナシアルケミの、オームス開発の最高責任者であり、世界有数の製薬会社であるパナシアルケミのＣＥＯに次ぐ立場にいる男。

薬師寺は玲香に向かって微笑みかける。

「玲香先生、困りますよ。勝手にオームス手術を行うなんて。ここにあるスーパーコンピューターやオペレーティングユニットを含む全ての設備は、会社の所有物です。これを起動するためには我々の許可が必要だ。そういう約束でしたよね、猿田先生」

薬師寺は振り返ると、手術室の隅で小さくなっている猿田に声をかける。

「まあ、そういう約束だったような気も……」

蚊の鳴くような声で猿田は答えた。薬師寺は鷹揚にうなずくと、玲香に視線を戻す。

「そもそも玲香先生、あなたはもうこの病院の医者ではなく、うちの社員のはずだ。それなのに、会社の設備を何の許可もなく稼働させ、勝手に手術を行うなんてどういうつもりなのかな？」

「……昨日、手術を受けたシムネスの患者さんの治療のためです。数時間前から状態が悪くなりました。オームス手術を受けてすぐに亡くなるなんてことになれば、実用化は遠のきます。だから緊急措置としてオームスを使っての再手術が必要だと判断しました」

硬い声で玲香が答えると、薬師寺は小馬鹿にするように鼻を鳴らした。

「何を言っているんだ。多くのマスコミや専門家と一緒に確認したじゃないか。オームスはシムネスを治療したんだ。そこにいる少女の全身にあった腫瘍はオームス手術によって全て消え去ったんだ」

「けれどそれが再発したんです！　手術前よりもはるかに大きく。これはオームス手術で使った新火神細胞が原因です。あなただって分かっているんでしょう！」

玲香の詰問に、薬師寺は芝居じみた仕草で肩をすくめた。

「何を言っているかわけがわからない。もしその患者が亡くなったとしても、それはオームスとは全く関係ない。おそらくは術後管理でこの病院がミスをしたということだろう。そうですよね。猿田先生？」

　再び水を向けられた猿田は、その大きな顔に強い怒りの色を浮かべつつも、反論することはなかった。

「猿田先生、本当にそれでいいんですか⁉」

　澪は声を荒らげる。

「この病院の、統合外科の医療ミスにされるかもしれないんですよ。それでも統合外科の医局長なんですか？」

「仕方がないんだよ、桜庭」

「そんな……」

　澪が絶句すると、嘲笑《ちょうしょう》するように薬師寺が声をかけてくる。

「猿田先生は医局の代表として我々と交渉する立場だ。私たちの会社がどれだけの研究費をこの統合外科につぎ込んでいるのか、誰よりもよく知っているんだよ」

「俺一人じゃ、どうしようもない。お前だってわかるだろ。大人なんだから」

　ふてくされたような口調で猿田はつぶやく。

「さっき、『俺に任せろ』とか、『大船に乗ったつもりでいろ』とか偉そうなこと言ってたじゃないですか。なのに、ちょっと脅されたぐらいで、そんな飼い犬みたいに尻尾を振って相手に従うんですか」

　澪の糾弾に、猿田は「あー、うるさい」と虫でも払いのけるように手を振った。

「いまはどうしようもないんだ。我慢しろ。これが俺の考える一番いい方法なんだ」

開き直る猿田の横面を張り飛ばしたいという衝動に必死に耐えると、澪は薬師寺を睨みつける。

「本気でオームスを実用化させるつもりなんですか？　もしこの急速進行性シムネスが手術を受けた多くの人に現れたら、その時はどうやって責任を取るんですか？」

「何のことを言っているか分からないが、少なくとも君と玲香先生がこの三年間で積み上げてくれたデータのおかげで、オームスの実用化の目処《めど》は立った。ただ、実際に各国の保健機関の承認を得て実用化するまでには何年かはかかるだろう。仮にオームスに致命的な副作用が存在するとしても、その間に克服すれば問題はない。いま一番困るのはおかしな噂が立つことだ。それだけは避けなくてはならない。だから君たちも大人になりたまえよ」

薬師寺は手術台に横たわっている友理奈を指さす。

「報告を聞いたところ、その少女は何をしようがもう救えないだろう。ただ、ここでおかしなスキャンダルさえ起こらなければ、数えきれないほどのがん患者が、オームスによって救われることになる。目の前の些細《ささい》な問題に囚《とら》われるのではなく、世界にとって何が大切なのかを俯瞰《ふかん》的に見るべきだ。新しい治療法を開発し、多くの苦しんでいる人々を助けるのは医師としての理想だろう」

挑発的に薬師寺は語りかけてくる。澪は両手の拳を強く握りしめると、ゆっくりと口を開いた。

「確かに新しい治療法を開発して、将来たくさんの患者さんを救うことは素晴らしいことです」

薬師寺が満足げに頷くのを見て、澪は「けれど」と続ける。

「だからといって、目の前の患者さんを見捨てることはできません。私たち医者にとって何よりも大切なことは、手の届く範囲にいる患者さんを全力で救うことです。それを忘れたとき、私たちは医者ではなくなります」

「……くだらない感傷だ」

支社長は吐き捨てるように言う。

「理想を語るのは勝手だが、実際にどうやってその少女を救おうっていうんだ？　なにがあろうとオームスは使わせない。何か手でもあるっていうのかな？」

澪は手術台に横たわる友理奈に視線を向ける。

オームス手術は効果がないどころか、彼女の病状を悪化させてしまった。しかし、一般手術では、全身の主要臓器に生じた全ての腫瘍を取るなど不可能だ。

どうすれば彼女を救えるのだろう。いま、私には何ができるのだろう。

澪が強く唇をかんだとき、声が響いた。

「手ならあるぞ」

驚いて振り返った澪は、目を大きくする。手術室の出入り口に男性が立っていた。

誰よりも頼りになる外科医が。

「大河先生！」

澪が声を張り上げると、大河は「待たせたな」と、口角をわずかに上げた。

「どうして大河先生がここに？　この手術には関わらないんじゃなかったですか？」

「そのつもりだったが、お前に言われちまったからな。医者は目の前にいる患者を何があっても全力で救うべきだって」

「大河先生……」

胸の中に熱い思いがこみ上げてきて視界が潤む。

「ありがとうございます。先生が来てくれただけでも本当に嬉しいです」

「来ているのは俺だけじゃないぞ」

大河は楽しげに言うと親指で上を指さした。視線を上げた澪は口をあんぐりと開ける。吹き抜けの上階にある見学室、そこに次々と人が押し寄せて、ガラス越しにこちらを見下ろしていた。その人々に見覚えがあった。

「あれって、もしかしてマスコミの人たち……？」

何が起きているのかわからないまま、澪は呆然とつぶやく。

「そのようだな」

大河は目を細める。

「誰かからオームスの再手術が行われていると聞いて、慌てて駆けつけたらしい」

「誰かって、大河先生じゃないんですか？」

「俺にこんなマスコミを集める力なんてないさ。こういうのは色々な関係者との連絡をとって、医局の力をアピールする業務を日常的に行っている人物じゃないとできない。例えば……統合外科の医局長みたいな」

「医局長って……」

澪は振り返って猿田に視線を向ける。彼はその分厚い唇の端を上げた。

「だから言っただろ、大船に乗ったつもりでいろって。確かに俺一人の力では何もできない。ただ、いつも仲良くしているマスコミの皆さんが協力してくれるなら色々なことができるんだよ。これぞ医局長のパワーってやつさ」

得意げに言った猿田は、薬師寺に向き直った。

「薬師寺支社長、さすがにこれだけのマスコミが押しかけている中、オームスの使用許可を出さないのは問題あるんじゃないですか。パナシアルケミが少女の命をないがしろにしたと、記事になっちゃいますよ」

「貴様……」

薬師寺は唇を歪め、猿田を睨みつける。

「来年からの研究費、どうなるか分かっているんだろうな」

「研究費？　患者の命と比べたら、そんなもの何の意味もない。統合外科を舐めないでいただけるかな。我々は最高の手術を行い患者を救うため、日々腕を磨いているんだ。金のために患者を見捨てるなんていうことをしたら、亡くなった師である火神教授に呪い殺されてしまうんだよ」

猿田はあごを引くと、上目づかいに薬師寺を睨《ね》め上げる。

「それより、手術室に土足で入るなんてあまりにも非常識じゃないですかね。ここは人の命を救う神聖な場所だ。金勘定しかできない商売人に入る資格はない。すぐに出て行っていただけないなら、警察に通報しますよ。そうなれば、上にいるマスコミの皆様が面白おかしく記事にしてくれるでしょうね」

さっき馬鹿にされた意趣返しのつもりか、猿田はにやりと笑うと、慇懃無礼な態度で胸に手を当てて深々と一礼しながら、「お帰りはあちらです」と、出入り口を指さした。

薬師寺は歯茎が見えそうなほど唇を歪めると、「覚えていろよ」と捨て台詞《ぜりふ》を残して、大股に手術室をあとにする。パナシアルケミの社員たちは慌ててその後を追った。

周りの男たちがいなくなり、玲香はオームスを再起動させると、大河を見て硬い表情を浮かべつつ近づいてくる。

澪、大河、玲香、猿田の四人は、オームスオペレーティングユニットのそばに集まった。

「さて、邪魔者はいなくなったな。けれど竜崎先生、この後どうするつもりだい？」

支社長たちを見送った猿田が、表情を引き締める。

「俺にはお前の超人的なオペでも、オームス手術でも、この患者を救えるとはとても思えないんだよ。さっき手はあるって大見得を切ってくれたよな。その手ってやつを教えてくれないか」

澪、玲香、猿田の三人の眼差しが大河に注がれる。

大河は小さく息をつくと、微笑みながら静かに言った。

「俺の古典的手術と、桜庭のオームス手術、同時に力を合わせて行うっていうのはどうだ？」


「私がオームスを使って、大河先生と一緒に手術をする？　それってどういうことですか？」

澪が訊ねると、大河は再び手術室の高い位置に投影されるようになったホログラムを指さす。

「簡単だ。いま、患者の体内には多くの腫瘍が存在する。それらを俺とお前が手分けをして対処するんだ」

「対処するって、そんなの無理です。オームスの焼却機能で友理奈ちゃんの肺の腫瘍を除去しようとしたんです。けれど、逆に腫瘍に新火神細胞が取り込まれてしまいました。オームスで、急速進行性シムネスの腫瘍は消すことはできないんです」

澪は大きくかぶりを振った。

「消す必要はない。その焼却作用で周りの組織を焼き固めてくれ。そうすれば、腫瘍が消えたとしても大出血を起こすことがなくなる」

「腫瘍が消えたとしても？　どういうことですか？　どうやって腫瘍を消すっていうんです

か？」

　混乱した澪がこめかみを手で押さえると、大河は玲香に視線を送った。

「記事で読んだが、昨日の手術のとき、お前はマスコミのやつらに説明したらしいな。万が一、新火神細胞が血管に詰まって臓器が虚血を起こした際は、それに対応する方法があると」

「ええ……」

　玲香はためらいがちに頷いた。

「それは、もしもの時のために、新火神細胞には自己破壊プログラムが組み込まれているということなんじゃないか」

「自己破壊プログラム⁉」

　澪の声が大きくなる。三年間、オームスプロジェクトに関わってきたが、そのようなプログラムは聞いたことがなかった。

「急速進行性シムネスの腫瘍は、元々新火神細胞だった。そのプログラムを発動させることで腫瘍を全て同時に消滅させることができるかもしれない」

　大河の仮説を聞いた澪は「えっ⁉」と目を大きくする。

「もしそんなことが可能なら、友理奈ちゃんを治せるじゃないですか。何でそれをしなかったたっていうんですか？」

「腫瘍を消しても、それだけで患者を救えるわけじゃない。腫瘍は血液から栄養を奪うために血管新生をして、周囲に血管を伸ばしている。それが一気に消滅したら、大量出血して患者は失血性ショックで即死するだろう。それが分かっているから、玲香はその方法を取らなかったんだ。違うか？」

大河に水を向けられた玲香は、「……もしそうだったら何だっていうの？」と、警戒で飽和した口調で言う。

「急速進行性シムネスを治すことができるかもしれない」

「でも、いま腫瘍を消したら患者さんが失血死するって……」

澪は目をしばたたく。

「それは何の処置もしないで、腫瘍を消滅させた場合だ。前もってオームスで、腫瘍の周りを焼き固めておけばいい」

澪は大きく息を吞む。確かにその通りだ。周囲を新火神細胞で凝固させて容器のように包み込んでおけば、たとえ腫瘍が消滅しても、出血はその容器内にたまる量だけで抑えられるはずだ。ただ……。

「ただ、肝臓とか肺みたいに、臓器の内側に腫瘍がある場合はそれでいいかもしれません。けれど、腸管とか大動脈にある腫瘍は外部に飛び出ています。周囲を焼き固めることはできません」

「だからこそ、俺と協力するんだ」

「もしかして、その腫瘍は大河先生が……」

「ああ、そうだ。俺が開腹、開胸して、臓器から飛び出ている腫瘍を外科的に切除する。臓器の内側の腫瘍はお前が、外部に飛び出ている腫瘍は俺が対応。それが全て終わったら、一気に新火神細胞に組み込まれている自己破壊プログラムを起動させ、腫瘍を全て消し去るんだ。それ以外に急速進行性シムネスを治療する方法はない」

「玲香さん……」

澪は玲香に視線を送る。

「いま、大河先生が言ったことは正しいんですか？　本当に新火神細胞には、自己破壊プログラムが組み込まれているんですか？」

数秒間、痛みに耐えるような表情で沈黙したあと、玲香は小さくあごを引いた。

「ええ、確かに組み込まれている。心臓の冠動脈や脳の血管で新火神細胞が塞栓《そくせん》症を起こした場合の緊急措置として、念のために準備しておいたの。オペレーティングユニットを通して自己破壊、つまりアポトーシスを誘導するコードを打ち込めば、患者の体内にある新火神細胞は全て融解して消えていくはず」

「そのコードを教えてください！　それさえあれば、急速進行性シムネスの治療ができるかも！」

澪が勢い込んで言うが、玲香は唇を固く結んで黙り込むだけだった。

「どうしたんですか、玲香さん？　友理奈ちゃんを助けられるかもしれないんですよ」

黙りこむ玲香の代わりに、大河が口を開いた。

「確かに患者を助けられるかもしれない。ただそれは、父親と自分が必死に開発してきたオームスにとどめを刺すことになる」

「オームスにとどめを？」

澪が聞き返すと、大河はあごをしゃくって上の階にある見学室を指す。

「あそこにはマスコミが押しかけている。そいつらが、オームスからの指令で一気に急速進行性シムネスの腫瘍が消滅するのを見たらどうなる？」

「……急速進行性シムネスの原因が、新火神細胞だって気づかれる」

澪がかすれ声で言うと、大河は「そうだ」と重々しく頷いた。

「そこから遡《さかのぼ》って、一般的なシムネスの原因も火神細胞にあることが気づかれるだろう」

「シムネスの原因が火神細胞⁉　おい、一体何を言っているんだよ？　ちゃんと説明してくれ！」

困惑した声を上げる猿田を「後で説明しますから、ちょっと黙っててください」と一喝した澪は、玲香に近づく。

「玲香さんお願いです。コードを教えてください。私に友理奈ちゃんを助けさせてください」

「けど、オームスは私とお父さんの夢なの。たくさんの人を救う、素晴らしいシステム。それを私の手で葬り去るなんてできない。夢を託して死んだお父さんに、なんて言っていいのか……」

玲香はうなだれると、肩を震わせる。

「家族を思う気持ちはよく理解できます。私も死んだ姉さんの想いをどうすれば大切にできるのか、ずっと考えてきました」

姉の唯は、玲香の父である火神郁男に屋上から突き落とされて命を落とした。しかし、もう火神郁男に対する恨みは、いまはなぜか胸から消え去っていた。

「ただ、夢だというなら、正しい方法でそれを実現しましょう」

澪は静かに玲香に語りかける。

「正しい方法？」

玲香は顔を上げると、涙で濡《ぬ》れた目で澪を見つめた。

「そうです。確かに火神細胞には癌化してシムネスを引き起こすという副作用がある。けれど、それを認めて原因をしっかりと解明すれば、きっと将来的にその副作用を克服できるはず。そうすればオームスの実用化も十分に可能になるはずです」

「けれど、実用化は何年も遅くなる。それに、お父さんの名声にも傷がつくかもしれない」

「火神教授は名声のためにオームスを開発していたと思いますか？」

玲香の目が大きくなる。

私は火神教授を許していない。けれど、あの人が私利私欲で姉を殺したとは思っていない……。

きっと彼にとって火神細胞を守ることは患者を救うことだったのだろう。だからこそ、火神細胞とシムネスの関係を突き止めた姉を、はずみで屋上から突き落としてしまった。

火神が命を落とす前に語ったこと、それはきっと真実だったのだろうといまは感じていた。

「火神細胞の欠点を世界に向けて明らかにして、その上で研究を重ねて、本当に安全で、そして多くの人を救える治療法を開発する。それこそが火神教授の遺志を継ぐということだと思います。それに……」

澪は手術台に横たわっている友理奈を指さした。

「目の前にいる患者を救う。それこそが統合外科の理念だったはずです。いまはまず、友理奈ちゃんを助けることだけを考えましょう。だから玲香さん、どうかコードを教えてください」

澪は玲香の背中に手を置く。かすかな震えが掌に伝わってきた。

玲香は唐突に、抱きしめるように澪の身体に手を回すと、耳元で囁いた。

「WISH UPON A STAR。それがコードよ」

「『星に願いを』ね。素敵なコード……。ありがとう、玲香さん」

澪が礼を言うと、玲香はふらふらとした足取りで手術室の奥へと移動し、無言でスーパーコンピューターの設定をはじめる。

「準備は整ったな。それじゃあやるとするか」

大河が袖を捲《まく》るのを見て、ふと澪はあることに気づく。

「あの、大河先生。本当に執刀するんですか」

「何を言っているんだ。大腸と胃に複数、そして何より大動脈弓に食い込んだでかい腫瘍があるんだ。それを俺より速く、そして患者の負担を少なく摘出できる外科医が他にいるのか？」

「いえ、大河先生が間違いなく一番速いとは思います。けれど、先生は日本での医師免許を剥奪されているじゃないですか。見学室にいるマスコミから警察に通報されたりしたら……」

「わざわざ通報されるまでもないさ。見てみろ」

見学室を見上げた澪は大きく息を呑んだ。マスコミの人間に交じって、橘がガラスにもたれかかるように立って見下ろしていた。

「橘さん……」

「頑丈な男だよな。電撃を食らった上、鎮静剤まで打たれたらしいが、なんとか動けるらしい。お前が出て行った後、あのアシスタントの女の手を応急処置していたら、千鳥足でやってきたよ。『どういうことか説明しろ』ってうるさかったが、こっちは被害者でわけがわからないってごまかして、女のことを丸投げして押し付けてきた」

「押し付けてって、萌香ちゃんはどうなったんですか」

「俺たちに拳銃を突きつけていたのを橘に目撃されてるからな。橘がこっちまで来ているってことは、応援に呼んだ警察官に拘束されたんじゃないか。まあ、手があの状態だし、とりあえず警察病院で治療をして、回復してから逮捕かな。しかし橘のやつ、今にも倒れそうな状態なのに、わざわざここまでやってくるなんて、よっぽど俺を捕まえたいんだな」

「そうですよ！　橘さんはなんとしても、大河先生を逮捕しようとしているんです。そんな人の前で手術をしても大丈夫なんですか？」

「大丈夫なわけないだろ。けれど、俺が手術をしなければ、そこにいる少女が確実に死ぬことになる。医師免許を剝奪されたもぐりの医者と、未来のある子ども、どちらの方を優先するかなんて考えるまでもない。余計なことは考えないで、ここにいる俺たち全員であの少女の未来を紡ぐべきなんだ。だろ？」

大河が目を覗き込んでくる。その視線を正面から受け止めながら、澪は大きく息を吐いた。

「はい！」

腹の底から返事をした澪は、再びオームスオペレーティングユニットに飛び乗りシートに腰掛ける。

うなだれたまま手術室の奥に佇んでいる玲香が、スーパーコンピューターのキーボードを緩慢に叩いた。

繭状の装置の蓋がゆっくりと閉じていく。

大河が猿田に、「それじゃ、第一助手を頼みますよ」と声をかけた。

「へ、俺が助手やんの？」

猿田が驚きの声を上げるのを聞きながら、澪はヘルメット型のヘッドギアを頭に装着する。同時にオペレーティングユニットの蓋が閉じ視界が黒く塗りつぶされた。

ヘッドギアを通じてオームスと脳神経が接続されていく。

さっきのような不快感を覚えることはなく、それどころか心が高揚していった。

また、大河先生と手術ができる。あの人と力を合わせ、患者さんを救うことができる。

澪は顔を上げると、闇の中に浮かび上がった人体のホログラムを見据えた。

11

おいおい、なんてスピードだよ。ちょっと勘弁してくれないかな。

必死に両手を動かしながら、猿田は内心で悲鳴を上げる。

三枝友理奈の手術が始まってからすでに三十分ほど経っていた。その間に竜崎は、開腹を行い、大腸の腫瘍を二個切除していた。

ただ、これでも遅い……。猿田は目だけ動かして視線を上げる。

薄暗い天井あたりに浮かんでいる、患者の体を示すホログラム。そこでは、黄金色の光が、まるでそれ自体が意思を持っているかのように体内を動き回り、そして肝臓、脾臓、膵臓などの臓器に生じている腫瘍の周りを取り囲んでいた。

これまで統合外科の医局長として、オームス手術は何度も目にしてきた。しかし、これほどまでに素早く、そして的確にオームス手術が進んでいくのは見たことがなかった。

さっきの手術とは、新火神細胞の動きが全く違う。おそらく、それは桜庭のコンディションによるものだろう。

三年前、竜崎と桜庭がコンビを組んで様々な困難を乗り越え、患者を救ってきたという噂は聞いている。きっと桜庭は信頼できるパートナーと共に手術ができるという安心感、そして共に患者を救うという使命感でオームスとのシンクロ率が上昇しているのだろう。

このままだったら、あと三十分ほどで、桜庭は担当する全ての腫瘍の周りの組織を焼いて、『壁』を作り終えるだろう。

ただ、そうなるとこちらが間に合わない。

猿田はマスクの下で分厚い唇を噛む。

竜崎が切除すべきはあと、腹膜と胃、そして何よりも心臓から拍出されるすべての血液が通過する大動脈弓に食い込んだ巨大な腫瘍だ。いまのペースではそれを全て切除するのに、少なくとも二時間はかかるだろう。

二時間……、患者の体力は持つのだろうか。

猿田は手を動かし続けながら横目で麻酔科医を見る。多くの外科医から信頼される優秀な麻酔科医だが、その顔は紅潮し、額には脂汗が滲んでいた。

患者の全身状態はかなり悪い。その上、オームスで様々な臓器を焼き、さらに開腹と開胸を行って、大量の腫瘍を摘出するという大手術だ。その侵襲は極めて大きい。

手術が始まる時点で、すでに危険な状態だった少女。その体力があと二時間も耐えられるかどうか、猿田には確信が持てなかった。

「猿田先生、集中してください！　結紮をお願いします」

手術台を挟んだ向かい側で、手術用のハサミであるクーパーを手にして腫瘍を切除している竜崎が鋭く言う。

「あ、ああ、悪い」

猿田は謝罪すると、腫瘍へと伸びている比較的太い血管を外科結びで縛って、切断しても出血しないように処理する。猿田の結紮が終わると同時に、竜崎は腹膜の腫瘍の周りに、滑るようにクーパーの刃を入れていき、まるでもともと取り外しができるものだったかのように腫瘍を切除した。

相変わらずとんでもない技術だ。姿を消していたこの三年間でさらに凄みがましてきている。一体こいつはこの三年間で、どんな経験を積んできたっていうんだ。

いまの竜崎の腕なら、本来なら三十分以内に残っている胃と大動脈弓の腫瘍を摘出できるのかもしれない。

よくわからないが、この患者の体内に生じている腫瘍は、新火神細胞が癌化したものらしい。そして、それを一気に破壊する方法があるということだ。

ならば一般的ながんの手術で手間をかけて行う、リンパ節郭清などがこの手術に限っては必要ない。腫瘍を核出しさえすればいいならば、竜崎大河というこの不世出の天才外科医は、またたくまに終わらせることができるだろう。

もし、その実力を遺憾なく発揮させられるだけの、優秀な助手がいたなら……。

手術がはじまってすぐ、猿田は自らの実力が竜崎の第一助手を務めるには不十分であることに気づいていた。自分の補助が遅いため、竜崎がその手を止めざるを得ない場面が何度も出てきている。

畜生、俺が悪いんじゃないぞ！

マスクの下で歯を食いしばりながら、猿田は胸の中で悪態をつく。

統合外科の医局長になってからこの三年間、必死に腕を磨いてきた。もともと自分の外科医としての実力が、統合外科の中では大して優れた方ではないことは自覚していた。だが、医局長というのは対外的な対応を先頭になって行う立場だ。火神郁男、竜崎大河という二人の天才外科医を失った統合外科にとって、自分が新しい顔になる必要がある。そのためには実務的な調整能力だけではなく、外科医としても決して舐められることのないだけの実力をつけなくてはならない。

そう覚悟を決めて血の滲むような努力をしてきた。いまなら、竜崎大河と肩を並べるとはいかずとも、近いレベルで手術を行うことができると自負していた。

しかし、それが単なる自惚れだったことを、いま痛いほどに思い知らされた。

確かに自分は三年前よりはるかに外科医として成長した。しかしだからこそ、竜崎と自分との間に横たわる、決定的な技術力の差を思い知らされていた。

けれど俺のせいじゃない。竜崎が異常なだけだ。そもそも俺みたいな凡人じゃ、いくら努力したって、火神教授や竜崎みたいな天才には追いつけないいんだよ。

内心で言い訳を繰り返しながら視線をわずかに上げた猿田は、「うえっ？」と声を上げる。竜崎がまとっている滅菌ガウン、その左腕の部分が黒っぽく変色していた。

「竜崎、お前その腕……」

「気にしないでください」竜崎は手を動かし続ける。

「いや気にしないでって、それ、出血してるんじゃ……」

「さっきちょっと撃たれたが、かすり傷です。応急処置も済ませてある。包帯から滲みだした血液がシミになっているだけですよ」

「撃たれたって、お前」

絶句する猿田に、竜崎は手を動かしたまま鋭い視線を投げかける。

「執刀医の都合なんて患者には何の関係もない。どんな怪我をしていようが、どれだけ体調が悪かろうが、そんなもの言い訳にはならない」

「……言い訳にはならない」

猿田は口の中でその言葉を転がす。

自分には才能がないから、十分にサポートできなくても仕方ないと思っていた。まだ幼い少女の命が失われたとしても、それは自分のせいではないと自らに釈明していた。

ああ、俺はなんて卑怯《ひきょう》なことを。目の前に横たわっている患者はまだ十代の少女だ。この子の命を守るために最善を尽くさなくてどうするんだ。

自分には竜崎の第一助手を務めるだけの実力はない。けれど、俺はこの場で最年長者だ。医局の調整役として、いつも臨機応変に様々な対応をしてきた。

竜崎よりも桜庭よりも、そして尊敬していた火神教授よりも、俺は広い視野を持っているはずだ。

いま、俺がすべきこと、それは……。

「玲香先生！」

猿田は振り返ると、うなだれたまま手術室の奥に佇んでいる火神玲香に声をかける。

玲香は緩慢な動きで顔を上げ、虚ろなまなざしをこちらに向けた。

「すぐに手を洗って、俺の代わりにこの手術の第一助手に入るんだ」

猿田の指示に、玲香は切れ長の目を見開いた。

「おい、何を言っているんだ。勝手に決めるな」

戸惑いの声を上げる竜崎を、猿田は「勝手に決めるなだと？」と睨みつける。

「本来、この手術に関する決定権は、今日の当直であり、統合外科の実務を任されている俺にあるんだ。勝手に話を進めているのはお前たちだ」

正論を返され、竜崎は「うっ」と声を詰まらせる。その隙を見逃さず、猿田はさらに言葉をかぶせた。

「お前だってわかっているだろう。俺が助手じゃあ、お前の本当の実力を発揮できないって。この部屋にはお前と桜庭以外にも、特別な才能を持つ外科医がいる。それが、玲香さんだ」

猿田に指さされた玲香の体が小さく震えた。

「一人娘として火神教授から技術を叩き込まれた玲香さんは、俺よりはるかに外科医として腕が立つ。彼女なら第一助手としてお前の本当の実力を引き出せるはずだ」

「しかし……」竜崎の目が泳ぐ。

「お前と玲香さんに何があったのか、俺は知らない。それに玲香さんは確かに、ショックで抜け殻みたいな状態だ。けれど、だからってこの部屋で一番、実力的にお前の第一助手にふさわしい人物を排除するのは違うだろ」

猿田の言葉に、竜崎は「……そうだな」と小さく頷いた。

「玲香先生！」

猿田は再び玲香の名を呼ぶ。

「あなたは昨日、このシムネスの少女のオームス手術をねじ込んだ。もっと全身状態が良くて、手術成功の可能性が高い患者は他にもいたのに。あなたはそれだけこの少女を助けたかったんだ。違うのか⁉」

「……違わない。私は友理奈ちゃんを助けたかった」

死んだ魚のようだった玲香の瞳に、光が再び宿り始めていることに気づき、猿田は手応《てごた》えをおぼえる。

「だったら最後まで全力でやるんだ！　勝手に絶望して降りるなんてそんなの許さない。自分でケリをつけろ！　竜崎と一緒にこの少女を助けろ！　これは統合外科医局長としての命令だ！」

猿田は声を張り上げる。玲香は、「は、はい！」と曲がっていた背中を伸ばした。

「すぐに手を洗ってガウンと手袋をつけるんだ。三分以内に戻ってこい。分かったな」

玲香は再び「はい！」と答えると、小走りで出入り口に向かう。

「玲香はもう統合外科の医局員じゃないだろ」

手指消毒のために玲香が手術室から出て行ったのを見送った竜崎が、呆れ声で言う。

「細かいことはいいじゃないか。若いもんが迷ってる時には、活を入れてやるのが俺みたいなおっさんの役目なんだよ。それより、玲香さんが戻ってくるまでは俺がしっかり助手を務めてやる、さっさと手を動かせ」

「言われなくてもわかってるよ」

竜崎は鼻を鳴らして目を細めると、再びピアニストのように流麗に両手を動かし、胃に食い込んだ腫瘍の摘出を始める。

「しかし、猿田先生、あんた三年間でだいぶ変わったな」

手を動かし続けながら、竜崎がつぶやいた。

猿田は数回まばたきをした後、脂肪の溜《た》まった腹を突き出すように胸を張る。

「そりゃそうさ。なんといっても俺は、天下の統合外科の医局長様だからな」

12

もうすぐだ。もうすぐ終わる……。

両手をオーケストラの指揮者のように複雑に動かして、肺にある腫瘍の周囲を新火神細胞の焼却作用で焼き固めながら、澪は胸の中で呟く。

オームスを使用し、大河とともに友理奈の急速進行性シムネスに対する手術を始めてから、すでに一時間以上が経っていた。

肝臓、膵臓、脾臓などの実質組織がある臓器に発生していた腫瘍の周囲は、全て焼き固めて容器を作り終えている。これならアポトーシスの指令を出して腫瘍を崩壊させても、致命的な出血を起こすことは防げるだろう。

全てが順調に進んでいた。大河が来る前に、一人で友理奈の急速進行性シムネスに挑んでいたときと比べ、格段に調子がいい。まるで自分の手足のように新火神細胞を操り、腫瘍の周りを焼き固めることができている。

大河に対する信頼感と、彼と力を合わせて手術をすることで患者の命を救うことができるという高揚感が、オームスに対する忌避感を希釈し、これまでになく高い集中力でオームスとシンクロすることができていた。

残りは、右肺に巣食っている、最も大きい腫瘍の周りに壁を作るだけだ。すでに低下している友理奈の呼吸状態をさらに悪化させないよう、慎重に行わなければならない。

澪は新火神細胞を肺に移動させつつ、横目で右側を見る。そこには暗い空間に仮想ディスプレイが浮かび、大河が手術をしている映像が表示されていた。

三十分ほど前に第一助手が猿田から玲香に代わったことで、大河の執刀のスピードは格段に上がっていた。素早く、それでいて滑らかに血管を結紮し、組織を剝離し、不気味にうごめく腫瘍を核出していく大河を、玲香がそのスピードを損なうことなくサポートしている。さらに第二助手になった猿田が、二人がスムーズに手術を進められるよう、血液の吸引や、鉤引《かぎび》きによる視野の確保、無影灯による光源の位置の調整などを巧みに行っていた。

すでに腹部の胃や大腸の腫瘍は全て切除し終え、いまは開胸して、大動脈弓に食い込んでいる腫瘍の切除に取り掛かっている。

チェーンソーによって真っ二つに切断された胸骨の奥で、小さな心臓が拍動しているのを見て、澪は口を固く結ぶ。

オームスを操る澪、古典的な手術を凄まじいスピードで進めていく大河をはじめとする三人の外科医、それをサポートする機械出しや外回りのナースたち、そして、友理奈の全身状態を必死に安定させている麻酔科医。この手術に関わっているプロフェッショナルたちがそれぞれの役割を果たし、不治の奇病に冒された少女を救うため、一つのチームとして完璧に機能していた。

予想よりも順調に手術は進んでいる。にもかかわらず、澪の胸には不安が広がっていた。

三年前、火神郁男の手術でも、大河は完璧に心臓の腫瘍を切除した。手術が成功して、後は閉胸するだけという状態で『あれ』が起きたのだ。

澪の脳裏に三年前の悪夢がよみがえる。唐突に現れた腫瘍がみるみる増大し心臓を覆い尽くす光景が。

同じ起源をもつ腫瘍が摘出されたことで新火神細胞に組み込まれている自己防御プログラムと自動集合プログラムが働き、全身の血管を巡っている腫瘍化した新火神細胞が一ヶ所に集まっていく。それこそが異常な速度で増殖する腫瘍の正体だというのが、大河の仮説だった。

それが正しいなら、現在、友理奈の全身を巡っている新火神細胞は、すでに腫瘍が次々と摘出されているのを感じ取っているかもしれない。いつまたあの現象が起きてもおかしくないのだ。

火神郁男の体に生じたあの悲劇は、様々な要因が重なって偶然起きたものなのか、それとも急速進行性シムネス患者の腫瘍を摘出した場合、必ず起きるものなのかは分からない。

ただ、この手術が終わりに近づくにつれ、まるで遠くから雷鳴を轟かせながら迫って来る黒雲を見るかのように、強い不安が澪を襲っていた。

悩んでも仕方がない。今はまず、できる限りのことをしなければ。

あの現象が起きたとしても、そのときは玲香から教わったコードを打ち込み、友理奈の体内にあるすべての新火神細胞を自壊させればいい。

そう。何も心配はいらないはず。……そのはずだ。

自らに言い聞かせながら、澪は右肺の腫瘍の周りをジリジリと焼き固めていく。

あと少し。これさえ終われば指定された全ての腫瘍の周りに壁を作ることができる。あとは……。

澪はそばに浮かんでいる仮想ディスプレイに再び視線を向ける。

そこでは大河が、大動脈弓から飛び出ている腫瘍の根元の部分に何本もの縫合糸をかけていた。大動脈に腫瘍が浸潤し、切除しなければならない際の一般的な処置ではない。本来ならば人工心肺に接続して大動脈内の血流を遮断し、その間に病変部を人工血管に置き換えることが多い。しかし、それにはかなりの時間がかかる。だからこそ、まずは腫瘍が崩壊しても大動脈弓から血が噴き出すことがないよう、大動脈弓を一回り小さく形成するつもりなのだろう。

全くセオリーにはない術式を迷いなく行える大河の外科医としての技量に感服しつつ、澪は肺の腫瘍を新火神細胞で取り囲み続ける。

できた！　右肺にある最大の腫瘍を新火神細胞で取り囲んだ澪は、内心で快哉《かいさい》を叫ぶと、熱で肺組織を凝固させはじめる。

あと数十秒で、完全に『壁』ができる。そして、数分後には大河が大動脈弓の形成を終え、腫瘍を切除するだろう。そのタイミングで新火神細胞の自己破壊コードを入力すれば、友理奈の体から全ての腫瘍を消し去ることができるはずだ。

あと少し。あと少しで友理奈ちゃんを救える。

歯を食いしばりながら、正面に浮かんでいるホログラムを見据え、澪は肺組織の凝固を進めていく。右肺のど真ん中で蠢いている、腫瘍を意味する黒い光の塊が、新火神細胞で凝固させた組織を意味する黄色い光の膜で完全に覆われた。

「やった！　やりました！　指定された全ての腫瘍の周りに壁を作りました！」

澪は歓喜の声を上げる。ユニット内に設置されているマイクを通じて、その声は手術室内に伝わり、大動脈弓の形成手術を進めている大河たちがはっと顔を上げた。

『あと少しで大動脈弓の腫瘍の処理も終わる。自己破壊プログラムの起動コードの入力準備を進めておけ』

再び手を動かしはじめながら大河が指示を出す。分かりました、と言いかけたとき、澪は違和感を覚えた。

脳の奥底に虫が這うような感覚が走った。

なに、今の？　頭を振るが、その不快な感覚が消えることはなかった。

何かが起きている。何か良くないことが。

そんな予感が心臓の鼓動を速めたとき、正面に視線を向けた澪は目を剝いた。

さっきまで右肺の腫瘍を取り囲んでいた新火神細胞が、淡い黄金色の光の膜が消えていた。

一体どこに？　必死に目を凝らした澪は、いつのまにか新火神細胞を示す黄金色の光点が全身の血管を循環しはじめていることに気づく。

肺に集めていた新火神細胞は、血流に乗って流されていってしまったらしい。最後の腫瘍の周りに『壁』を作り終えたことで意識が散漫になり、新火神細胞のコントロールを失ってしまったんだろうか。

澪は再び新火神細胞を操ろうと両手を大きく動かす。循環している光の粒子が流れに逆らってわずかに動くが、すぐに再び血流に押し流されていってしまった。

新火神細胞が操れない？　オームスとのシンクロ率が低下している？

澪は慌てて左を向くと、スマートフォンで画面を拡大する時に行うように手を広げるような仕草をする。それに反応して、オームスの様々なデータが表示される。そこに示されたシンクロ率は、これまでになく高くなっていた。

私とオペレーティングシステムの接続が途絶えたんじゃない。新火神細胞がオームスからの命令に反応しなくなってきているんだ。

新火神細胞が暴走しはじめている。三年前のあの時と同じように……。

澪の背中に冷たい震えが走った瞬間、ホログラムの中でそれまで黄金色で示されていた新火神細胞が一気に、赤黒く点滅する光点へと変化した。その禍々《まがまが》しい色に、澪の喉から呻き声が漏れる。

この色の変化は、新火神細胞がオームスから完全に離脱し、制御不能になったことを表しているのだろう。もはや、友理奈の体内を循環しているのは新火神細胞ではない。それが腫瘍化して生まれた怪物、急速進行性シムネス細胞だ。

急速進行性シムネス細胞がじわじわと大血管内で集まり、点滅する赤黒い光が、もはやまぶしさを感じるほどに明るくなっていく。

やがて、大動脈内で集合した大量の急速進行性シムネス細胞の集合体は、細く長く変形しながら、血流に逆らって移動をはじめる。その姿は獲物を探して徘徊《はいかい》する巨大な蛇のようだった。

「新火神細胞の暴走が始まりました！　三年前と一緒です！　オームスでもコントロールできません！」

澪が叫ぶように放った警告が、ユニット内のマイクを通して手術室へと伝えられる。仮想ディスプレイに映る大河の表情がこわばったのが、はっきりと見て取れた。

『どんな状況だ⁉』

手の動きを止めることなく、大河が声を張り上げる。

「暴走した新火神細胞が集まって、下行大動脈を血流に逆らって上ってきています！」

『下行大動脈を上ってきているって、その先にあるのは……』

第一助手を務めている玲香が声を失う。

「そうです。心臓です！」

澪が叫ぶように言うと同時に、赤黒く点滅する怪物の先端が、鼓動する心臓内へと侵入した。

三年前と同じだ。やっぱり心臓を狙ってきた。全身の血液循環の中心に存在する心臓、新火神細胞に組み込まれている自動集合プログラムは、暴走状態になったとき、自然とそこで集まり乗っ取ろうとするのだろう。そして、心臓を覆い尽くすように腫瘍を形成し、破壊しつくしてしまう。

「このままだと、心臓がまた破裂します！　自己破壊プログラムのコードを打ち込みます！」

澪は早口で宣言すると、「Virtual keyboard!（仮想キーボード！）」と声に出す。すぐ目の前の空間に、半透明のキーボードが浮かび上がった。澪は素早くタイピングを行い、『WISH UPON

A STAR』と、自己破壊プログラムのコードを打ち込んでいく。

『まだだめだ！』

大河の声がユニット内に響き渡り、宙に浮いている実行ボタンに手を伸ばしかけていた澪の動きが止まる。

「ダメって、どうしてですか⁉　このままじゃ友理奈ちゃんの心臓が破裂するんですよ‼」

『いま自己破壊プログラムを起動させたら、この大動脈弓に食い込んでいる腫瘍も消え去る。そうなったら、大動脈内を流れている血液が噴き出すことになる‼』

ああ、大河先生の言う通りだ。澪は奥歯を噛みしめる。大動脈弓には、大量の血液が強い圧力で流れている。もしそこに食い込んでいる腫瘍が崩壊すれば、心臓から押し出された血液が、噴水のように噴き出してしまうだろう。

大動脈弓の腫瘍の処理が終わるまで、自己破壊プログラムを起動させることはできない。

人工心肺を使用して大動脈内に血液が流れていない状態だったら、大河ならほんの数分で腫瘍を摘出し、大動脈を失血しないよう縫い合わせることが可能かもしれない。

しかし、大量の血液が常に流れている状態の大動脈を処理するにはまだまだ時間がかかるはずだ。けれど、ホログラムの中心にある心臓にみるみる集結している赤黒い光点を見ると、もはやその時間が残されていないのは明らかだった。

どうするの？　どうすればいい？

必死に頭を働かせていた澪は、仮想ディスプレイに視線を向け啞然とする。大河が術野から手を引いていた。まるで諦めてしまったかのように。

大河が手をどけたことで露わになった友理奈の心臓を見て、澪は頭から冷水を浴びせかけられたかのような心地になる。

ピンク色に弱々しく拍動している心臓の表面に、赤黒いシミのようなものがポツンと現れた。それはまるで、水面《みなも》の上に墨汁をたらしたかのようにゆっくりと、しかし確実に心臓の表面に広がっていく。

三年前、火神郁男の手術のときと全く同じ現象。

ホログラムを見ると、暴走した新火神細胞は、心臓の拍動をコントロールする刺激伝導系に沿うように広がっている。そこが腫瘍により障害を受ければ、心拍が維持できなくなる。まもなく、友理奈の心臓は脈打つことをやめ、そしてその数分後には全身から集まってきた腫瘍細胞により押しつぶされ、完全に破壊されてしまうだろう。

「大河先生、何をしているんですか⁉　心臓が止まっちゃいますよ！」

澪は声を嗄らして叫ぶ。しかしその声が聞こえていないかのように、大河は動かなかった。

「もう待てません！　自己破壊プログラムを作動させます‼」

いま自己破壊プログラムを起動すれば、大動脈弓に食い込んだ腫瘍が崩壊し、そこから大量出血する可能性は高い。けれど何もしなければ確実に、数分後には心臓が破壊され、友理奈は命を落とすのだ。

やるしかない。

澪が空中に浮かんでいる実行の仮想ボタンに触れようとした時、『待て！』という鋭い声が響いた。ボタンに触れる寸前で澪の手が止まる。

「何を待つっていうんですか！」

澪が声を荒らげると、大河は静かに答えた。

『奇跡だよ』

「奇跡？　どういう意味ですか？」

『説明している時間はない。俺を信じろ。俺たちならこの患者を救えるはずだ』

大河はいつも通りの抑揚のない声で言う。しかし、その声は不思議なほど澪の心に響いた。

この人を、何度も共に患者を救ってきた相棒を、私が信じないでどうするというのだろう。

澪は仮想のボタンに伸ばしていた手をゆっくりと引っ込める。

「……分かりました。大河先生を信じます」

澪が静かに告げると、大河は『ありがとう』とわずかに目を細めた。次の瞬間、アラーム音が鳴り響く。

ホログラムの上に表示されている心電図に視線を送った澪は、体を大きく震わせる。本来なら一定の波形で流れていくはずの心電図が、いびつなダンスを踊っていた。

『心室細動です！』

それまで黙って必死に友理奈の全身管理を行っていた麻酔科医が、叫ぶように言う。

全身に血液を送り出している心室の筋肉が細かく痙攣をしだす心室細動。それが起きると心臓は脈打つことができなくなり、ポンプとしての機能を失う。それは紛れもなく心停止の一つの形だった。

『除細動をします！　除細動器を！』

麻酔科医が外回りの看護師に指示を出す。しかし、大河が『必要ない！』と鋭く言った。

『必要ないって、心停止しているんですよ！　早く血流を回復しないと三分後には脳に不可逆的な障害が生じるんですよ！』

声を荒らげる麻酔科医に、大河は『つまり、三分の猶予があるということだ』と静かに告げる。

『その間に大動脈弓の腫瘍を摘出して縫合する！』

大河はクーパーを手に取ると、迷うことなく大動脈弓に食い込んでいる腫瘍の周囲に刃を差し込んだ。本来なら血液が噴水のように噴き出すはずだ。しかし、心臓が停止して血圧がほとんどない現状ではその現象は起こらなかった。刃の周りから血が溢れるが、許容範囲の出血量だ。

「これが奇跡……。わざと心停止するのを待って、出血を抑えながら腫瘍を摘出するなんて……」

あまりにも常識外れの手術に澪が唖然としていると、大河が『猿田先生、吸引を！』と声を張り上げる。

澪と同様に硬直していた猿田と玲香が、その声に体を震わせ、再び忙《せわ》しなく手を動かし始めた。猿田が吸引管をたくみに操り、血液を吸引して視野を確保していく。玲香は大河と共に腫瘍をクーパーで切り取りはじめた。

ほんの数十秒で、大河と玲香は大動脈弓の腫瘍を切除した。しかしまだ、大動脈弓に大きな穴が開いている。そこを塞《ふさ》がなければ心臓を再び動かすことはできない。

大河はついさっき大動脈弓にかけておいた縫合糸を一気に引く。それで大動脈弓に開いていた穴は一瞬で塞がった。

『猿田先生、玲香、この糸結びを頼む』

大河に指示された二人は、大動脈の穴を塞いだ糸を、ほどけないように慌てて外科結びできつく結紮していく。

最初からこうなることを予想して、糸をかけて準備していたの……？

その洞察力に澪が感心していると、大河は持針器を手にして、穴の合わさった部分に針を通していった。糸を引き絞っただけでは、大動脈内の強い血圧に耐えることはできない。しっかりと固く縫合しなければ。

『心停止から八十秒経過！』

麻酔科医が声を上げる。血流が途絶えた友理奈の脳が致命的なダメージを受け始めるまで、あと百秒しかない。

桜色の動脈の上を、大河の操る持針器が踊るように縫い合わせていく。

果たして間に合うのだろうか？　澪が唇を嚙んだとき、ユニット内にけたたましい警告音が響き渡った。

澪は正面に視線を戻す。そこに白く表示されていた患者の体を表すホログラムが、真紅に染まっていた。

こんなこと初めてだ……。いったい何が？

澪はこの三年間、何度も読み返したオームスのマニュアルを思い出す。

患者の体のホログラムが赤く染まるのは……。

「新火神細胞が原因で、患者に致命的な障害が起ころうとしているとき……」

かすれ声でつぶやいた澪は、目を凝らして変色したホログラムの中心にある心臓を見つめる。

ついさっきまで友理奈の全身を循環していた新火神細胞を示す黄金色の粒子は、今や赤黒く点滅する光点と化して全て心臓に集まり、そこを包み込んで圧迫していた。

心臓を押しつぶそうとしている。あと十秒も持たない。大動脈弓の縫合が終わる前に心臓が破裂してしまう。

「そんなこと、私がさせない」

低い声でつぶやいた澪は、漆黒の闇が絶えた空間に向かって両手を突き出すと、軋《きし》むほどに強く奥歯を噛みしめる。

「オームス、力を貸して！」

食いしばった歯の隙間から澪は声を絞り出す。

この三年間、ずっと共に歩んできたオームス。信頼するこの愛馬なら、暴走している新火神細胞を止められるかもしれない。

澪は両手を握りしめる。そのときわずかに、ほんのわずかにだが、心臓を包み込んでいた赤黒い光点の蠢きが一瞬弱まった気がした。

できる。暴走しているとはいえ、まだ少し新火神細胞にオームスから命令を送ることができる。

『二分経過！　あと六十秒！』

濃い焦りを含んだ声で麻酔科医が叫ぶ。そのとき、心臓を球状に取り囲んでいた。新火神細胞が激しく点滅し、そして内側に向かって縮みはじめた。

とうとう新火神細胞が心臓を押しつぶしはじめた。

澪は腹の底に力を込めると、痛みを感じるほど強く唇を噛んで拳を握り込み続ける。

次の瞬間。赤黒く点滅する光点と心臓の間に薄く、気をつけなければ見逃してしまいそうなほど薄く、黄金色の膜が張った。

わずかながら新火神細胞のコントロールを取り戻すことができた。これを外に押し広げることで、心臓を守れるかもしれない。

『あと三十秒！　まだですか⁉』

麻酔科医の声はもはや悲鳴のようだった。

犬歯が唇の薄皮を破り、鋭い痛みが走る。口の中に血の味が広がる。力を込めすぎて呼吸をすることもできず、酸欠のせいか、割れるような頭痛に襲われる。視界が真っ赤に染まっていく。

それでも澪はただひたすらに集中して、黄金色の光を放っているわずかな新火神細胞に命令を出し、心臓を守り続けた。

『あと十秒！　九、八、七……』

もはや諦めすら感じられる口調で麻酔科医がカウントダウンをはじめる。そのとき、術野を覗き込み続けていた大河が勢いよく顔を上げた。

『縫合終了だ！　桜庭、やれ!!』

大河の合図を聞いた澪は、空中で握りしめていた手を勢いよく横に振り、殴りつけるように『execution（実行）』と示された仮想ボタンを押す。

次の瞬間、ホログラムの中心にはびこっていた禍々しく点滅する赤黒い光点が、一気に弾けた。

それらは薄紅色の粒子となると、闇がたゆたう空間へと散らばり、そして落下してくる。

桜色のダイヤモンドダストが降ってくるような、あまりにも美しい光景に目を奪われていた澪は、『心臓マッサージを開始する！』という大河の声で我に返る。

仮想ディスプレイを見ると、大河が露出した友理奈の心臓を鷲摑《わしづか》みにし、心臓マッサージを始めていた。

テンポよく大河が握りしめる心臓を見て、澪の口から「ああ！」という歓喜の声が漏れる。

さっきまでゴツゴツとしたいびつな腫瘍で覆われ、血で濡れた岩石のように見えていた心臓が、いまは淡いピンク色に戻っている。

自己破壊プログラムが作動したんだ。癌化したものも含め、友理奈の体内にある全ての新火神細胞が消え去ったんだ。

大動脈弓を見るが、心臓マッサージにより血圧が生じているにもかかわらず、そこから血が漏れ出すことはなかった。

完璧に縫合できている。これで友理奈ちゃんは助かるかもしれない。

『完全に蘇生させるぞ！　アドレナリンとリドカインを静注する！』

大河の怒鳴り声を聞いて、澪は頭を振る。そうだ。腫瘍が全部消えたからといって、まだ友理奈を救えたわけではない。

止まった心臓を再び動かさなくては……。

澪は座席の脇についている緊急脱出用のボタンを押し込む。けたたましいブザー音が鳴り響き、オペレーティングユニットの蓋が開きはじめた。

ヘッドギアを無造作に取り外した澪は、繭状の装置から飛び降り、大河たちが必死に蘇生措置を行っている手術台へと近づいていく。

そのとき、外回りの看護師が、除細動器を押して近づいてきた。

「貸してください！」

澪はしゃもじのような形をしている除細動器のパッドを両手でつかむと、大河の後ろに立つ。

「大河先生、ＤＣカウンターの準備できています！」

心臓を鷲摑みにして直接マッサージを繰り返している竜崎は、振り返って澪を見る。

「この除細動が成功したら、世界で初めてシムネスを治したことになる。それがどれだけ大きなことかわかるな！」

「はい！」

「お前の姉は自らシムネスを発症し、そしてジャーナリストとして火神細胞とシムネスの真実に気づいた。それはきっとどうにかしてシムネスを治したい、自分のように苦しむ人々を救いたいという思いからだったはずだ。つまりシムネスの治療は、命を落としたお前の姉の悲願、お前に残した想いでもある！」

「姉さんの悲願……想い……」

澪はパッドを手にしたまま、その言葉を繰り返す。胸郭の中に熱い感情が湧き出し、視界が潤んできた。

「姉の遺志をお前が継ぐんだ、いいな！」

「はい！」

澪がもう一度、腹の底から返事をすると大河は、「やれ！」と言って場所を空ける。

「クリアー！」

その言葉と共に、澪はパッドを胸郭内に差し込み、心臓をはさむように配置すると、手元についているボタンを押し込んだ。

電流で心臓が一度大きく震える。

パッドを引いた澪は息を殺して、ピンク色の小さな心臓を見つめる。

手術室に沈黙が降りる。

数瞬のあと、心臓が弱々しく、しかしはっきりと脈打ち始めた。

「除細動、成功しました！　洞調律です！」

麻酔科医が拳を突き上げる。それと共に手術室にいた者たちの口から次々に歓声が上がった。

「やった……」

達成感が全身を駆け巡る。緊張で忘れていた疲労が一気に襲いかかってくる。

澪はその場で膝をつくと天井を仰いだ。

そこで姉が微笑んで見守ってくれているような心地がした。

13

「今日でお別れか……」

澪は黒い光沢を放つオームスオペレーティングユニットの滑らかな表面を指でなぞる。

友理奈の心臓の鼓動を戻してから、すでに三十分以上の時間が経っている。

手術台では玲香が猿田を助手として、閉腹と閉胸の作業を行っていた。玲香自身が強く望んで、その作業を大河から引き継いでいた。

仕方なかったとはいえ、自らの勧めで行った治療により、シムネスと急速進行性シムネスを発症した少女。彼女の手術の仕上げを行い、その体に残る傷をできる限り目立たないようにしてあげたいと思ったのかもしれない。

澪は視線を上げる。二階の見学室にはまだマスコミ関係者が押しかけていた。

彼らの大部分は医学的な知識を持ち、専門的な記事を書いている記者たちだ。だからこそ気づいただろう。今回の手術、そして、急速進行性シムネスの異常さを。

オームスから下した指令で、急速進行性シムネスの腫瘍が一気に崩壊した現象を目撃された。

もはや、シムネスの原因が火神細胞であることに気づかれるのは時間の問題のはずだ。

火神細胞の問題は世界に知れ渡る。ただ、それで火神細胞が臨床で使われなくなるわけではないと澪は信じていた。患者が正しいリスクを伝えられた上で、同意が取れた場合のみ投与されるようになるはずだ。

患者には自分の受ける治療のリスクとベネフィットを知る権利がある。正しい情報が治療を受ける患者に提供されるようになる。

それこそが姉である桜庭唯の理想だったのではないだろうか。

唯は火神細胞を潰すつもりなどなかった。ただ、自分が開発した細胞により恐ろしい奇病が生じたことに強い後悔を抱いていた火神郁男は、それを信じることができなかった。

そんなボタンの掛け違いで、四年前の姉の転落死という悲劇は起きたのではないだろうか。澪はそんな風に考えていた。

しかし、火神細胞とは違ってオームスの実用化は大きく後退するだろう。もしかしたらこのシステムは、二度と日の目を見ることはなくなってしまったのかもしれない。

できればそうなってほしくはなかった。オームスは多くの人々を救える可能性を秘めた治療法だから。

けれど、自分がオームス手術をすることはもうないだろう。

三年間、数え切れないほどこのオペレーティングユニットに乗り込んだ記憶が蘇り、一抹の寂しさが胸をよぎる。

軽く目元を拭った澪は、手術室の隅で一人佇んでいた大河がそっと手術室から出て行ったことに気づく。

考える前に澪は、大河の後を追って手術室を出ていた。

「大河先生！」

廊下を進んでいく背中に声をかける。大河は足を止めて振り返った。

「どこに行くんですか？」

「俺の仕事は終わっただろ。それに、俺に用事のあるやつを待たせているからな」

「用事のあるやつ？」

澪がつぶやいたとき、廊下の奥にある金属製の大きな自動扉が開いていき、革靴を鳴らしながらスーツ姿の長身の男が入ってくる。

「橘さん⁉」

手術部に入ってきた顔馴染《なじ》みの刑事に、澪はうわずった声を上げる。

友理奈の手術が成功した高揚感で忘れていた。橘はずっと二階の見学室から手術を、日本での医師免許を持たない大河が執刀している様子を見ていたのだ。

大河の手術は素晴らしいものだった。彼がいなければ決して友理奈を救うことはできなかっただろう。

しかし、日本の法律では大河の行為は紛れもない犯罪だ。そして橘は、ずっと大河を逮捕しようとしてきた。

「全く、さっきのパナシアルケミ日本支社長といい、手術部に土足で入ることがどれだけ非常識か、理解していない奴らが多いんだな」

冗談めかして大河が言うが、橘は眉一つ動かさなかった。

「さて、それじゃあ署で事情聴取かな。それともこの場で現行犯逮捕するか？」

大河はおどけるように両手を差し出す。銃弾がかすった腕が痛んだのか、その顔がわずかに歪んだ。

「竜崎先生、お前に聞きたいことがある」

橘の言葉に、大河は「何だ？」と片眉を上げげた。

「お前、俺が上から見ていたことに気づいてたな」

「ああ、もちろんんだ」

「なら何で手術をした？　そんなことをすれば、俺に逮捕されるって分かっていただろう」

「患者がいたからだ」

大河は即答する。橘は「患者がいたから？」と訝しげに聞き返した。

「そうだ、俺が手術すべき患者が、俺じゃなければ助けられない患者がいた。なら外科医として手術をするのは当然だ」

「……自分が犯罪者になってもか？」

「それがどうした？　子どもの命の前ではそんなもの何の障害にもならない。目の前に助けられる者がいたら、ただ全力で助ける。それこそが医者って生き物だ」

大河はそこで言葉を切ると、大きくあくびをする。

「悪いが刑事さん、この数日、目が回るくらい忙しくてな。さすがに疲れ果てているんだよ。ここから先の質問は署に連れて行って、仮眠を取らせてからにしてくれないか。パトカーの中でも留置場でも構わないんで、ちょっと横にならせてくれ」

差し出されたままの大河の両手をじっと見つめたまま、橘は「澪ちゃん」と声をかけてくる。

「はい、何でしょう」

澪は背筋をピンと伸ばした。

「今日の患者の手術、難しかったんだよな？」

「ええ、もちろんです！　世界で初めてシムネスを、あの全身の臓器から腫瘍が発生する恐ろしい奇病を治した、奇跡のような手術です。本当に、みんなが力を合わせたからこそ起きた奇跡……」

「そうか……。そんな難しい手術、医師免許を剝奪されるようなヤブにできるわけがないよな。どうやら俺の勘違いだったらしい」

そう言って踵《きびす》を返すと、橘は再び足音を鳴らしながら離れていく。

「おい、逮捕しないのか？」

大河の問いに、橘は振り返ることなく片手を上げた。

「留置場は無料で泊まれるホテルじゃねえよ。それじゃあなサーペント先生」

橘は手術部から出て行く。閉まってゆく金属製の自動扉の奥に、その姿が消えていった。

「あの男も少し憑《つ》き物が落ちたようだな」

大河の顔に苦笑が浮かぶ。

「ただ、恋人だったお前の姉の死についての真実を知るまでは、完全には解放されないかもしれないがな」

「それは、大丈夫です。私が話します。姉さんがどんな想いで火神細胞の闇を暴こうとしたのか、その気持ちがいまならわかる気がする。いまならきっと、橘さんにうまく話せるはずです」

「そうか。そうしてやってくれ」

大河はぼきぼきと首を鳴らした。

「さて、思ったよりも日本に長居しすぎた。そろそろ行くとするかな」

「どこに行くんですか？」

「決まっているだろう。患者がいるところさ。俺の手術を待っている患者がな」

大河は柔らかく微笑む。

「また……会えますか？」

「医者の世界は狭い。特に外科医の世界はな。俺とお前がメスを振るって患者を救い続けるなら、きっとどこかでまた運命が交差することもあるさ」

大河はすっと右手を差し出した。

「またな桜庭」

澪は目を細めると、大河の右手を力いっぱい握りしめる。

「ええ、また会いましょう。大河先生」

エピローグ

「友理奈ちゃん久しぶり。元気だった？」

ベッドに横たわっている友理奈に、ナースエイドの制服姿の澪が声をかける。

「あ、澪先生、久しぶりー」

友理奈は可愛らしい顔に満面の笑みを浮かべると、ブンブンと右手を振った。

友理奈がシムネスに対する手術を受けてから、すでに半年以上が経っていた。

強い侵襲のある手術を受けた友理奈は、術後二週間以上も人工呼吸管理をされた状態で、ICUで管理された。

しかし十代という若さによる回復力と、「術後管理ならこの医局長様に任せておけ」という猿田の巧みな治療により、手術を受けて一ヶ月後には退院できるほどまでに回復していた。

現在は定期的に通院し検査を行っているが、いまのところ腫瘍《しゅよう》が再発する気配はなかった。

今日は術後半年が経過し、再発がないか一度全身を徹底的に調べるということで、二日間の検査入院にやってきていた。

友理奈の検査は放射線科や消化器内科が担当するので、統合外科の外科医である澪の出番はない。その代わりに希望してナースエイドとして担当させてもらっていた。

「半年前に、友理奈ちゃんに薦めてもらったアニメ全部見たよ。すごく面白かったね。続きが気になるから、漫画も全部揃えちゃった。よかったら後で語り合おうよ」

「えー、でも私いまはアニメよりK－POPにハマってるんだよね。先生はK－POPだったらどのグループが好き？」

「け、K－POPでございますか？　ちょっとその分野については疎いと言いますか……」

「何で敬語になるの？　ウケる」

友理奈はケラケラと笑い声をあげる。

「大丈夫だよ、澪先生。明後日《あさって》退院するまでに私がしっかり推しのK－POPグループ全部レクチャーしてあげるから」

「お、お手柔らかにお願いします」

澪が引きつった笑みを浮かべていると、友理奈はキョロキョロと辺りを見回した。

「そういえば、玲香先生っていないの？」

「玲香さんはね、今はアメリカにいるの」

澪は目を細めると、この半年の出来事を思い出す。

予想した通り、シムネスが火神細胞の副作用として生じる疾患であることは、すぐに明らかになった。多くの専門知識を持つ記者たちが、あの手術を見たのだから当然のことだろう。

同時に、パナシアルケミがシエラレオネで非人道的な人体実験を行っていることも、海外のジャーナリストから告発され、明るみに出た。

パナシアルケミは世界中から強い非難を浴び、新火神細胞の治験を了承していたと記事で糾弾されたパナシアルケミのCEOは、報道が出た翌日には拳銃《けんじゅう》でこめかみを撃ち抜いて自殺した姿で発見された。

報道とＣＥＯの自殺を受けて、パナシアルケミの株価は一気に暴落し、もはや会社を存続させることすら困難な状況となった。そして、ライバル企業であった他のメガファーマに吸収合併という形で、あっさりと消え去ってしまった。

澪と大河に対する殺人未遂容疑で逮捕された萌香は、パナシアルケミの指令で犯行を行ったと主張しているということだが、そのＣＥＯが自殺し、さらに会社も消えてしまった状況では、それを証明するのは難しそうだ。

軽井沢の外れで銃撃された件に関しては、萌香の犯行だという証拠は出ず、それについて萌香が罰せられることはなさそうだ。

おそらく数年で萌香は出所してくるだろう。ただ、金で雇われて裏の仕事をしていた彼女が、再び澪たちを襲ってくることはないだろう。

利き手を銃撃され、重い障害が残った萌香が今後どんな人生を送るのか、命を狙われたというのに澪の心にはわずかに同情が湧き上がっていた。

事件についての騒ぎが一段落した三ヶ月ほど前、澪は橘を寂れたバーに呼び出し、そこで姉である桜庭唯の死の真相を告げた。

ジャーナリストであった唯が火神細胞の闇を突き止めたこと。それによって、火神郁男に屋上から突き落とされてしまったこと。無表情でそれらを全て聞いた後、橘は「……そうか」と小さく一言だけつぶやいた。

愛した女性の死の真相を五年近くも追い続けた彼が、そのときどんな感情を抱いたのか、澪には完全にはわからない。ただ、小さく息をついて目元を拭《ぬぐ》った橘の顔は穏やかに見えた。

澪と橘は、唯に献杯しつつ、二人が愛した女性の思い出話に花を咲かせたのだった。

「佐藤《さとう》さん、点滴の時間ですよ」

看護師がカートを押して病室に入ってくると、友理奈の隣のベッドに横たわっている高齢の女性患者に声をかける。

「今日は万能免疫細胞療法の三日目ですね。確認のため、お名前を伺ってもよろしいですか」

患者が少しだけ面倒くさそうに、「佐藤正子《まさこ》です」と答えると、看護師は「ありがとうございます」と微笑んで、万能免疫細胞療法用の薬剤、つまりは大量の火神細胞が入っている液体のパックを点滴ラインの側管に接続し投与しはじめた。

「これって、あれでしょ。何ヶ月か前にワイドショーで話題になった、火神細胞とかいうやつが入っているんでしょ？」

患者の質問に看護師は「ええ、そうですよ」と軽い口調で答える。

「なんかあのワイドショーの話を聞いた時は怖かったけど、抗がん剤かこれか選べって言われたら、そりゃこっちを選ぶわよね。抗がん剤みたいに気持ち悪くなったり、髪抜けたりしないし、私みたいな年寄りだと何万分の一の確率で何年も後にがんができるって言われても、その前に死んじゃってる可能性の方が高いしね」

こちらも軽い口調で言う患者の言葉を聞いて、澪はわずかに唇をほころばせる。

生前に火神郁男が危惧《きぐ》していた通り、マスコミは当初センセーショナルに火神細胞によるシムネスの危険性を喧伝《けんでん》した。それにより万能免疫細胞療法の実施件数は一時的に激減した。

しかし、極めてまれにシムネスを発症するというリスクを鑑《かんが》みても、抗がん剤のような副作用がほとんどなく、悪性腫瘍に対して効果があるという利点はあまりにも大きかった。

すぐに各種専門学会や医師会が、「マスコミの過剰報道は公衆衛生を害しかねない。科学的に正しくない、過剰にリスクを煽《あお》る報道は、国民の選択肢を奪うので、控えるべきだ」と一斉に抗議をした。

かつてHPVワクチンで起きた情報災害。誤ったリスクを喧伝したことにより、接種の機会を多くの若い女性が逃した結果、毎年三千人近い女性が、本来なら防げたはずの子宮頸《けい》がんで命を落とすことになったという悲劇を繰り返してはならないと。

それにより風向きが大きく変わり、一転して火神細胞によって救われた患者の経験談などをマスコミは流すようになった。

そして現在では、火神細胞による万能免疫細胞療法は、しっかりとがん治療の柱の一つとして、患者にごくまれに起こるシムネスの危険性を伝えた上で行われ続けている。

「玲香先生、アメリカで何をしているの？」

この数ヶ月の出来事を頭の中で反芻《はんすう》していた澪は、友理奈に声をかけられて我に返る。

「玲香先生はね、アメリカの会社で研究をしているの。将来たくさんの人を救うための研究を」

火神細胞は世間に受け入れられたが、オームスはそうはいかなかった。火神細胞よりはるかに高い確率で急速進行性シムネスという恐ろしい病気を引き起こすということがわかった新火神細胞。それを違法にアフリカの人々に投与していたということで、オームスプロジェクトは『悪魔の研究』とさえ言われ、一度全て白紙に戻されることになった。

けれど多くのがん患者への福音となりうる研究が、完全に潰《つい》えたわけではなかった。

パナシアルケミを吸収したメガファーマは、まずは火神細胞の癌化についての研究を始めた。

パナシアルケミの吸収によって、自らの会社の主力製剤となった火神細胞をより安全に使えるようにするためという名目だったが、その先にオームスの開発を見据えているのは確実だ。

火神細胞の癌化の機序が判明し、それを完璧《かんぺき》に防げるようになれば、再びオームスの開発をはじめられる。だからこそ玲香はアメリカに渡り、火神細胞の基礎研究を行う研究員の一人となっていた。

定期的に玲香から来る連絡では、少しずつだが確実に研究は進み、火神細胞の癌化のメカニズムとそれを防ぐ方法が明らかになり始めているということだ。

テストオペレーターとして過ごした、あの三年間は無駄ではなかった。きっといつか、外科手術に代わる夢の治療法が実用化される。

そうなったら、外科医という存在は過去の遺物となるのかもしれない。それも仕方ない。医療というのは日進月歩で進化して行くものなのだから。

けれどいまはまだ……。

澪が小さく右拳《こぶし》を握りしめたとき、「おーい、桜庭」というダミ声が背中から聞こえてきた。振り返ると病室の出入り口に、猿田が立っていた。脂肪を蓄えた腹が、着ている白衣を突き上げている。

「お前、午後から胃切除術の執刀が入っているだろ。そろそろ手術室に向かえよな。俺が第一助手になってるんだから」

腕時計に視線を落とした澪は「あっ」と声を上げる。

「もう行かなきゃ。友理奈ちゃん、ごめんね。また後で」

「うん、また後で。K-POPの話いっぱいしようね」

手を振る友理奈に見送られて、澪は病室を出る。

「お前さ、そろそろ本気でナースエイドやめて、外科医に集中しないか？　オームスプロジェクトがポシャって、また統合外科の新しい目玉が必要になっているんだよ。お前ならそれになれるかもしれないんだからさ」

「ダメです。私がここで外科医をやる条件は、勤務の半分の時間はナースエイドとして、患者さんに寄り添うことです。いつも言ってるじゃないですか」

すげなく断られた猿田は、澪と並んで廊下を歩きながら肩をすくめる。

「全くうちの医局員たちはわがままなやつばっかりだよ。ひたすら目立つ手術をやってくれる竜崎が戻ってきてくれたらな」

「でもあの人、日本での医師免許を持ってませんからね。無理じゃないですか」

「ブラック・ジャックみたいにはいかねえか」

猿田は大きなため息をつくと、横目で澪に視線を送ってきた。

「それで、竜崎のやつ、今どこにいるんだ？」

「さあ？　私が知ってるわけないじゃないですか」

「なんだよ。お前ら付き合ってんじゃないのか？」

「違いますって。何でみんな私たちをくっつけたがるんですか。外科医としては優秀でも、大河先生普段は完全なダメ人間ですよ。嫌ですよ、あんな人と付き合うとかストレスでこっちの身が持ちません」

澪は大きくかぶりを振る。

「まあ、確かにそうかもな。けれどあいつ、今頃何やってんだろうな」

「何をやっているかは分かりますよ」

「え？　何で連絡も取ってないのにわかるんだよ？」

猿田が不思議そうに目をしばたたくと、澪は足を止める。

「あの人は手術をしていますよ」

澪は天井あたりを見つめると、柔らかく微笑んだ。

「あの人しか助けられない患者さんの手術を」


苦しい、体中が痛い……。

硬い土の上に横たわったまま、女は喘《あえ》ぐように荒い呼吸をしながら藁《わら》でできた天井に向かって手を伸ばす。

三ヶ月ほど前から、体に異変が起きてきた。食事が取れなくなり、何度も吐き、全身に痛みが走るようになった。やがて首の右側に硬いしこりのようなものができ、それはみるみる大きくなって、わずか二週間ほどで赤ん坊の頭ほどの大きさにまで成長した。

夫はそんな妻を見て、「呪われたんだ」と叫び、二人の子供を連れて家から出て行ってしまった。

一目でいいからもう一度、子どもたちに会いたかった。自分の命の灯火《ともしび》が間もなく消えると分かっているから。

三日前に、村にいる呪術師《じゆじゆつし》が、「先祖の悪行の報いが、この女に降りかかっている」と言ったため、誰もこの家に近づかなくなっていた。

だが、女は自分の身に何が起こったのかを知っていた。

六年前、この家に嫁いでくる前、隣の村で過ごしていた女は族長の命令で、アメリカ人たちが持ってきた液体を注射したことがある。

その報酬として白人たちは、多くの金を族長に渡したという噂だ。また、アメリカ人たちは村に小さな学校も作ってくれ、女はそこで様々なことを学ぶことができた。おかげで少しだけなら、英語を喋《しゃべ》れるようにもなった。

いまになってみれば、あれほどアメリカ人たちが親切にしてくれたのは、村人の警戒心を解き、あの薬を投与するためだったのだとわかる。

去年、隣村の実家に顔を出したとき、噂を聞いた。村の人々が、これまで見たこともないおかしな病気に冒され始めていると。

アメリカやヨーロッパから来た医者の集団が、その病気にかかった村人たちを治療しているが、誰一人として助かったものはいないという話だった。

医者たちはその病気の原因が、六年前にアメリカ人たちが村人に打った薬だと言っているらしい。その話を聞いてから、女はずっと怯《おび》えていた。自分の身にも同じことが起こるのではないかと。

そしてその悪夢は現実になってしまった。

喉《のど》が渇いた。水を飲みたい。誰か助けて……。

だが、シエラレオネという貧困にあえぐ国の、さらに首都から離れたこんな辺境の地で、自分に手を差し伸べてくれる者などいるはずがないと、女は知っていた。

絶望が心を黒く染め上げていく。

全てを諦《あきら》めた女が目を閉じたとき、家の外からかすかに声が聞こえてきた。

誰だろう。もしかして村人たちが、自分を家ごと燃やそうとしているのではないだろうか。

そんな恐怖を覚えた女がまぶたを上げると、入り口にかかっている布をかき分けて、男が現れた。

後ろから太陽の光に照らされているので、男の顔はよく見えない。ただ彼が着ている服についているマークは、隣村で医療支援をしているアメリカの団体のものだった。

「You all right?（大丈夫か？）」

近づいてきた男は、片膝《かたひざ》立ちになると水筒からコップに水を入れて差し出してくる。女はそれを震える両手で受け取り、一気に飲み干した。

砂漠のように乾いている体に、水が染み込んでいく。

「This woman also has the rapidly progressive Symnes. I'm glad to find her.（この女性も急速進行性シムネスを発症している。なんとか見つかってよかった）」

後ろにいる白人のスタッフに向かって話しかけるその男は、これまで見たことがない人種だった。肌の色は自分たちのような褐色ではなく、また白人ほど白くはない。おそらくは昔学校で習った、アジア系と呼ばれる人種なのだろう。

そんなことを考えていると、男はその精悍《せいかん》な顔に柔らかい笑みを浮かべた。

「I'll cure your disease.（俺が君の病気を治してやろう）」

私の病気を……。女は啞然《あぜん》とすると手を伸ばして、男の顔に触れる。

「Are you God?（あなたは神様なのですか？）」

「I'm not a God.（俺は神なんかじゃない）」

男は柔らかく微笑むと胸を張った。

「I'm just a Doctor. I'm Serpent.（俺はただの医者、サーペントだ）」

本書は書き下ろしです。

知念実希人（ちねん　みきと）
1978年、沖縄県生まれ。東京慈恵会医科大学卒業。2011年、第４回ばらのまち福山ミステリー文学新人賞を受賞し、12年、『誰がための刃 レゾンデートル』（のちに『レゾンデートル』と改題し文庫化）で作家デビュー。15年、『仮面病棟』が啓文堂書店文庫大賞を受賞。18年より『崩れる脳を抱きしめて』『ひとつむぎの手』『ムゲンのｉ』『硝子の塔の殺人』『放課後ミステリクラブ　１金魚の泳ぐプール事件』で本屋大賞にノミネート。他の著作に「天久鷹央」シリーズ、「祈りのカルテ」シリーズ、『傷痕のメッセージ』『ヨモツイクサ』など多数。

サーペントの凱旋《がいせん》　となりのナースエイド

2024年12月２日　初版発行

著者／知念実希人《ちねんみきと》

発行者／山下直久

発行／株式会社KADOKAWA
〒102-8177　東京都千代田区富士見2-13-3
電話　0570-002-301（ナビダイヤル）

印刷所／旭印刷株式会社

製本所／本間製本株式会社

ISBN 978-4-04-115130-3　C0093